A Study of a German Advocate for Political Theater

Piscator's Art of Directing

德国政治戏剧倡导者
皮斯卡托导演艺术研究

常佩婷　著

上海文化出版社

图书在版编目（CIP）数据

德国政治戏剧倡导者：皮斯卡托导演艺术研究 / 常
佩婷著 . —上海：上海文化出版社，2023.7
ISBN 978-7-5535-2735-2

Ⅰ.①德… Ⅱ.①常… Ⅲ.①皮斯卡托戏剧—研究—
德国 Ⅳ.① I516.073

中国国家版本馆 CIP 数据核字（2023）第 082274 号

出 版 人 姜逸青
责任编辑 黄慧鸣
美术编辑 汤 靖

书 名 德国政治戏剧倡导者——皮斯卡托导演艺术研究
作 者 常佩婷
出 版 上海世纪出版集团 上海文化出版社
地 址 上海市闵行区号景路 159 弄 A 座 3 楼 201101
发 行 上海文艺出版社发行中心
 上海市闵行区号景路 159 弄 A 座 2 楼 206 室 201101 www.ewen.co
印 刷 商务印书馆上海印刷有限公司
开 本 710×1000 1/16
印 张 14
印 次 2023 年 8 月第一版 2023 年 8 月第一次印刷
书 号 ISBN 978-7-5535-2735-2/J.616
定 价 80.00 元

告 读 者 如发现本书有质量问题请与印刷厂质量科联系 T：021-56324200

序

  我与佩婷相识于 2005 年初，当时上海戏剧学院导演系在成都进行本科招生考试。在导演专业的考场上，发现一位非常聪慧而颇具成熟的俊秀女孩，无论舞蹈才艺、小品构思，还是人文知识、编讲故事都很出众。经过深入了解之后，才得知她叫常佩婷，成都女生，已在德国读了两年大学（学习机械制造专业）。出于从小对艺术的热爱，最终决定放弃德国学业，重回国内参加上戏的导演考试。我那时比较担心她在德国待了两年之后再要重新参加国内高考，能否在不到半年的时间内达到导演系的录取分数线。而佩婷坚定地告诉我她一定能够达到！从她明亮而自信的眼睛里我看到了一种执着的信心，于是我决定给她这个难得的机会。

  高考结束了，佩婷真的以超一本的成绩通过了录取线，成为成都考区唯一录取的女生。之后她无论在导 05 本科班还是 MFA 研究生，以及之后的博士阶段，都以优异的成绩完成了学业。今天，她将自己全优成绩完成的博士论文再次充实、修缮，并出版了自己第一本学术专著，我由衷为她感到高兴！

  本书以《德国政治戏剧倡导者——皮斯卡托导演艺术研究》为题，围绕皮斯卡托政治戏剧导演创作展开论述。皮斯卡托作为德国 20 世纪早期政治戏剧的倡导者，提倡戏剧的社会教育功用，他以戏剧反映和介入现实生活、培养观众的政治思想与改革意识、促进社会进步的创作理念，以及在这一创作理念的实践过程中发展出的一系列独具特色的舞台美学和革新性舞台创作手段，对于德国及欧美戏剧发展产生重要影响。作为目前国内首部以皮斯卡托导演艺术为研究对象的导演理论专著，我认为本书具有一定的学术价值，主要体现在以下四个方面：

1. "叙事戏剧"开创者——对布莱希特产生的深刻影响

  皮斯卡托作为德国政治戏剧的倡导者，将其 1924 年创作《旗帜》一剧的副标题定义为"一部叙事戏剧"（an epic drama）[①]，这被认为是德国戏剧史上"第一部有意识

[①] 参考丁扬忠教授在《戏剧小工具篇》（〔德〕贝托尔特·布莱希特，著. 张黎、丁扬忠，译. 北京：北京师范大学出版社，2015.）第 9 页所作引言《论布莱希特学派》一文中对德语"Episches Theater"一词的注解，即"史诗剧"或"叙事体戏剧剧"，目前学术界两种译法并存，本书采用"叙事戏剧"这一译法。

的叙事戏剧"[1]，也是第一部被明确冠以"叙事戏剧"称谓的戏剧演出。皮斯卡托因此被一些学者称为德国叙事戏剧的开创者，其创作对于布莱希特产生了深刻影响。布莱希特将皮斯卡托称为自己的老师，在他初到柏林时期，观摩并参与了皮斯卡托大量的戏剧创作工作。在皮斯卡托的创作实践基础上，布莱希特批判性地继承和发展了叙事戏剧，将其作为系统化的理论及创作体系推广至世界并产生重大影响。关于皮斯卡托与布莱希特在叙事戏剧的开创性以及创作观念和手法上的异同也是历来学界论争的焦点之一。因此，本书作者希望借此著作详细分析皮斯卡托在戏剧叙事性方面的创作实践并试图进行观点总结，为德国叙事戏剧研究以及二者在叙事戏剧创作方面的异同比较提供可参考案列与相关文献及观点补充。

目前中国学术界对于布莱希特的研究较为广泛和深入，但对于皮斯卡托在叙事戏剧开创性及导演创作方面的介绍和研究相对较少。迄今为止，国内及欧美与皮斯卡托戏剧创作相关的专著及论文虽有一定数量，但以皮斯卡托导演艺术为题进行分析论述的专著及论文数量则比较有限。在以中文写作或翻译的学术论文与专著中，暂未有以皮斯卡托导演艺术为研究对象的专著出版。因此，本书的出版具有了特殊的价值和意义。

2. 对于戏剧社会批判与反思作用的强调

作为德国最早信仰马克思主义亦最早加入德国共产党的戏剧导演之一，皮斯卡托将政治戏剧称为符合时代发展及社会变革要求的"时代戏剧"（das Zeitstück）。在他的影响下，时代戏剧成为魏玛共和国时期戏剧创作的显著特色并影响了其后德国戏剧的发展。按照马克思主义哲学唯物辩证观点，社会存在决定社会意识，皮斯卡托的戏剧创作观念按照德国社会的发展状况而不断发展修正，并在不同的历史时期呈现出不同的创作目标和创作特征，但他始终坚持将戏剧作为社会存在的直接和客观的反映，并试图以戏剧自身的艺术特征与创作手法反作用于社会存在，以促进社会的改革与进步。因此，皮斯卡托不仅利用戏剧客观地反映现实，更试图通过戏剧能动地改造现实。这既是政治戏剧区别于其同时代以纯粹消遣娱乐为目标的商业戏剧的显著特征，也是政治戏剧在社会功用方面的重要价值所在。这一课题具有被关注与探讨的学术价值，并且对于当代戏剧创作，尤其是以时代及社会发展为主题的戏剧创作具有启迪性意义。

---

[1] Erwin Piscator. The Political Theatre[M]. Translated by Hugh Rorrison. New York: Avon Books, 1978:70

3. 创新性导演创作手法的开拓

与皮斯卡托政治戏剧观点相对应的戏剧美学特征及创作手法作为戏剧导演创作的论题，同样具有重要的学术研究价值。皮斯卡托戏剧美学特征的形成与发展是其政治主张在创作实践方面的具体反映。为实现其将历史发展、社会革命及人类在革命斗争历史中的总体命运作为创作主题的整体性时空观，皮斯卡托选择了叙事性的文本架构，并采用与之相对应的舞台蒙太奇手段和演员的客观化表演进行舞台呈现。

其次，皮斯卡托对于作品文献纪实性的追求以及文献戏剧的创作实践影响了欧美文献戏剧创作，其创作生涯后期执导的三部文献戏剧被认为开启了德国 20 世纪 60 年代文献戏剧创作热潮。皮斯卡托对于作品的现实性、即时性以及对于文献材料整理、研究和运用的科学性构成其作品的文献纪实性特征，并贯穿其整个戏剧创作生涯。考察皮斯卡托导演创作的文献纪实性对于德国及欧美文献戏剧的发展历史及创作研究具有一定的学术价值，同时对于当代中国尚处于发展阶段且受到学界日益关注的文献戏剧创作亦具有重要参考价值。

再次，皮斯卡托导演创作的另一显著特征在于其对舞台结构的革新性实验、对先进舞台机械设备尤其是投影设备的综合运用。为实现新型戏剧的主张，皮斯卡托进行了大胆的舞台创作实验。在舞台结构方面，皮斯卡托为保证叙事戏剧场景流畅转换所采用的构成主义舞台突出了舞台的功能性，配合先进舞台机械装置的运用既破除了舞台对于生活幻觉的营造，同时也在突破传统镜框式舞台相对隔绝的观演关系方面具有革新性意义。加之舞台投影作为舞台的第四维度被皮斯卡托赋予了文献纪实性、评述性及参与舞台行动的戏剧性功能，不仅丰富了舞台叙事及表现语汇，也从时空及内容上扩展了戏剧的表现疆域。皮斯卡托对于其后德国及欧洲舞台投影的运用和发展具有开创性和启迪性意义，也因此被称为"德国戏剧舞台上系统化使用投影并使之与舞台演出相结合的第一人"[1]。舞台投影作为 20 世纪发展至今的重要舞台表现手段，在当今戏剧创作中已被越来越广泛地使用，而追溯并研究其早期具有实验性质的探索与发展，可为当下及未来的舞台投影运用带来理念、方法及成效上的思考并提供可对比参考的样本。

4. 皮斯卡托的戏剧教育工作对于德国及欧美戏剧创作的重大影响

皮斯卡托对于戏剧社会教育功用的强调不仅体现在创作实践中，他于 20 世纪 20

---

[1] Michael Schwaiger(Hg.). Bertolt Brecht und Erwin Piscator : Experimentelles Theater im Berlin der Zwanzigerjahr[M]. Wien：Verlag Cchristian Brandstätt, 2004:16.

和 40 年代分别在德国皮斯卡托剧院和美国纽约新校开办的戏剧工作室更以学校教学的模式培养了大批青年戏剧工作者。在教学工作的开展过程中，皮斯卡托除开设与戏剧专业相关的多门类课程之外，更将课堂教学与创作演出相结合，为青年学生提供了实践其课堂所学及创作构思的机会，将戏剧工作室视为一个检验学生们各种创作灵感与创作理念的实验室。在皮斯卡托以戏剧反映社会现实，以戏剧作为斗争武器介入社会政治生活、促进社会改革的创作宗旨倡导下，工作室剧院的学生们组建了自己的戏剧创作团队并创作了大量优秀戏剧作品，以创作实践践行皮斯卡托的戏剧理念。皮斯卡托的工作室剧院为德国及美国培养了大批优秀戏剧工作者，其中包括马龙·白兰度（Marlon Brando，1924—2004）、托尼·柯蒂斯（Tony Curtis，1925—2010）、伊莱恩·斯特里奇（Elaine Stritch，1925—2014）、瓦尔特·马托（Walter Matthau，1920—2000）、西尔维斯·麦尔斯（Sylvis Miles，1924—2019）、比阿·亚瑟（Bea Arthur，1922—2009）等活跃在欧美戏剧舞台及影视作品之中的优秀演员；以田纳西·威廉斯（Tennessee Williams，1911—1983）为代表的编剧专业的学生们继承了皮斯卡托倡导的戏剧的社会批判功用以及叙事戏剧的创作手法，创作了多部优秀戏剧作品；由朱迪思·玛琳娜（Judith Malina，1926—2015）建立的生活剧团（the Living Theatre）以及乔治·巴特尼夫（George Bartenieff，1933—2022）创立的新城剧院（Theatre for the New City，简称 TNC）等戏剧团体成为美国著名的先锋实验剧团。这些来自戏剧工作室的剧团创立者们秉承皮斯卡托以戏剧进行艺术表达、反映社会现实、促进社会改革的创作宗旨，以"文学品质、社会批评和勇敢的实验性"[①]为特色的创作观念以及大胆革新的创作手段，独立于百老汇以盈利为目的的商业运作模式之外，促进了美国"外百老汇"（Off-Broadway）以及"外外百老汇"（Off-Off-Broadway）戏剧运动的兴起与发展，其影响和作用是非常重大而深远的。

　　期望本书的出版能够为目前国内皮斯卡托导演创作研究尽一份微薄之力！更希望佩婷能够在今后的教学、创作和学术研究方面砥砺前行、不断进步，奉献更多更优的作品和著作！

卢　昂

2023 年 7 月于上海

---

① Ullrich Amlung. Leben-ist immmer ein Anfang, Erwin Piscator :1893-1966[M]. Marburg :Jonas Verlag, 1993: 83.

目 录

绪论

第一节　论题缘起与意义

本论题的选定首先基于笔者在硕士研究生及博士研究生就读阶段对于德国戏剧的兴趣与关注，在博士学习期间以《德国文献戏剧的起源、发展与嬗变》为题所作专题论坛的内容中，曾部分涉及皮斯卡托创作生涯后期的文献戏剧创作，开始关注皮斯卡托导演创作并逐渐发现其可研究和探索的价值。

皮斯卡托作为德国政治戏剧的倡导者、德国戏剧史上首位将作品明确定义为"叙事戏剧"的导演，其创作对于布莱希特产生影响，布莱希特在皮斯卡托的创作实践基础上，批判性地继承和发展了叙事戏剧，将其作为系统化的理论及创作体系推广至世界范围并产生重要影响。目前中国学术界对于布莱希特的研究较为广泛和深入，但对于皮斯卡托在叙事戏剧首创性及导演创作方面的介绍和系统性研究相对较少。因此，笔者希望以皮斯卡托政治戏剧导演艺术为题，尝试进行较为系统化和全面的研究及探索。

德国戏剧自 18 世纪初期发轫，始终以道德启蒙、开启民智、开创具有本民族特色的戏剧美学体系为己任，通过各时代戏剧家的创作实践与理论总结，逐步建立起符合其自身社会历史发展规律的创作传统与美学特征：强调戏剧的哲学思辨性以及在道德、政治及教育等方面的社会功能；力求戏剧对于现实生活真实客观的反映和理性批判，尤其是对社会政治问题的关注与探讨，始终作为世代德国戏剧工作者的创作焦点之一被呈现于舞台之上；除此之外，与戏剧的社会教育功能及现实批判传统相对应的剧作的叙事性架构，于宏大时空之中整体性考察历史发展脉络及人类命运也是德国戏剧创作较为显著的特点。

皮斯卡托在继承以上德国戏剧美学特征和创作传统的基础上，将戏剧在政治及社会介入方面的功能进一步凸显并发展出自己的政治戏剧观点，他不仅将自己生前唯一一部著作命名为《政治戏剧》，更在整个创作生涯中践行和发展着政治戏剧的创作理念。作为德国最早信仰马克思主义亦最早加入德国共产党的戏剧导演之一，皮斯卡托将政治戏剧称为符合时代发展及社会变革要求的"时代戏剧"（das Zeitstück），在他的影响下，时代戏剧成为魏玛共和国时期戏剧创作的显著特色并影响了其后德国戏剧的发展。按照马克思主义哲学唯物辩证观点，社会存在决定社会意识，皮斯卡托的戏剧创作观念按照德国社会的发展状况而不断发展修正，并在不同的历史时期呈现出不同的创作目标和创作特征，但他始终坚持将戏剧作为社会存在的直接和客观的反映，并试图以戏剧自身的艺术特征与创作手法反作用于社会存在，以促进社会的改革与进步。因此，皮斯卡托不仅利用戏剧客观地反映现实，更试图通过戏剧能动地改造现实。这既是政治戏剧区别于其同时代以纯粹消遣娱乐为目标的商业戏剧的显著特征，也是政治戏剧在社会功用方面的重要价值所在。笔者认为这一课题具有被关注与探讨的学术价值，并且对于当代戏剧创作，尤其是以时代及社会发展为主题的戏剧创作具有启迪性意义。

与皮斯卡托政治戏剧观点相对应的戏剧美学特征及创作手法作为戏剧导演创作的论题，同样具有重要的学术研究价值。皮斯卡托戏剧美学特征的形成与发展是其政治主张在创作实践方面的具体反映。

皮斯卡托将其 1924 年创作《旗帜》一剧的副标题定义为"一部叙事戏剧"（an epic drama）[1]，这被认为是德国戏剧史上"第一部有意识的叙事戏剧"[2]，也是第一部被明确冠以"叙事戏剧"称谓的戏剧，皮斯卡托因此被部分学者称为德国叙事戏剧的开创者。为实现其将历史发展、社会革命及人类在革命斗争历史中的总体命运作为创作主题的整体性时空观，皮斯卡托选择了叙事性的文本架构，并采用与之相对应的舞台蒙太奇手段和演员的客观化表演进行舞台呈现。布莱希特早年于柏林参与皮斯卡托政治戏剧创作工作，皮斯卡托的叙事戏剧实践对于布莱希特日后系统化地创立叙事戏剧理论产生影响，关于他与布莱希特在叙事戏剧的首创性以及创作观念和手法上的异同也是历来学界论争的焦点之一。因此，笔者希望借此论文详细分析皮斯卡托在戏剧叙事性方面的创作实践并试图进行观点总结，为德国叙事戏剧研究以及二者在叙事戏剧创作方面的异同比较提供可参考案例与相关文献及观点补充。

其次，皮斯卡托对于作品文献纪实性的追求以及文献戏剧的创作实践影响了欧美文献戏剧创作，其创作生涯后期执导的三部文献戏剧被认为开启了德国 1960 年代文献戏剧创作热潮。皮斯卡托对于作品的现实性、即时性以及对于文献材料整理、研究

---

① 参考丁扬忠教授在布莱希特《戏剧小工具篇》第 9 页所作引言《论布莱希特学派》一文中对德语 "Episches Theater" 一词的注解，即"史诗剧"或"叙事体戏剧剧"，目前学术界两种译法并存，本文采用"叙事戏剧"这一译法。

② Erwin Piscator. The Political Theatre [M]. Translated by Hugh Rorrison. New York: Avon Books, 1978: 70.

和运用的科学性构成其作品的文献纪实性特征，并贯穿其整个戏剧创作生涯。笔者认为，考察皮斯卡托导演创作的文献纪实性对于德国及欧美文献戏剧的发展历史及创作研究具有一定的学术价值，同时对于当代中国尚处于发展阶段且受到学界日益关注的文献戏剧创作亦具有重要参考价值。

再次，皮斯卡托导演创作的另一显著特征在于其对舞台结构的革新性实验、对先进舞台机械设备尤其是投影设备的综合运用。为实现新型戏剧的主张，皮斯卡托进行了大胆的舞台创作实验。在舞台结构方面，皮斯卡托为保证叙事戏剧场景流畅转换所采用的构成主义舞台突出了舞台的功能性，配合先进舞台机械装置的运用既破除了舞台对于生活幻觉的营造，同时也在突破传统镜框式舞台相对隔绝的观演关系方面具有革新性意义。加之舞台投影作为舞台的第四维度被皮斯卡托赋予了文献纪实性、评述性及参与舞台行动的戏剧性功能，不仅丰富了舞台叙事及表现语汇，也从时空及内容上扩展了戏剧的表现疆域。皮斯卡托对于其后德国及欧洲舞台投影的运用和发展具有开创性和启迪性意义，也因此被称为"德国戏剧舞台上系统化使用投影并使之与舞台演出相结合的第一人"[1]。舞台投影作为 20 世纪发展至今的舞台重要表现手段，在当今戏剧创作中已被越来越广泛地使用，而追溯并研究其早期具有实验性质的探索与发展，可为当下及未来的舞台投影运用带来理念上、方法上及成效上的思考并提供可对比参考的样本。

第二节　论题研究方法与论述思路

本书的研究对象为皮斯卡托的政治戏剧导演艺术。研究范围从时间论，主要以皮斯卡托 1920 年创办无产阶级剧院的政治戏剧初步尝试为始，至 1965 年皮斯卡托生前最后一部文献戏剧的上演及其著作《政治戏剧》一书再版发行，并重新定义当下政治戏剧新含义为止；从空间论，以皮斯卡托 1920—1930 年代于德国的政治戏剧创作，1930—1936 年流亡苏维埃，1936—1938 年暂居巴黎，1939—1951 年美国十二年戏剧工作室开展教学及创作，1951—1966 年回归德意志联邦共和国这五个地区的创作及工作情况为主要研究内容。研究依据主要以相关文献资料、论述文章、学术专著、相关

---

① Michael Schwaiger (Hg.). Bertolt Brecht und Erwin Piscator: Experimentelles Theater im Berlin der Zwanzigerjahr [M]. Wien: Verlag Cchristian Brandstätt, 2004: 16.

图片及影像为参考资料，试图从皮斯卡托导演创作各阶段的创作观念、创作手法及相关评述入手，结合与之相关历史、社会及政治发展状况的研究分析，从而厘清皮斯卡托政治戏剧观念的形成与发展过程。在论述上尽量做到有史有论，以史出论，以论厚史，尝试在历史叙述及文献材料研究分析的实证基础上，总结归纳出一些新的观点。

由于现有皮斯卡托研究的相关论文及专著多按照编年史顺序对其戏剧创作生涯以时间的线性发展顺序进行论述，为避免与现有的相关研究重复，本书除第一章就皮斯卡托政治戏剧思想的形成与发展按照时间线性顺序，结合文献资料进行史论相结合的论述外，其他章节主要从导演创作的角度，以具体作品为研究对象，分别论述皮斯卡托政治戏剧导演创作美学特征、革新性舞台创作手段及其对同时代及后世戏剧创作的影响，试图从导演创作的观念、方法论及其影响三方面进行研究分析及归纳总结。其中创作观念决定创作方法，创作方法以实践的形式检验创作观念并对其进行修正与补充，在二者的共同作用下对同时代及后世戏剧创作产生观念方面的影响并提供创作手法上可借鉴的价值。

此外，在史料及相关文献、专著的研究过程中，笔者发现关于皮斯卡托政治戏剧导演创作的研究成果主要集中在1920—1930年代于柏林的创作。本书试图将论域扩展至1931—1951年皮斯卡托流亡时期在苏联及美国的创作实践以及1950年代回归德意志联邦共和国以后至其1966年逝世前的创作。其中包括皮斯卡托于苏维埃所开展的反法西斯、反纳粹的和平主义创作活动，这一部分内容作为其政治戏剧创作方向的重要转变具有重要的考察及研究价值；一部分是皮斯卡托在纽约流亡十二年期间以戏剧工作室及工作室剧院为阵地，所开展的戏剧教育工作。皮斯卡托以课堂教学与演出实践相结合的戏剧教育活动是其对于德国及美国戏剧教育的重要贡献。纽约戏剧工作室为美国培养了众多戏剧及影视方面的从业人员，直接和间接地促进了美国外百老汇及外外百老汇运动的兴起与发展；第三部分是皮斯卡托回归德国之后提出的政治戏剧新模式——信仰戏剧以及集中体现信仰戏剧理念的三部文献戏剧创作。以上三部分内容在关于皮斯卡托创作生涯的论文及学术著作中，较之其1930年代前期的戏剧创作被关注及研究得相对较少，因此笔者尝试在本书中对以上内容进行文献资料整理、研究及论述，以期为皮斯卡托创作相关的学术研究进行文献资料及观点方面的些许补充。

第三节　相关研究成果文献综述

迄今为止，国内及欧美与皮斯卡托戏剧创作相关的专著及论文存在一定数量，但以皮斯卡托导演艺术为题进行分析论述的专著及论文数量较为有限。在以中文写作或翻译的学术论文与专著中，暂未有以皮斯卡托导演艺术为研究对象的专著出版。相关论文根据中国知网统计数据显示[①]，以"皮斯卡托"为主题的中文文献共 98 篇。其中包括 88 篇期刊论文，研究方向主要分为以下几个方面：

一、以皮斯卡托 1919—1931 年流亡前期于柏林的戏剧创作实践为主要研究对象。例如：发表于 1987 年《戏剧艺术》杂志的〔英〕爱德华·布朗著、杜定宇译《皮斯卡托在柏林》一文，主要按照作品排演的编年史顺序评价皮斯卡托 1919—1933 年于柏林的戏剧创作；发表于 1999 年《戏剧》杂志，陈世雄所著《皮斯卡托与布莱希特》，从理论上详细论述皮斯卡托与布莱希特在戏剧观念及戏剧创作手法上的异同，其中对皮斯卡托政治戏剧思想、舞台实践、构成主义舞台结构及电影的运用进行论述，时间范围主要集中于 1919—1931 年柏林的创作；发表于 2001 年《戏剧》杂志，陈世雄所著《20 世纪西方戏剧的政治化趋势》，论述皮斯卡托二战前期即 1919—1931 年于柏林的政治戏剧创作；发表于 2006 年《四川戏剧》杂志，李时学所著《政治戏剧目的与戏剧技巧——皮斯卡托的戏剧理论与实践》，按照编年史顺序论述皮斯卡托 1919—1931 年的创作实践及戏剧理论；发表于 2007 年《戏剧文学》杂志，赵习勇所著《皮斯卡托：当代戏剧舞台上的伟大革新者》，同样按照编年史顺序论述皮斯卡托 1919—1931 年于柏林的戏剧创作，对其美国戏剧工作室及 1960 年代文献戏剧创作稍有涉及，主要聚焦于皮斯卡托的舞台革新手段及其对当代戏剧的影响；发表于 2008 年《戏剧》杂志，皮斯卡托著、许健译《政治文献剧排演始末》，专门论述 1925 年《尽管如此》一剧的创作及演出情况；等等。

二、针对皮斯卡托导演创作中某一项创作手法进行专题论述。例如：2013 年发表于《戏剧》杂志，张林所著《影像走进戏剧——从皮斯卡托、布里安到斯沃博达》，其中部分内容论述皮斯卡托 1920 年代的戏剧创作中对于舞台投影的运用；2016 年发表于《上海师范大学学报》，张仲年所著《影像作为舞台导演叙事性语汇的探索》，部分内容详细分析皮斯卡托于 1925 年创作《尽管如此》及 1927 年创作《哎呀，我们

---

① 中国知网：http://kns.cnki.net/kns/brief/default_result.aspx

活着！》中对于舞台投影的运用方法；发表于 2017 年《戏剧艺术》杂志，〔德〕琳达·哈德伯格所著、石昊译《叙事体戏剧与包豪斯剧场》，主要就皮斯卡托 1919—1931 年部分作品中的叙事性要素与舞台结构、舞台布景之间的关系以及总体剧院构想进行论述；等等。

三、以皮斯卡托 1960 年代文献戏剧创作为主要研究对象，但主要研究对象为剧作家及文本。例如发表于 2006 年《国外戏剧丛谭》、周亦珺著《从〈调查〉看德国文献剧》，发表于 2012 年《文化艺术研究》杂志、许健著《从档案到戏剧——对 4 部德国"文献剧"代表作的解析》等相关文章。

与皮斯卡托主题相关硕士论文共 4 篇，分别为上海戏剧学院叶长海 2004 年所著《叙事戏剧编剧技巧研究》、吉林艺术学院刘川 2013 年所著《影像技术与戏剧表演的融合》、黑龙江大学夏时瑾 2013 年所著《布莱希特与斯坦尼斯拉夫斯基戏剧观比较研究》、中国美术学院张钫 2015 年所著《混乱中的抽象——斯莱默在包豪斯的戏剧及舞台创作研究》，以上论文中部分内容分别从叙事戏剧创作、舞台投影、舞台美术等方面涉及皮斯卡托创作；与皮斯卡托主题相关博士论文共 2 篇，分别为厦门大学李时学 2006 年所著《20 世纪西方左翼戏剧研究》以及上海戏剧学院殷姝双双 2014 年所著《导演－演员－身体——现代戏剧三大体系的导演与演员身体"解放"》，分别从左翼戏剧创作理论与技法以及表导演艺术研究方面，在部分章节中对皮斯卡托进行详细分析与论述。此外，以皮斯卡托为主题的文献还包括 4 篇发表在报纸上的文章，均对于皮斯卡托有所提及与论述。

在中文著作方面，除 1985 年《世界艺术与美学》第五辑刊载聂晶译《政治戏剧》一书外，迄今为止暂时未有以皮斯卡托导演艺术作为研究对象的专著出版。论著中涉及皮斯卡托戏剧创作的，如：李时学著《颠覆的力量：20 世纪西方左翼戏剧研究》，其中对皮斯卡托 1919—1931 年政治戏剧的创作理论及创作手法及其影响进行章节性详述；倪胜著《早期德语文献戏剧的阐释和研究》中对皮斯卡托 1919—1931 年的作品及 1960 年代创作文献戏剧进行章节性详述；张仲年著《戏剧导演》对皮斯卡托 1919—1931 年代表作品及其创作理念与创作方法进行章节性详述；陈世雄著《导演者：从梅宁根到巴尔巴》对皮斯卡托 1919—1931 年政治戏剧创作进行章节性详述；〔英〕J.L. 斯泰恩著，象禺、武文译《现代戏剧的理论与实践》对皮斯卡托 1919—1931 年期间的戏剧创作进行章节性详述；等等。

在德语及英语文献中，现有皮斯卡托于 1929 年所著德语版《政治戏剧》（*Das*

Politische Theater）一书，1963 年补充增订版以及英语、法语等版本，主要以编年史顺序记述其 1919—1931 年各阶段戏剧作品的创作理念、创作手法以及相关评价和影响。按照编年史顺序以皮斯卡托戏剧创作为研究对象的著作，如：〔德〕克鲁特·博伊瑟（Knut Boeser）与蕾娜特·瓦特科娃（Renata Vatková）著 *Erwin Piscator Eine Arbeitsbiographie in 2 Bänden*，主要按照编年史顺序介绍皮斯卡托 1916—1966 年生平及创作情况；〔德〕海因里希·格尔兹（Heinrich Goertz）著 *Piscator*，以编年史顺序简要介绍皮斯卡托生平及创作情况；〔德〕柏林艺术学院出版 *Erwin Piscator 1893-1966* 画册，登载与皮斯卡托生平及创作相关图片资料；〔美〕约翰·威利特（John Willett）著 *The Theatre of Erwin Piscator Half a Century of Politics in the Theatre*，按照编年史顺序论述皮斯卡托 1919—1966 年戏剧创作；等等。

此外，现出版有〔德〕迈克尔·斯威格（Michael Schwaiger）著 *Bertolt Brencht und Erwin Piscator Experimentelles Theater im Berlin der Zwanzigerjahr*，分别介绍皮斯卡托与布莱希特于 1920 年代在柏林的戏剧创作，并对二者创作异同进行简略比较与分析；〔德〕乌尔里希·阿姆朗（Ullrich Amlung）著 *Leben ist immer ein Anfang Erwin PIscator 1893-1966*，以编年史顺序收录关于皮斯卡托戏剧创作的论述文章及书信；〔英〕C.D. 英尼斯（C.D. Innes）著 *Erwin Piscator's Political Theatre The Development of modern German Drama*，按照皮斯卡托戏剧创作特征主要从理论上阐述政治戏剧创作美学并与其同时代欧洲戏剧家进行比较，但结合具体作品分析较少；〔美〕格哈德·F. 普罗布斯特（Gerhard F. Probst）著 *Erwin Piscator and the American Theatre*，收录关于皮斯卡托戏剧创作的相关论述文章，主要聚焦于皮斯卡托对于美国戏剧的影响；〔美〕朱迪思·玛琳娜（Judith Malina）著 *The Piscator Notebook*，以玛琳娜于纽约新校戏剧工作室学习期间的日记为主要内容，包括对于皮斯卡托戏剧创作的论述、戏剧工作室教师及学生的介绍和采访以及玛琳娜创建生活剧团的经历；等等。需要注意的是，由于笔者在外语文献资料的搜集方面具有一定的地域性限制，故未能全面掌握与论题相关的所有文献资料，在资料的搜集、整理及研读方面必定存在欠缺与不足。希望在今后的学习与研究过程中进一步完善这一项工作，对本书的不足之处加以补充与修正。

综上所述，国内外有关皮斯卡托政治戏剧创作的论文及著作从各个方面对这一主题进行了介绍、分析和阐述，这是笔者论题研究的重要文献基础与研究依据。但以上大部分文献资料的论述以编年史的线性发展顺序开展，或集中于皮斯卡托戏剧创作的某一方面进行专题研究，因此笔者尝试在论题研究及写作上突破现有文献编年史化的研究方式，从导演创作理念、方法论及效果和影响等方面分章节进行详细论述，以期为论题的研究寻找到新的角度，归纳总结出新的观点，为相关学术研究尽一份绵薄之力。

第一章　皮斯卡托政治戏剧思想的形成与发展

第一节　皮斯卡托生平

图 1-1　埃尔文·皮斯卡托（1893—1966）

皮斯卡托全名埃尔文·弗里德里希·马克思·皮斯卡托（Erwin Friedrich Max Piscator），于1893年12月17日出生于德国乌尔姆（Ulm）附近的韦茨拉尔（Wezlar）。1901年随父母举家迁往马尔堡（Marburg）并在此完成中学课程。1913年皮斯卡托去往慕尼黑宫廷剧院（Hoftheater）作为一名实习演员参加戏剧演出，并于慕尼黑大学（Munich University）学习戏剧、文学、哲学、艺术史等课程。1915—1917年参加第一次世界大战并加入前线剧团。1918年12月31日在柏林加入德国共产党（Kommunistische Partei Deutschlands，简称 KPD），参加柏林达达运动。1919年成立论坛剧院（das Tribunal），1920年成立无产阶级剧院（Proletarisches Theater），1923年成立中央剧院（Central-Theater）。1924年创作《旗帜》《红色政治讽刺剧》，1925年创作《尽管如此》。1924—1927年担任柏林人民剧院（Volksbühne）专职导演，创作《海啸》《强盗》等多部作品，1927年因导演《哥特兰风暴》明确的政治倾向性与人民剧院展开论战。皮斯卡托于同年从人民剧院辞职，创办皮斯卡托剧院（Piscator-Bühne），创作《哎呀，我们活着！》《拉斯普廷》《好兵帅克》等作品，1928年皮斯卡托剧院因资金问题倒闭。1929年创办第二所皮斯卡托剧院，创作《柏林商人》《繁荣》，写作《政治戏剧》一书并出版。1930年创办第三所皮斯卡托剧院，创作

《218 条款》《凯撒的苦力》《泰阳觉醒》等作品。1931 年因税务问题被当局关押入狱。1931—1936 年，流亡苏维埃，拍摄电影《渔民的造反》，担任国际革命戏剧协会（MORT）主席，组织反法西斯运动并计划在恩格斯城建立剧院。1936—1938 年因苏维埃大清洗运动被迫流亡巴黎。1939—1951 年流亡美国。于 1940 年初在纽约新校（New School）创办戏剧工作室（the Dramatic Workshop）开展戏剧教育工作，并于同年 9 月创办工作室剧院（the Studio Theatre），结合教学进行演出实践。1951 年 10 月回到德意志联邦共和国（BRD，即西德），1951—1962 年作为自由导演辗转于西德各中小城市剧院创作多部作品。1962 年被聘请为西柏林自由人民剧院（Freie Volksbühne in West-Berlin）艺术总监，创作《代理人》《J. 奥本海默事件》《调查》，开启 1960 年代德国文献戏剧创作热潮。1966 年 3 月在创作《军官的起义》期间入住施塔恩贝格（Starnberg）附近医院接受胆囊手术，于手术后第二天，即 1966 年 3 月 30 日去世。

第二节　魏玛共和国时期——从艺术到政治

皮斯卡托政治戏剧创作始于第一次世界大战之后，贯穿魏玛共和国时期。1920 年代是德国政治及社会状况较为复杂多变的时代，1918 年魏玛共和国的成立暂时缓解了德国左派及右翼势力之间的激烈冲突，但以斯巴达克联盟为首的德国左翼运动受到俄国十月革命的鼓舞，希望能够通过无产阶级革命将德国建立成为共产主义国家。尽管 1919 年"十一月革命"遭到血腥镇压，但以阶级斗争实现无产阶级解放的工人运动在德国如火如荼地展开。作为左翼阵营的艺术家，皮斯卡托以戏剧创作的方式积极投身德国工人运动，试图以戏剧作为斗争武器反映当下社会生活，积极介入社会政治事件，在广大无产阶级中进行革命理念的宣传鼓动，培养其革命意识并最终投身于社会改造运动之中。

皮斯卡托在亲历第一次世界大战之后，信仰马克思主义并加入德国共产党。此后其戏剧创作由战前纯粹的艺术追求转变为以明确的政治诉求为宗旨的政治戏剧创作。在创作手法上，皮斯卡托批判性地继承了德国战后表现主义、达达运动的创作理念与创作技法，以无产阶级剧院为阵地，以三部政治讽刺剧的创作为开端，开始探索并发展出政治戏剧的理论及美学特征。其后作为柏林人民剧院专职导演进一步在舞台革新方面进行大胆实验，广泛采用舞台机械装置及舞台投影设备，其宗旨在于将人民剧院建造成一所具有明确政治倾向性的革命剧院，但这一目标与剧院政治中立的定位相违背，在创作《哥特兰风暴》引发了关于艺术创作宗旨的社会论争之后，皮斯卡托从人民剧院辞职，建立自己的皮斯卡托剧院。

皮斯卡托剧院时期，鉴于剧院资助者的要求及票房收支压力，皮斯卡托在创作的政治明确性方面作出了妥协和让步，将剧院定义为"革命的剧院"而非"无产阶级剧院"。在此阶段，根据当时社会政治现状，分别以革命及经济为主题创作了一系列具有代表性的作品，进一步完善了政治戏剧的创作理念及美学特征，前两所皮斯卡托剧院均由于大规模作品的创作在人力及财力上耗资巨大。第三所皮斯卡托剧院则以明确的无产阶级革命性及精炼的创作手段回归了皮斯卡托政治戏剧创作初期的无产阶级属性。

一、少年时代

皮斯卡托生于德国一个传统的中产阶级家庭，其祖辈约翰·皮斯卡托（Johannes Piscator，1546—1625）曾作为神学教授在 1600 年对马丁·路德版本的圣经进行过翻译和修订。皮斯卡托父亲希望他能够继承家族传统，成为一名神职人员。然而，幼年的皮斯卡托便对于学校内所进行的"小资产阶级教育"产生排斥，他开始写作诗歌并大量阅读德国批判现实主义作家海因里希·曼（Heinrich Mann，1871—1950）、托马斯·曼（Thomas Mann，1875—1955），俄国作家托尔斯泰（Tolstoy Lev Nikolaevich Tolstoy，1828—1910），法国自然主义作家埃米尔·左拉（Emile Zola，1840—1920）等人的小说以及雨果·冯·霍夫曼斯塔尔（Hugo Von Hofmannsthal，1874—1929）、奥古斯特·斯特林堡（August Strindberg，1849—1912）、弗兰克·魏德金德（Frank Wedekind，1864—1918）、乔治·毕希纳（Georg Büchner，1813—1837）等人的戏剧作品。其中，左拉的自然主义小说对于社会现实的真实性追求，对于普通民众日常生活的描写以及作品的叙事性文本构架影响了皮斯卡托日后的无产阶级戏剧创作，他认为自然主义小说发现了"作为第四等级的人民"；而以毕希纳、霍普特曼（Gerhart Hauptmann，1862—1946）的作品为代表的德国现实主义戏剧则第一次将无产阶级作为一个阶级呈现在戏剧舞台上。1913 年在慕尼黑宫廷剧院作为临时演员的演出经历以及在慕尼黑大学戏剧、文学、哲学及艺术史课程的学习经历为皮斯卡托日后的戏剧创作积累了实践经验及基础知识。

二、一战时期

1915 年，皮斯卡托被征入伍，当他目睹自己的战友被狙击手击中，军方以冷漠的态度对待战士的死亡以及经历了自己的戏剧职业被军官取笑时，皮斯卡托第一次对于战前自己所追求的事业产生怀疑和羞愧，并且第一次对"艺术"有了全新的认识，这一全新的认识奠定了皮斯卡托日后戏剧创作对于作品现实性的追求，他在日记中写道："艺术，纯粹的艺术，必须符合每一个现实的事件，并且证明其自身可以根据每一个现实的事件进行创新……此刻我曾经追求的事业就像我所身处的战壕一样，像那些尸体一样毫无生命力，艺术，不应该躲避现实。"[①] 与此同时，皮斯卡托开始受到德国左翼杂志《行动》（*Akition*）以艺术的手段进行政治斗争的鼓舞，在其上发表诗歌。

1917 年，皮斯卡托加入前线剧团，在各前线部队为士兵们进行滑稽剧和闹剧演出，这些演出均以获得纯粹娱乐消遣的演出效果为目的。这一经历再一次促使皮斯卡托重新审视文学与现实生活的关系。在被征入伍之前，皮斯卡托通过文学作品来认识生活，而此时皮斯卡托意识到："艺术在此刻仅仅服务于娱乐的目的，前线剧团的演剧经历揭示出整个时代的疯狂，艺术在面对生命与死亡时，被贬低成了庸俗的垃圾……我开始重新认识艺术，不是通过艺术本身，也不是通过学校所教授过的艺术，而是通过真实经历的生活。"[②]1918 年，德国"十一月革命"爆发，水兵与工人组成的议会开始在全国范围内进行武装起义，要求推翻德意志帝国，结束战争并建立共和国。皮斯卡托积极参与军队中关于革命问题的讨论会，发表自己的反战观点。一战结束之后，皮斯卡托返回家乡马尔堡，面对战争对城市生活带来的摧毁，战争贷款对德国中产阶级造成的经济重担，魏玛共和国在战后重建政策上的无所作为，皮斯卡托决定放弃此前熟悉的资产阶级生活，前往柏林。此时，他已经开始思考艺术与政治的关系："1919年之前，艺术与政治是两条长期不相交的平行线。而现在，纯粹的艺术已经不能够满足我，我希望发现一个艺术与政治能够彼此交汇的点，在这个点上艺术以一种全新的概念得以重生，即积极行动的、战斗力旺盛的、政治的艺术。"[③]

---

① Erwin Piscator. The Political Theatre [M]. Translated by Hugh Rorrison. New York: Avon Books, 1978: 14.
② 同上：15—16。
③ 同上：17。

三、达达运动及战后表现主义

皮斯卡托早期政治戏剧的尝试主要受到了达达主义（Dada）的创作理念及战后表现主义（War-Expressionism）创作手法的影响。1919 年 1 月，皮斯卡托经《新青年》（*Neue Jugend*）杂志编辑、左翼艺术家维兰德·哈兹菲尔德（Wieland Herzfelde，1896—1988）介绍，进入柏林达达艺术圈并结识了其日后的合作者如设计师乔治·格罗西（George Grosz，1893—1959）、约翰·赫特菲尔德（John Heartfield，1891—1968）、编剧弗朗兹·杨（Franz Jung，1888—1963）以及瓦尔特·梅林（Walter Mehring，1896—1981）等人。随后，皮斯卡托加入信仰马克思主义的左翼革命组织"斯巴达克联盟"（der Spartakusbund）并于 1918 年 12 月 31 日加入德国共产党。柏林的达达运动较之发源地瑞士更为激进，政治倾向性更为明确，他们不仅向所有公认的资产阶级观念发起攻击，更将他们的艺术实践视为一次颠覆欧洲的政治实践运动。因此，柏林达达艺术家们关注艺术与政治的关系，并达成"如果艺术要获得广泛意义，那么它必须成为阶级斗争的武器"的共识，他们高举"行动"（action）的大旗，向苏维埃学习，广泛组织无产阶级斗争运动。

战后表现主义兴盛于第一次世界大战之后，相较于大战前表现主义对于"人的内在灵魂"的关注以及"在资本主义压抑下人的'解放'和人的尊严"[1] 的个体解放要求，战后表现主义体现出艺术家们反对战争、要求社会变革的政治诉求。在戏剧表现形式上，战后表现主义多采用由简洁的舞台布景及灯光所构成的暴露在观众眼前的舞台建筑结构，以取代抒情性的、装饰性的舞台，"以蒙太奇及政治讽刺剧的形式将碎片化的场景进行串联，从而构成主要戏剧形式"[2]。1919 年底，皮斯卡托前往柯尼斯堡（Königsberg），与奥斯卡·卢锡安·施鲍恩（Oscar Lucian Spaun，生卒年月不详）共同创办论坛剧院，被认为是他以戏剧创作来实践达达主义和战后表现主义的一次实验。在论坛剧院期间，二人共同创作了斯特林堡的《鬼魂奏鸣曲》（*Ghost Sonata*），作品呈现出表现主义风格，舞台由白色的门和窗框以及黑色的幕布构成；皮斯卡托导演了由魏德金德的表现主义作品《死亡与魔鬼》（*Death and the Devil*）及海因里希·曼的《杂集》（*Variété*）两个文本组合而成的作品。论坛剧院最终由于资金及演员的短

---

① 余匡复. 德国文学史（修订增补版）（上、下卷）[M]. 上海：上海外语教育出版社，2012：413—414.
② C.D. Innes. Erwin Piscator's Political Theatre, The Development of Modern German Drama [M]. London: Cambridge University Press, 1972: 181.

缺而关闭，皮斯卡托获得了为期六周的导演及剧院经理人的实践经验。

1920 年，皮斯卡托关闭论坛剧院回到柏林后，柏林的达达运动呈现出更明确的攻击性。其针对中产阶级的写实主义美学所采取的无政府主义立场、对于艺术及其他意识形态领域的反叛变得更加极端化，并力图将这一艺术领域的运动转变为一场政治斗争。他们向资产阶级社会宣战，宣称"绘画和诗歌不再仅仅由艺术创作的基本原理决定，而是由其对于革命的有效性来决定，内容决定了形式"①。受此影响，加之论坛剧院的实践经验，使皮斯卡托对于艺术的认知更加清晰，他开始将艺术创作与社会政治运动相结合，并提出"艺术应该具备政治的、宣传鼓动的、教育的社会功用"②。

四、无产阶级剧院及中央剧院

1920 年，皮斯卡托创办无产阶级剧院，标志着其政治戏剧创作的开端。剧院的创办宗旨较战后表现主义导演卡尔海因茨·马丁（Karlheinz Martin，1886—1948）等人创办的第一所无产阶级剧院（the first Proletarian Theatre）更为激进，更具有明确的政治目的。皮斯卡托认为前者仅具备半无产阶级性质，但不具备一所符合无产阶级要求的与时事相关的剧院的纯粹性，而他所需要的是："更少的艺术，更多的政治：植根于无产阶级之中的无产阶级文化和宣传鼓动性。"③ 这既是无产阶级剧院区别于柏林主流剧院之一的人民剧院（die Volksbühne）的特点，也是皮斯卡托对于第一所无产阶级剧院的批判性继承。剧院由早期的柏林达达团体所支持，他们希望在这所剧院中将他们所倡导的虚无主义（nihilism）及无政府主义用于政治功用。然而，这一理念与皮斯卡托有所冲突，他在一篇名为《关于无产阶级剧院的基础及任务》的文章中指出："应当承认，达达看到了无根源的艺术（art without roots）所引导的方向，但达达不是答案。"④ 同时，他也反对表现主义将作品的表现形式作为创作目的以及将观众被煽动起的情感作为观演关系的中心，对于皮斯卡托而言，形式与观众的热情不是创作的终点，"形式需要具有功能性，而观众的热情仅仅是引起公众政治觉醒意识的一个

---

① Erwin Piscator. The Political Theatre [M]. Translated by Hugh Rorrison. New York: Avon Books, 1978: 23.
② 同上：23。
③ 同上：25。
④ John Willett. The Theatre of Erwin Piscator, Half a Century of Politics in The Theatre [M]. New York: Holmes & Meier Publishers, Inc, 1979: 47.

步骤"[1]。因此，他脱离了达达运动与战后表现主义，走上了一条与他的政治理念及艺术创作宗旨相符的全新道路。

无产阶级剧院在柏林各工人聚集地的大厅及会议室中进行巡回演出，创作了讲述被资本主义制度剥削而流落柏林街头、以乞讨为生的退伍残疾老兵故事的《残疾人》（The Cripple），揭露匈牙利利用集中营关押和毒害共产党人的《在门边》（At the Gate）以及探讨俄国革命的《俄罗斯的一天》（Russia's Day），后者被称为"德国第一部宣传鼓动戏剧作品"[2]。

图 1-2　无产阶级剧院节目宣传手册

在确立了明确的政治戏剧创作方向之后，皮斯卡托将无产阶级剧院的创作宗旨定义为"宣传鼓动"（agitprop）[3]，即"发展并提高阶级意识以及培养无产阶级为进行阶级斗争所需要的团结性。创建一个共同体，人们在此不仅分享人文价值和艺术价值，还可以分享政治的价值"。剧院的目标和定位"不是为无产阶级提供艺术的剧院，而是向他们提供有意识的宣传鼓动的剧院，不是一个为无产阶级而建的剧院，而是属于无产阶级自己的剧院"[4]。剧院的首要任务是广泛传播并加深观众对共产主义信念的

---

①　C.D. Innes. Erwin Piscator's Political Theatre, The Development of Modern German Drama [M]. London: Cambridge University Press, 1972: 181.

②　Erwin Piscator. The Political Theatre [M]. Translated by Hugh Rorrison. New York: Avon Books, 1978: 38.

③　agitprop 为合成词：agitation（鼓动，煽动）+ propaganda（宣传）。

④　Erwin Piscator. The Political Theatre [M]. Translated by Hugh Rorrison. New York: Avon Books, 1978: 45.

理解，发挥戏剧宣传教育的社会功用，"演出严格禁止'艺术'这个词语，作品创作目标是对于当前社会事件产生作用，并成为政治运动的一种形式"①。皮斯卡托尝试在演出中全部采用业余的工人演员，对于观众中的失业工人以每人一马克票价作为象征性收费。然而正是由于剧院在经营方面经验缺乏，加之低廉票价无法保证剧目的创作演出，在柏林警察局拒绝为剧院办理营业执照后，最终于 1921 年关闭。虽然仅存在了一年，但无产阶级剧院已成为柏林无产阶级宣传鼓动运动中的首要力量之一，且剧院宣传鼓动剧的演出形式为德国工人演剧活动提供了可借鉴的模式，直至 1928 年，仍然被各宣传鼓动演出团队广泛采用。

　　1923 年，皮斯卡托与汉斯·乔斯·雷菲施（Hans José Rehfisch，1891—1960）共同组建了中央剧院继续进行创作，剧院的定义为"与人民剧院相对立的无产阶级的人民剧院（proletarian Volksbühne）"②。在剧目选择上，皮斯卡托排演了高尔基的《小市民》（*Smug Souls*）、罗曼·罗兰的《时间将至》（*The Time Will Come*）以及托尔斯泰的《黑暗的力量》（*The Power of Darkness*）三部被他称为"彻底的现实主义"③的作品，从演员表演及舞台布景等方面积累了现实主义作品的创作经验。1924 年秋，中央剧院被迫易主，皮斯卡托经过三年的创作实践，在柏林戏剧界开始崭露头角。

五、三部政治讽刺剧创作

　　1920 年代初期，随着德国无产阶级革命运动的开展及德国工人演剧活动的日益兴盛，德国共产党逐渐意识到以戏剧演出的形式广泛宣传革命思想、培养无产阶级革命意识并促使其投身阶级斗争的有效性，开始大力支持德国工人演剧活动并邀请皮斯卡托为其党派活动进行戏剧创作，皮斯卡托由此获得了较此前在工人聚集地的非剧场空间中做巡回演出更为专业的创作机会。1924—1925 年，皮斯卡托在专业剧院中创作的《旗帜》（*Fahne*）、《红色政治讽刺剧》（*Revue Rote Rummel*，简称 RRR）及《尽管如此》（*Trotz Alledem*）分别体现出政治戏剧的叙事性、宣传鼓动性及文献纪实性特征，标志着皮斯卡托政治戏剧美学的初步建立。

①　John Willett. The Theatre of Erwin Piscator, Half a Century of Politics in The Theatre [M]. New York: Holmes & Meier Publishers, Inc, 1979: 50.

②　同上：50。

③　Erwin Piscator. The Political Theatre [M]. Translated by Hugh Rorrison. New York: Avon Books, 1978: 58.

皮斯卡托将三部作品称为"无产阶级政治讽刺剧"（Proletarian political revue）[1]，他认为政治讽刺剧的剧作结构符合其政治戏剧的创作要求："在一部政治讽刺剧中，没有一个单一的行动整体，结构松散自由，同时指向一个单纯明确的诉求——宣传鼓动。作品的效果是由所有剧场中的元素共同构成。"[2] 运用政治讽刺剧达到政治宣传目的，实现宣传鼓动的效果是皮斯卡托长期以来的构想，他认为这样的戏剧形式区别于"资产阶级传统戏剧中笨重、呆板的结构与内容以及引诱观众对演出所进行的心理学分析、不断地在舞台与观众席之间设置障碍等特点。政治讽刺剧为'剧场中的直接行动'（direct action in the theatre）提供了实现的机会"[3]。

（一）《旗帜》的叙事性

1924 年，皮斯卡托受人民剧院邀请，与新闻记者阿尔封·帕绐（Alfons Paquet，1881—1944）共同创作了讲述 1886 年芝加哥工人为争取八小时工作制所开展的罢工运动，同时结合当下德国工人工作生活现状，对于当下德国社会具有现实诉求。因此，《旗帜》被定义为一出具有现实诉求的历史剧，一部表现工人生活的戏剧。

《旗帜》由 19 个相对独立的场景连缀而成，由民谣叙事歌手配合舞台投影介绍剧情及人物开场。作品的副标题为"一部叙事戏剧"，这是皮斯卡托第一次有意识地使用叙事性的手法进行创作，同时也是其第一次尝试将剧场机械化，第一次在装备精良的专业剧院中使用幻灯投影设备播放新闻简报、电报、照片等。他将投影与舞台行动相结合的革新性舞台技术手段称为"新混合媒介"（the new mixed media），认为其扩展了剧场的表现边界，将剧场转变成为信息传递的工具以及宣传鼓动的武器。1963 年，皮斯卡托在创作回顾中指出《旗帜》是他发展"叙事戏剧"的开端并对此剧作出总结性评价："总体来说，此剧的创作目标在于：舞台行动的扩大与延伸，行动发生的社会背景的说明与澄清。也就是说，该剧超越剧场框架的延续性的开掘。一部由

---

[1] "revue"一词源于法语"magazine"或"overview"，中文翻译为"讽刺时事的滑稽剧"，是一种结合音乐、舞蹈、小品等多种表演手段，以吸引观众兴趣为目的的戏剧娱乐形式，其根源于 19 世纪的大众娱乐及情节剧（melodrama），在 1916—1931 年间发展成独立的文化艺术门类并达到其发展巅峰。Revue 以其视觉场面最受欢迎，内容通常以讽刺当下公众人物、新闻及文学为主，与喜歌剧（operetta）及音乐喜剧（musical theatre）的相关衍生物相似。Revue 通常不具有完整连贯的故事情节线索，而是以一个共通的主题将一系列松松连缀的表演场景结合起来，这些场景多为单独的表演和舞蹈，且在演出的过程中相互切换。参考维基百科英文版，词条"reuve"（https://en.wikipedia.org/wiki/Review）。

[2] Erwin Piscator. The Political Theatre [M]. Translated by Hugh Rorrison. New York: Avon Books, 1978: 81.

[3] 同上：81—82。

'观看的戏剧'（spectacleP-play, Schaustück）发展而成的'教育的戏剧（didactic play, Lehrstück）'。"[1] 皮斯卡托日后的合作者、左翼剧作家、记者雷欧·拉尼亚（Leo Lania，1916—1959）也将《旗帜》称为"第一部有意识的叙事戏剧，第一部马克思主义戏剧"[2]。于皮斯卡托而言，这是他在柏林专业剧院中第一次创作实践，更是他在发展政治戏剧的叙事性特征和使用革新性舞台机械技术方面所取得的进步。

（二）《红色政治讽刺剧》的宣传鼓动性

1924 年，德国共产党为参加魏玛共和国 1924 年 12 月 7 日的大选，邀请皮斯卡托创作一部政治讽刺剧，在柏林各工人聚集地及会议大厅进行以政治宣传鼓动为目标的演出。皮斯卡托与剧作家菲利克斯·加斯巴洛（Felix Gasbarra，1895—1985）创作了《红色政治讽刺剧》，剧作主题为揭露阶级不公以及共产党最终胜利的预言。

皮斯卡托将这一作品称为"无产阶级政治讽刺剧"（proletarian political revue）以及"革命政治讽刺剧"（revolutionary revue）。为了达到作品的宣传鼓动性，舞台上的行动与大选期间流传于工厂、车间和街道上的所有热点话题息息相关，与现实政治事件的联系几乎在全剧 24 个场景中均得以实现。为使观众在最大程度上卷入场上事件，剧作的宣传鼓动手段较之无产阶级剧院时期更为丰富和精准，皮斯卡托邀请作曲家埃德蒙·迈泽尔（Edmund Meisel，1894—1930）[3] 为演出创作了一系列革命歌曲并综合运用音乐、杂技、体育、幻灯片、电影、统计数据、即时绘画、小品文章、演讲等多种创作素材用于信息传递。在该剧演出中还穿插了由演员扮演的列宁、卡尔·李卜克内西（Karl Liebknecht，1871—1919）、罗莎·卢森堡（Rosa Luxenburg，1871—1919）等革命人物直接向观众发表演讲，结尾处全体观众起立与演员同唱《国际歌》。《红色政治讽刺剧》的演出为德国 1920 年代中后期宣传鼓动运动"建立起一个重要范本"[4]，因此成为德国宣传鼓动戏剧创作领域的标志性作品之一。

---

① Erwin Piscator. The Political Theatre [M]. Translated by Hugh Rorrison. New York: Avon Books, 1978: 70.

② 同上：74。

③ 德国 20 世纪著名作曲家，曾为《战舰波将金号》（1925）、《柏林—大都会交响曲》（1927）、《十月革命》（1928）等电影配乐，也为布莱希特的戏剧作品编曲。1927—1928 年担任皮斯卡托剧院的音乐总监。

④ John Willett. The Theatre of Erwin Piscator, Half a Century of Politics in The Theatre [M]. New York: Holmes & Meier Publishers, Inc, 1979: 50.

（三）《尽管如此》的文献纪实性

1925 年，皮斯卡托与加斯巴洛及迈泽尔受邀为德国共产党第一届年度大会（Berlin Conference）创作一部政治戏剧，作品以斯巴达克联盟领导人之一的卡尔·李卜克内西在一次演讲中所用短语"尽管如此"（Trotz alledem）作为题目，以德国共产党视角呈现了 1914—1919 年从德国宣战到李卜克内西被刺杀的革命历史。

皮斯卡托将作品定义为"第一部文本和演出均完全基于政治文献的戏剧"[①]。演出的 23 个场景按照革命发展的时间顺序连接，登场人物除个别虚构的无产阶级工人之外，均为与德国革命相关的真实历史人物。演出中穿插这些人物的演讲、文章、政治宣言及历史照片、新闻剪报、革命宣传手册以及用以表现战争血腥场面的第一次世界大战纪实电影等文献材料。皮斯卡托指出，选择使用历史文献作为创作材料的出发点以及创作的核心在于："经由材料和证据引导出的，就我们的时代而言唯一有效的世界观和所有从其中派生出来的东西。"[②]作品的文献纪实性所通达的现实性和即时性将场上事件与观众亲身经历过的和正在经历的社会政治事件紧密连接，当他们的个体命运被真实地再现于舞台上时，"剧院变成了一种真实的存在，剧院不仅仅是观众与舞台演出相遇的场所，而是变成了一场盛大的群众集会、一个巨大的战场、一次大规模的示威游行……我们第一次在剧场中遭遇到源于我们生活经验的绝对的现实性……这一现实性是政治的现实性，这是'政治'一词的本源意义所赋予的——成为普遍的关注"[③]。

皮斯卡托通过以上三部政治讽刺剧的创作，借助专业剧院的舞台机械及灯光、投影等设备，综合运用舞台蒙太奇手段将多种艺术形式相结合，探索并开掘了政治戏剧叙事性、宣传鼓动性及文献纪实性的美学特征。在此后的创作中，他从创作理念与创作技法上进一步综合运用并发展了政治戏剧的这三种美学特征。

六、人民剧院时期

1924 年秋，皮斯卡托被人民剧院聘请为剧院专职导演（regular director），他在人民剧院为期三年的创作旨在倡导戏剧对于社会现实的关注与反映，对于社会政治事件

---

① Erwin Piscator. The Political Theatre [M]. Translated by Hugh Rorrison. New York: Avon Books, 1978: 91.

② 倪胜 . 早期德语文献戏剧的阐释和研究 [M]. 上海：上海远东出版社，2015：27.

③ 同上：96。

的介入以及对于观众革命意识的培养，希望以人民剧院这一柏林主流剧院为阵地，全面践行并推广其政治戏剧理念，使人民剧院从政治上的中立立场转变为具有明确政治倾向性的剧院，使其性质由此前为资产阶级观众提供娱乐化艺术欣赏的票务代理机构转变为一所为无产阶级革命服务的革命剧院。因此，皮斯卡托在人民剧院期间的创作被美国戏剧研究家约翰·威利特（John Willett，1917—2002）称为"政治化人民剧院"[1]。皮斯卡托以不妥协的态度所进行的政治目标明确的创作最终引起了人民剧院内部关于艺术创作宗旨的论战并扩展为社会层面的论争。论战导致皮斯卡托从人民剧院辞职，建立起自己的剧院进一步实践和发展其政治戏剧理念。

（一）人民剧院导演作品

1924年秋，皮斯卡托与新闻记者兼编剧阿尔封·帕给合作，创作了他在人民剧院的第一部作品《海啸》（*Sturmflut*）。作品讲述了十月革命胜利以后，由于缺乏资金进行城市建设，革命领袖格兰斯卡（Granska）将圣彼得堡卖给一名老犹太人后隐居森林，但最终回到城市煽动和领导无产阶级群众发动革命，夺回圣彼得堡的故事。为突出革命事件这一主题，皮斯卡托在创作过程中研究了大量关于俄国革命的史实资料，并在舞台场景之间穿插这些史料及纪实电影，以增强并突出作品的现实性和政治性。此外，皮斯卡托第一次专门为演出拍摄电影，作为舞台布景的一部分并用于事件规定情境的阐释，例如电影播放波涛汹涌的海洋镜头及结尾处群众聚集的镜头等。舞台投影开始在皮斯卡托的创作中承担起更为重要的作用，影像化的图片及电影开始引导着剧情发展，成为舞台演出的一个驱动性力量。剧评家赫尔伯特·耶林（Herbert Ihering，1888—1977）将《海啸》中的电影运用称为"新的媒介"（the new medium）及"重大革新"（substantial innovation）。[2]

除《海啸》外，皮斯卡托于1924—1927年间在人民剧院共执导数十部作品，其中包括高尔基的《在底层》、一系列航海主题作品以及引起人民剧院论争的《哥特兰风暴》等。此外，皮斯卡托也应邀为国家剧院（das Staatliches Schauspielhaus）创作数部作品，其中最具影响力的为席勒的《强盗》（*Die Raüber*），演出引起柏林戏剧界对于古典作品的当代创作这一问题的广泛讨论。

---

[1]　John Willett. The Theatre of Erwin Piscator, Half a Century of Politics in The Theatre [M]. New York: Holmes & Meier Publishers, Inc, 1979: 55.

[2]　Erwin Piscator. The Political Theatre [M]. Translated by Hugh Rorrison. New York: Avon Books, 1978: 105.

（二）《强盗》的当代性改编

1927 年 9 月，皮斯卡托在国家剧院导演了席勒作品《强盗》，对这一德国经典文学作品进行了全新的创排。为突出演出的即时性，使之与当下革命形势相联系，皮斯卡托大幅度删减了原剧本中人物台词，按照当下社会现状赋予了人物明确的阶级属性与社会功能，例如将卡尔·穆尔（Karl Moor）的英雄形象转变成一个富有浪漫思想的傻瓜，其悲剧性的缺陷体现出"资产阶级的弱点"[1]；原剧中的反面人物，背信弃义的斯皮尔伯格（Spielberg）被装扮成托洛茨基（Trotzky）的外形，变成了一位意识清晰并带有理性和同情心的无产阶级革命者；[2] 老穆尔这一角色由原作中 18 世纪多愁善感的老人转变成性情暴躁且专横的家族元老，即当代社会中易怒的统治阶级的典型形象；而原剧作中的强盗们变成了身着布衣的无产阶级革命者，由迈泽尔创作的一组激昂强劲的革命歌曲作为贯穿演出的主题音乐,伴随着强盗们的每一次出场,在结尾处"自由！自由！"的呐喊声中将演出推向高潮。

皮斯卡托对于德国经典文学作品的颠覆性改编及排演引起了评论界的激烈讨论，保守主义者们对皮斯卡托损坏了德国文化的宝贵遗产而深感恐惧，将演出称为"一部共产主义电影戏剧"（a communist film drama）[3]，而《红旗报》（Rote Fahne）等左翼媒体以及耶林等人对皮斯卡托予以积极评价，他们认为《强盗》的上演揭示出了席勒与当代现实的关系问题，并指出此次创作的重要性在于："运用经典文本将事实材料与内容带入了剧场，以替代剧院中通常所见的虚假的美学繁荣；它唤起了对于保留剧目的修正问题，使得那些古老的剧目与当代性的改编建立起联系，同时与讲述当代问题的戏剧建立联系。因此，也使席勒在当代社会再一次重生。"[4]

面对评论界看法不一的评价，尤其是那些认为"德意志民族最为珍贵的遗产被皮斯卡托在污泥里拖行"[5] 的负面评价，皮斯卡托于《强盗》上演之际作出了一份声明，阐释并强调了其政治戏剧创作的现实性原则。皮斯卡托指出，使古典戏剧恢复生机的可能性在于：将它们与我们当下的观众建立起联系。皮斯卡托指出，在文化发展的每

---

① C.D. Innes. Erwin Piscator's Political Theatre, The Development of Modern German Drama [M]. London: Cambridge University Press,1972: 166.

② Erwin Piscator. The Political Theatre [M]. Translated by Hugh Rorrison. New York: Avon Books, 1978: 128-129.

③ John Willett. The Theatre of Erwin Piscator, Half a Century of Politics in The Theatre [M]. New York: Holmes & Meier Publishers, Inc, 1979: 62.

④ Erwin Piscator. The Political Theatre [M]. Translated by Hugh Rorrison. New York: Avon Books, 1978: 130.

⑤ 同上：131。

一个阶段，戏剧作品都与时代紧密相连，剧院的命运都与时事性（topicality）紧密相连。作品的内在精神问题不能够放在真空中去讨论，只有当创作目标是面向当下的、与社会现实相关的、与当下观众的实际生活经验有所联系的时候，它才具有意义。此外，皮斯卡托认为导演应当将自身作为他所处时代的解说者，应当对于时代的决定性构成要素进行充分开掘，使创作工作从无数的偶然性之中解放出来，挖掘并凸显作品超越个体性的普遍意义。

（三）人民剧院风暴（Storm over Volksbühne）

皮斯卡托对于《强盗》具有明确政治倾向性的改编和创排引起了柏林剧场界的激烈论争，随后，关于艺术创作政治化的论战在其为人民剧院导演的《哥特兰风暴》（*Storm voer Gottland*）中被推至高潮。这一次论战被称为"人民剧院风暴"，这也是皮斯卡托政治戏剧导演生涯的重要分水岭，在此之后，皮斯卡托辞去人民剧院专职导演职务，创办了独立的皮斯卡托剧院。

1.《哥特兰风暴》

皮斯卡托于 1927 年创作的《哥特兰风暴》讲述了 14 世纪带有资产阶级性质的德国民间对外贸易组织汉萨同盟（the Hansa）和从中脱离出来的带有共产主义性质的维达兄弟联盟（the Vitalian Brothers）之间斗争的故事。尽管剧作讲述的是一个中世纪故事，但皮斯卡托受到剧作者在剧本序言中所提出的"故事并非只是发生在 1400 年"的启发，他认为剧作的主题所包含的政治隐喻与当前社会问题存在着联系，作者所描写的这一发生在中世纪的斗争在之后的时代屡次重现，因此，剧作所涉及的起义、暴动及革命失败等内容具有穿越时代的广泛适用性。

皮斯卡托为演出专门拍摄了电影，用以交代中世纪的政治、宗教和社会结构情况，为舞台行动构建起文献纪实性的背景。此外，他延续了自己在《强盗》中的创作手法，赋予剧中人物与当下社会现实相对应的政治性身份：他将海盗们（维达兄弟）视为反抗资本主义的"十字军"和改革者；将维达兄弟领导者之一斯多特贝尔克（Störtebecker）视为当下国家社会主义者的代表、纳粹的共谋者、阴谋家；而与之形成对比的是另一位维护兄弟会信条的领导者阿斯姆斯（Asmus）所代表的理性和清醒的革命者，并且将其化装为列宁的形象。

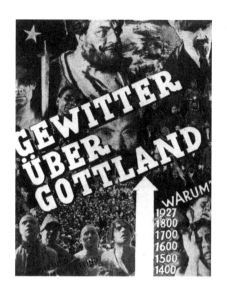

图 1-3 《哥特兰风暴》中由摄影师库尔特·沃伊托拍摄的电影片段用于舞台投影

作品引起广泛争议及剧院经理恐慌的是皮斯卡托对于结尾的处理：在皮斯卡托为结尾专门拍摄的电影中演员们面对观众走向镜头，在这一过程中他们的服装样式按照历史上革命运动的时间顺序不断变换，最终扮演阿斯姆斯的演员以列宁的形象出现在镜头中，象征苏维埃革命的一颗红星冉冉上升，表明了对于布尔什维克革命的效忠。皮斯卡托通过这一处理方式，将社会革命的必然性和其跨越时代地域的广泛适用性（如屏幕上呈现从汉堡到上海的革命镜头）清晰地呈现在观众面前。人民剧院经理认为，这一具有鲜明政治倾向性的结尾处理是对于剧场中那些保守观众的公然挑衅，是皮斯卡托对于艺术创作自由的滥用。在开演前两小时，以剧院经理为代表的审查者们删减了四分之一的电影镜头。皮斯卡托为表达自己的不满，毅然辞职并宣布放弃作品演出的导演职责和权利。剧院经理的做法引起了剧院内部皮斯卡托的支持者和观众的强烈不满，他们讽刺剧院经理的做法预示着德国审查制度的回归。这一事件将人民剧院内部坚持戏剧创作政治中立性的保守派与坚持政治戏剧创作的左翼之间的矛盾激化并扩展演变为一场社会层面的政治冲突。

2. 1927 年人民剧院论战

人民剧院经理擅自删减作品中电影片段的行为引起了左翼知识分子、进步青年及广大观众的集体抗议。左翼知识分子群体对人民剧院发出了联名抗议，认为人民剧院违背了 1890 年建院初期"艺术为人民"（art for people）的宗旨，干预了皮斯卡托在戏剧革新方面的天赋性创造，公然贬低了皮斯卡托在重塑人民剧院活力方面的无可争辩的贡献。剧院上百名成员以及工人阶级表明站在皮斯卡托立场，要求恢复艺术创作自由并且将一个全新的"无产阶级—社会主义精神"（proletarian-socialist spirit）注入到人民剧院的改造运动中去。皮斯卡托长期以来所倡导与从事的政治戏剧由此被置于了政治斗争的中心，一场关于人民剧院是否应该具有政治倾向性的论战就此展开。

抗议者们要求建立一所具有明确政治倾向性的人民剧院。他们认为，皮斯卡托所创作的政治戏剧长期被冠以"实验"（experiments）的称谓，大众不再接受这一称谓，这些"实验"不应作为独立的作品，而应当是一系列彼此紧密连接的、指向一个最终目标的整体性作品集合。皮斯卡托的支持者耶林认为剧院应承担各自在政治斗争方面的责任，应成为大众尚不清晰的政治信念的代言人："大众并非是被剧院划分成了各个派别，而是大众自身由于不同的政治信仰将剧院划分开了，并且所有真实的信仰都具备政治性，代表不同政治信仰的剧院之间的斗争将长期持续下去。我们认为鲜活的、伟大的艺术均是源于进步的政治信仰。"[①] 由人民剧院内部年轻员工所组成的"青年团队"（junior section）呼吁人民剧院能够勇敢地走向政治戏剧的创作方向，他们要求创作与时事相关的戏剧（topical plays），要求创建政治剧院（political theatre）。青年团队于 1927 年 3 月 14 日发表宣言："人民剧院作为一所由工人们支持的剧院，必须创作一系列保留剧目，这些剧目需要具备生动性及目的性，并清晰地表达出明确的政治信念。人民剧院中年轻的无产阶级成员反对资产阶级对于艺术中立性的主张。剧院是一个工人阶级为争取自由而进行斗争的重要武器，舞台必须反映无产阶级在建立世界新秩序的斗争过程中的生活与愿望。"[②]

面对左翼人士及青年们的抗议，人民剧院经理与艺术委员会召开讨论会，以 37 比 4 的投票结果，再一次确立了剧院将坚持其作为一所文化机构而超越党派属性的立场，即人民剧院在政治立场上的中立原则。人民剧院经理发表声明，强调剧院的宗旨在于创作那些超越并且在政治之上的纯粹艺术。《哥特兰风暴》被剧院接受并不是因为其具有任何的政治倾向性，而是因为其所蕴含的艺术价值，但在皮斯卡托的创作中，原作被处理成了一部具有宣传鼓动性和政治性的作品，这与人民剧院所坚守的基本的政治中立立场相违背。

---

① Erwin Piscator. The Political Theatre [M]. Translated by Hugh Rorrison. New York: Avon Books, 1978: 140.

② 同上：140.

3. 议会厅公告

随着论战的加剧，皮斯卡托与人民剧院的矛盾超越了剧院内部，社会民主党、国家主义者和保守党派人士开始结盟，共同反对皮斯卡托及其对于人民剧院政治倾向性的倡议。而皮斯卡托的支持者们包括人民剧院内部的左翼分子、青年团队、社会中的共产主义者、自由主义者 [其中包括作家托马斯·曼、戏剧评论家阿尔弗雷德·克尔（Alfred Kerr，1867—1948）、《世界舞台》杂志创办人库尔特·图霍夫斯基（Kurt Tucholsky，1890—1935）、表现主义作家托勒、柏林国家剧院导演利奥波特·耶斯纳（Leopold Jessner，1878—1945）、画家格罗西、人民剧院演员代表艾尔温·卡尔瑟（Erwin Kalser，1883—1958）以及布莱希特等] 约 2000 人，于 1927 年 3 月 30 日在柏林原帝国政府议事厅（Herrenhaus）召开会议。会议由人民剧院艺术委员会成员、左翼作家阿瑟·胡利彻（Arthur Holitscher，1869—1941）主持，以"人民剧院正在变成一个商业化的娱乐场所"开头，发表了抗议。"艺术创作自由"是此次会议的主题，与会者坚持对于政治宣传鼓动戏剧的倡导并要求人民剧院表明立场：是继续作为一所口头上宣称以平等态度为左翼及右翼服务的机构，还是继承其建院之初的传统，将剧院作为为工人阶级服务的专属阵地。

人民剧院风暴最终演变成了一场超越人民剧院以及戏剧界的政治斗争。社会左翼人士号召："使用一切手段将无产阶级运动进行到底，而他们的武器便是剧院，他们要建立属于当今时代的剧院，属于无产阶级的剧院，用于政治和文化示威游行的剧院，根据苏维埃的模式建立的剧院，正如我们所见到的苏维埃电影《战舰波将金号》和《母亲》那样的模式。"① 而剧场界的保守派在 1927 年夏联合成立了"大德意志戏剧协会"（The Great German Theater Society）作为对于政治戏剧的反击，对于左翼人士将剧院用作政治性目标的反抗。"大德意志戏剧协会"的主要阵地是瓦纳剧院（Wallner Theater），其宗旨是为观众创作优秀的、具有纯净娱乐性（clean fun）的作品，但这一反抗运动仅在创作一部作品后便宣告结束。

皮斯卡托最终于 1927 年从人民剧院正式辞职，决定建立一所崭新的、更年轻有活力的、作为人民剧院的对立面而存在的剧院。皮斯卡托在 1928 年 1 月《红旗》杂志上发表的名为《当代与未来舞台》（*Bühnen der Gegenwart und Zukunft*）的文章中写道："真正的人民剧院只应当发源并存在于最具有阶级意识的人民之中，即无产阶级

---

① Erwin Piscator. The Political Theatre [M]. Translated by Hugh Rorrison. New York: Avon Books, 1978: 162.

之中。"① 作为对于自己在人民剧院三年专职导演生涯的总结以及对于皮斯卡托剧院发展方向的展望。

七、皮斯卡托剧院时期

尽管皮斯卡托表明了自己的决心，但在实际建立剧院的过程中对当下现实条件做出了妥协和让步，与其创办无产阶级剧院时期毫不妥协地与资产阶级戏剧相抗衡的创作态度有所背离。在前两所皮斯卡托剧院创作时期，皮斯卡托根据当时社会政治及经济现状，分别以革命及经济主题进行大规模作品的创作，在舞台结构的时空整体性及舞台机械和投影的运用方面进行了实验性的探索。第三所皮斯卡托剧院则以低成本、精炼简洁的创作手法和明确的无产阶级革命性回归了其早期的创作理念，并在观演关系革新方面取得突破。

（一）皮斯卡托剧院成立

1927 年，皮斯卡托在女演员蒂娜·杜瑞丝（Tilla Durieux，1880—1971）的第三任丈夫啤酒酿造商路德维希·卡岑纳尔伯根（Ludwig Katzenellenborgen，1877—1944）的无条件资金支助下，租下了柏林诺伦多夫广场（Nollendorfplatz）一所拥有 1100 个座位的传统结构剧院。由于出资者卡岑纳尔伯根要求皮斯卡托将"无产阶级"从剧院名字中去掉，皮斯卡托只能以自己的名字命名剧院，加之剧院收支方面将每张戏票定价为 1.5 马克，仅仅依靠无产阶级观众无法运营下去，剧院需要向资产阶级观众销售票价相对高昂的戏票以保证收支平衡。尽管德国共产党对皮斯卡托剧院的创办持积极态度，他们将其称为"在当今德国人民群众以剧院来开展斗争的一个新纪元"②，但皮斯卡托在剧院选址、剧院资助者、售票机制及剧院定位等方面做出的妥协和让步受到了左翼人士和无产阶级的谴责，一位德国共产党员在《真理报》（Pravda）上撰文，公开指责皮斯卡托"违背了无产阶级—共产主义（proletarian-communist）的信念，而采取了小资产阶级智力上的激进和革命的态度"③。

---

① John Willett. The Theatre of Erwin Piscator, Half a Century of Politics in The Theatre [M]. New York: Holmes & Meier Publishers, Inc, 1979: 65.

② Erwin Piscator. The Political Theatre [M]. Translated by Hugh Rorrison. New York: Avon Books, 1978: 168.

③ 同上：170。

面对以上源自剧院资金赞助者的要求、剧院运营方面的压力及左翼人士的谴责，皮斯卡托首先重申自己作为一名革命的马克思主义者（revolutionary Maxists），将剧院视为时代的镜子，他指出："革命的剧院的任务是将现实作为创作的根基和出发点并且将社会矛盾放大，将社会矛盾作为我们为了建立新的社会秩序而进行的控诉和起义的重要元素。"① 他申明自己为无产阶级斗争事业进行戏剧创作、为革命服务的初衷并未改变，他仍然将剧院视作工人运动中一个进步的政党，一个大胆向未知领域探索的实验与革新，但同时也是在商业运作可能性上的一次尝试。

他继而指出，就现状而言，位于诺伦多夫广场的剧院是目前唯一能够为他提供相对完善舞台设备的剧院，这些舞台设备及机械装置与他的舞台革新性手段相适应。同时，在当下的社会结构之下，建立无产阶级专属的剧院是不可行的，一所无产阶级剧院存在的先决条件，是无产阶级自身具有足够的经济能力支撑这样一所剧院以及无产阶级已经能够在社会及经济领域具备足够的地位并作为主导力量。在这些条件尚待发展成熟之前，皮斯卡托剧院只能是一所革命的剧院（a revolutionary theater），而不是一所无产阶级剧院（a proletarian theater）。他保证："这所革命的剧院将尽一切所能为无产阶级思想意识的解放服务并且促进社会改革，从而将无产阶级以及它的剧院从当下的限制条件中解放出来。"② 因此，皮斯卡托剧院将不仅仅为无产阶级进行创作，也希望能够为那些资产阶级观众传播无产阶级艺术。

在创作方面，皮斯卡托将剧院的革新性探索称为"政治戏剧创作的新视角"，其主要体现在理论革新与实践革新两方面。理论革新被皮斯卡托称为政治与社会学层面的革新，其主要针对作品的文本创作而言，而文本革新的核心要素之一便是作品中人的革新。皮斯卡托剧院所面对的观众是 1918—1919 年战后的一代，他们作为代表自身的新一代人，不再是独立个体的集合，而是建立起了一个由他们的阶级地位所驱动的新型的强大的自我集合。皮斯卡托指出："在我们这个时代，所应强调的是个人在一个集体之中的相互关系，人的价值的修正、人的社会关系重组、人的存在等个人生命命题与社会及社会问题紧密相连，人具有了政治的属性。"③ 因此，对于戏剧创作者而言，其在舞台上所塑造的人物形象作为一个社会功能的体现尤为重要，人物的命运与整个时代的政治与经济因素紧密相连，人物需要在舞台上呈现出他与社会之间的

---

① Erwin Piscator. The Political Theatre [M]. Translated by Hugh Rorrison. New York: Avon Books, 1978: 188.

② 同上：173—186。

③ 同上：187。

关系以及明确的社会属性，这一观点也是皮斯卡托对于自己此前戏剧创作对于人物社会功能及阶级属性开掘的进一步延续与发展。

皮斯卡托剧院理论革新的实践主要由剧院新组建的编剧团队完成。如上所述，作品的文本是皮斯卡托剧院理论革新的核心要素之一，因此，皮斯卡托将剧目的选择视为一所剧院的生存命脉，他希望将负责剧院剧目选择与文本创作的编剧团队通过一个正式的组织形式建立起来，从而更加有效和充分地发挥团队合作机制，这一组织即皮斯卡托剧院的"戏剧策划办公室及戏剧策划团队"（The Dramaturgic Office and The Dramaturgic Collective）[1]，戏剧策划办公室由皮斯卡托早期的合作者加斯巴洛及拉尼亚作为主要负责人，名誉成员包括布莱希特、梅林以及阿尔弗雷德·沃尔夫斯坦（Alfred Wolfenstein，1883—1945）等人。团队工作职责与内容包括：起草、拟定剧院演出季的剧目；对一部作品创作团队的组建提供意见及建议；寻找新的剧本，对剧本进行删改等。针对皮斯卡托的要求，戏剧策划除上述常规工作以外，还需要与导演及每一部作品的编剧开展具有创造性的合作，既能够以政治性的立场对剧本进行重新改写，还要为剧本创作出符合导演意图的新场景和段落并且将其整合成为适于导演工作的剧本。皮斯卡托认为，在团队合作机制的作用下，作品的风格样式得以更加简洁和鲜明地呈现，参与创作的电影制作者、戏剧策划、文学顾问、舞台美术设计师等得以在最短时间内获取导演意图，这使得他们各自的工作比起在传统剧院中更为简单有效："与传统剧院中所盛行的'独裁原则'（dictatorial principles）剥夺了导演及其合作者的创作自由相反，皮斯卡托剧院所倡导的'民主的共同体'（democratic community）原则证明了戏剧创作工作的有效性、人性化及艺术化。"[2]

皮斯卡托剧院在实践方面的革新主要体现在皮斯卡托对舞台技术的革新性运用以及他对于建造一所"总体剧院"（Total Theater）的构想上。舞台技术的革新对于皮斯卡托而言永远不会终止，他认为剧院社会功用的转变如果没有舞台装置的机械化是无法完成的，且舞台技术的革新也对应着戏剧观演关系的革新性突破。在皮斯卡托所

---

[1] Dramaturgic 为形容词，英语译为：戏剧作法的，演出的。其所对应德语名词 die Dramaturgie 译为：戏剧学，编剧学，剧本作法；剧评集；编剧；戏剧顾问部。目前国内的翻译有上海戏剧学院孙惠柱教授在《戏剧艺术》2016 年第四期发表的《戏剧构作还是戏剧策划？——关于 dramaturgy》一文中，建议将其称为"戏剧策划"；中央戏剧学院李亦男教授在其翻译 Hans-Thies Lehmann 的《后戏剧剧场》（*Postdramatisches Theater*）一书第 15 页译为"戏剧构作"。本文采取孙惠柱教授建议的"戏剧策划"这一称谓。

[2] Erwin Piscator. The Political Theatre [M]. Translated by Hugh Rorrison. New York: Avon Books, 1978: 195-196.

处的时代，大部分剧院仍然被莎士比亚时代的镜框式舞台所占据，即使那些革新性的舞台技术手段也屈从于舞台幻觉的制造。从无产阶级剧院的早期实践到人民剧院的专业化创作，皮斯卡托始终坚持的一项剧场实践在于打破由舞台幻觉所制造的观演关系模式，取而代之的是将观众作为一股鲜活的力量而非虚构的概念卷入舞台演出之中。这一革新性观演关系的理想模式体现在皮斯卡托与包豪斯设计师瓦尔特·格罗皮乌斯（Walter Gropius，1883—1969）的"总体剧院"计划之中，尽管由于资金问题，计划最终未能实现，但皮斯卡托认为总体剧院作为"舞台全面机械化的新型剧院建筑……既是当代社会结构的总体性复现，也是观众参与舞台行动的整体性体现，它将剧场体验与作为一个整体的现实世界融合在一起"①。

皮斯卡托剧院的革新性除体现在以上理论革新与实践革新两方面之外，皮斯卡托对于戏剧教育功能的强调也促使剧院在常规工作的基础上建立起一所专门用于戏剧教育的"工作室"（The Studio）以培养年轻的戏剧工作者。作为皮斯卡托剧院除"戏剧策划办公室及戏剧策划团队"之外的另一个集体性组织，工作室由剧院中年轻成员组成，剧院负责为他们开设戏剧专业相关的课程及讲座；提供各种创作构思的探索、完善以及最终实现的机会，这些构思包括公演剧目排演过程中产生的新想法。皮斯卡托将工作室称为年轻戏剧工作者的"实验室"（Laboratory）和"游乐场"（Playground）。在这里，所有剧院的成员以及那些以任何方式参与到剧院建设中的人，能够将自己的戏剧创作理念付诸实践，并在实践中进行检测；能够全方位地了解并参与戏剧创作的各个环节；在创作过程中相互帮助，对于他人的工作进行相互补充和促进。

（二）皮斯卡托剧院期间的创作

皮斯卡托剧院的成立使得皮斯卡托在一定程度上获得创作自由，继续发展并实践其政治戏剧的创作理念。他在此期间创作了三部革命主题作品及两部经济主题作品。作品形式均是通过主人公的个体命运揭示其所处的时代和革命大背景，以及这一背景对于个体命运的影响。这些作品的排演既体现出皮斯卡托所倡导的整体性的戏剧时空观，也是其对于政治戏剧叙事性、文献纪实性、宣传鼓动性、表演客观性、观演关系互动性等美学特征以及革新性舞台创作手段的进一步探索与综合运用。

---

① C.D. Innes. Erwin Piscator's Political Theatre, The Development of Modern German Drama [M]. London: Cambridge University Press,1972: 151.

1. 革命主题戏剧创作

(1)《哎呀，我们活着！》(*Hoppla, Wir leben！*)

剧作家恩斯特·托勒（Ernst Toller，1893—1939）在与皮斯卡托共同商讨后，按照其要求与剧院戏剧策划团队合作，改写了《哎呀，我们活着！》一剧，作为皮斯卡托剧院的开幕作品于 1927 年 9 月 3 日上演于诺兰多夫剧院（Theater am Nollendorfplatz）。作品讲述了一位在精神病院中度过八年时间，出院后面对 1927 年全新社会现实的革命者的故事。剧本中部分内容基于托勒本人的生活及革命经历，其中包括被判以叛国罪名的审判、判处死刑、减刑后入狱七年等作者个人生活中的重大事件。

尽管皮斯卡托认为剧本结构和主题符合他将政治戏剧的创作技法运用其中的目标，但对于托勒原剧作中文献纪实性内容被诗化的抒情性所遮盖提出反对。皮斯卡托认为，对于政治戏剧的排演宗旨而言，作品的情感要素需要承担起传达创作者世界观的作用，"艺术为了自我"（art for ego）的时代已经成为过去，只有当作者与角色的关系具有非个人化和客观化的特性时，作者才能够使他们的思想价值和智力结构清晰地呈现于作品中。因此，该剧排演的主要工作在于赋予作品一个新的现实主义基础以及与时事相关的文献纪实性。原剧本中抒情的及表现主义风格的演讲内容被删除，剧本修改工作着重突出角色的阶级属性及社会意义并在人物之间形成鲜明对比：一组具有阶级意识的无产阶级；由克里曼（Klimann）所代表的社会民主党派官员；暴发户阶级；资产阶级中的自由主义者；由康特·兰德（Count Lande）和警察局长所代表的来自旧政权的势力和老派贵族以及国家社会主义者等。

在舞台呈现方面，为在主人公托马斯（Thomas）的个体生命与战争及革命之间建立戏剧性连接，皮斯卡托采用了一个由四层脚手架装置构成的"多层次的结构"（a multistoried structure），在这一结构中，许多不同的表演空间上下或左右衔接，以象征社会的横断面。多层结构的各空间能够用于电影播放，电影在作品中被赋予了更为显著的戏剧性和功能性作用，用以呈现九年之中所有的个人生活片段以及这一时期内的重大社会事件。此外，皮斯卡托通过灯光的聚焦效果将脚手架整体结构所象征的"社会横断面"与代表各具体地点的演出空间相对比；通过电影投影将时空跨度较大的历史文献资料与聚焦于个人或个体局部的特写镜头相对比，均旨在揭示广阔历史及社会背景之中的个体命运。《德意志日报》将作品评价为"一部关于时事问题的戏剧，以无产阶级对于当前社会事件回顾的方式进行展现，舞台风格机智敏捷，且产生了新闻报道般的效果"[1]。

首演当天的观众由两部分组成，一部分是穿着华丽的资产阶级，一部分是穿着朴素的特殊团队（the Special Section）[2]成员们，他们以积极的行动将演出转变成了一场政治事件。当演出进行至最后一场，剧中角色梅勒妈妈（Mother Meller）说完最后一句台词"你只需要做一件事——上吊自杀或改变这个世界"时，大幕开始降落，观众席中特殊团队的年轻无产阶级观众们开始演奏《国际歌》，随后全场观众起立，共同演唱《国际歌》。这一事件被媒体评价为"一场政治性的游行示威"。皮斯卡托被评价为一名"终于可以在自己的剧院中公开为党派政治服务的活动家"，皮斯卡托剧院也被定义为一所"具有政治倾向性的，充满政治宣传鼓动要素的，共产主义宣传鼓动的剧院"[3]。

（2）《拉斯普廷，罗曼诺夫王朝，战争以及奋起反抗的人民》（*Rasputin, Die Romanows, der Krieg und das Volk, das gegen sie aufstand*，以下简称《拉斯普廷》）

图1-4　《拉斯普廷》演出剧照，1927年11月10日首演于皮斯卡托剧院

1927年，在皮斯卡托完成了以德国革命为主题的《哎呀，我们活着！》之后，他与剧院戏剧策划团队决定创作以苏维埃革命为主题的作品。皮斯卡托采用了阿历克塞·托尔斯泰（Alexei Tolstoy，1882—1945）的原名小说《拉斯普廷》以及由恐怖小

①　Erwin Piscator. The Political Theatre [M]. Translated by Hugh Rorrison. New York: Avon Books, 1978: 220.

②　特殊团队（the Special Section）主要由人民剧院内部的青年员工以及在政治上较为激进的青年观众所组成，在1927年皮斯卡托与人民剧院论战中作为皮斯卡托坚定的拥护者参与了皮斯卡托剧院的建立，并作为剧院的固定观众群向剧院预订每一季演出季的剧目。

③　Erwin Piscator. The Political Theatre [M]. Translated by Hugh Rorrison. New York: Avon Books, 1978: 218.

说改编的剧本《沙皇皇后的阴谋》（*The Czarina's Conspiracy*）作为文本原材料，由戏剧策划办公室的加斯巴洛、拉尼亚以及布莱希特负责剧本的创作工作。皮斯卡托希望将拉斯普廷的个人命运设置在1914—1917年欧洲革命的背景之下，以拉斯普廷与沙皇及皇后为代表的罗曼诺夫王朝的消亡为主线，展现整个欧洲20世纪初的革命历史。尽管阿历克塞创作的原剧本被认为是一个仅围绕拉斯普廷的个人命运所展开的血腥暴力的情节剧，未在历史、社会及政治层面上进行扩展，但原剧本的主题是皮斯卡托感兴趣的原因：以全面的视角揭示了俄国革命的开端以及由于统治阶级的腐化堕落所导致的整个阶级的衰败。为呈现欧洲20世纪初的革命历史，剧本改编工作及导演创作的出发点均聚焦于将个体命运扩展至宏大的革命历史时空之中进行整体性的考察。

《拉斯普廷》被定义为一部"政治文献戏剧"①，皮斯卡托希望以当下的眼光审视历史，这些历史不是作为舞台事件的发生背景或过去时代的某段插曲，而是作为一个不可分割的整体、一个政治事实在舞台上得以全面呈现。为从整体上把握革命历史，皮斯卡托与戏剧策划团队进行了大量的历史文献搜集及研究工作，并将剧本中所有涉及的历史事件进行编年史表格化整理，在演出中以"日历"的形式投影在舞台一侧的屏幕上并与戏剧事件同步呈现在舞台上。改编后的剧本在原剧作的8个场景基础上插入了19个新的场景，使得全剧的时间扩展至1917年10月。

在舞台呈现方面，皮斯卡托希望舞台行动的展开是在一个全球化的框架之上，整个舞台装置被设计为一个安装在转台之上的多层次多空间的半球体结构，其表面可用于投影的播放。此外，在半球体上方以及舞台的两侧安装有多个投影幕布用于电影文献资料、投影日历、评述性文字和标题的播放。

由于皮斯卡托在改编的剧本中加入了列宁，托洛茨基，德国驻圣彼得堡总领事、沙皇曾经的私人经济顾问迪米特里·鲁宾斯坦（Dimitri Rubinstein，生卒年月不详）以及普鲁士国王威廉二世（Kaiser Wilhelm，1859—1941）等真实的历史人物，后两者因不满自身形象出现在舞台上，以个人形象遭到歪曲、名誉遭到当众侮辱与冒犯为由，向皮斯卡托剧院提出法律诉讼，禁止剧院在舞台上呈现二人形象。剧院被迫删除了威廉二世这一角色，在其本应出现的"三位君主"的场景中改为由拉尼亚向全体观众宣读法庭临时禁令，引起了现场观众的强烈反应以及戏剧界和知识界关于此事件的激烈讨论。皮斯卡托对于二人的指控发表了自己的声明，他强调自己所呈现的历史人物均

---

① John Willett. The Theatre of Erwin Piscator, Half a Century of Politics in The Theatre [M]. New York: Holmes & Meier Publishers, Inc, 1979: 87.

是具有历史意义且被记录在现有文献资料之中的，是具有准确性的。同时也提出创作与时事相关的戏剧（the topical theater）必须从那些它所展示的历史事件中吸取对于当下有益的教训，它必须通过揭示历史事件中的社会与政治方面的内在联系来警告我们自己的时代，它必须尽自己最大的努力去影响当下历史的发展，皮斯卡托在声明中强调："我们不把戏剧视作时代的镜子，而是把它当作改变时代的手段。"①

尽管《拉斯普廷》的演出同《哎呀，我们活着！》一样，演变成一场政治事件，但皮斯卡托认为，演出通过这一法律事件获得了政治性效应，剧作的改编形式和创作意图从社会反应来看是合理有效的，这使得剧院成为"一个政治论坛（a political tribune），并且只能以政治的术语进行评价"②。

（3）《好兵帅克历险记》（*Die Abenteuer des braven Soldaten Schwejk*，以下简称《好兵帅克》）

1928年，皮斯卡托将创作目光投向了第一次世界大战，以捷克作家雅罗斯拉夫·哈谢克（Jaroslav Hašek，1883—1923）的政治讽刺小说《好兵帅克》为蓝本，创作了讽刺喜剧《好兵帅克》。皮斯卡托认为，在文本主题上，第一次世界大战近十年来在文学领域引起广泛关注且具有重要意义的原因在于其清晰地反映出欧洲大陆在社会内部及智力发展水平方面的状况以及由此在社会层面所造成的极大恐慌及紧张感，哈谢克小说便揭示出这一现象产生的背景及根源。在小说中，战争通过一个普通人的经历被呈现："我们能够看到的是一个普通人遭遇大规模的屠杀和战争，这些屠杀和战争是对人类自然天性的冒犯和侮辱，在某种程度上，思想意识变成了无意识，英雄主义变得荒诞可笑，存在所具有的神圣秩序变成了一所荒诞的精神病院。"③在文本结构上，小说中已具备连续性的行动，围绕着主人公帅克发生的事件均是处于流动变化之中，对于揭示战争躁动的不稳定性而言，这些持续转换的情节构成了最为理想的剧本形式。这也是皮斯卡托所倡导的叙事性戏剧最为理想的模式，即场景的不断变化和流动。哈谢克的小说作为一部"叙事化的、喜剧风格的伟大作品"④，作品本身已具备相对完整的场景、对话以及戏剧形式，且这些文本要素均符合皮斯卡托及其团队的创作宗旨。

---

① Erwin Piscator. The Political Theatre [M]. Translated by Hugh Rorrison. New York: Avon Books, 1978: 246.

② 同上：240。

③ 同上：254。

④ John Willett. The Theatre of Erwin Piscator, Half a Century of Politics in The Theatre [M]. New York: Holmes & Meier Publishers, Inc, 1979: 90.

因此，在创作的最初阶段皮斯卡托便与参与文本改编的加斯巴洛及布莱希特确定，演出的文本应当是对于原小说完全忠实的翻译，创作团队应当尽可能完整地重现哈谢克通过这部小说所表达的世界观。

在舞台呈现方面，为确保作品的叙事性的流动（the epic movement），皮斯卡托使用了革新性的舞台机械装置——传送带。皮斯卡托认为传送带的运转不仅确保了演员舞台行动的延续性以及场景和道具的快速切换，这一舞台装置本身所具有的内在的喜剧性在文本主题与舞台装置之间也建立起了一种"绝对的和谐"。皮斯卡托利用传送带装置解决了戏剧故事及角色的流动性问题，而帅克所身处的环境以及哈谢克对于作品中各章节所做出的讽刺性评述则通过格罗西为演出创作的讽刺漫画投影以及按照剧中角色绘制的人偶模型代替真人表演得以体现，这些木偶用以象征一战前奥地利社会及政治生活中最为常见的各类典型人物，而投影出的卡通漫画作为对舞台行动讽刺性的评论贯穿了整场演出。

演出再一次演变成一场政治事件，格罗西由于在演出中创作了一幅被钉在十字架上戴着防毒面罩的耶稣的漫画，被指控犯有亵渎上帝（blasphemy）的罪名而卷入法律案件。但演出的轰动效果受到了媒体和观众的称赞，《好兵帅克》成为皮斯卡托剧院创建以来票房最为成功的作品。

2. 经济主题作品创作

（1）《繁荣》（*Konjunktur*）

1920 年代后期，随着国际工业化的发展，欧洲大型帝国主义之间的石油争夺战争日益激烈，国际经济领域的利益争夺在国际政治领域埋下了世界大战的隐患，石油也成为社会各界广泛关注和竞相讨论的重要议题。因此，皮斯卡托与戏剧策划团队决定于 1928 年创作一部以经济与工业为主题的喜剧，将时事、政治、经济等社会问题以戏剧的形式在一个作品中呈现出来，用以揭露投机者如何利用革命牟取暴利，讲述革命意志最终战胜那些企图利用他们的谋利者的故事。《繁荣》的主角为"石油"，被皮斯卡托定义为一部"关于工业生活的时事喜剧"（a topical comedy of industrial life），也被认为是他第一次进入当下国际工业化政治（present-day international industrial politics）领域的冒险。为此，皮斯卡托提出此次创作的出发点及宗旨在于以客观化的标准来处理世界经济及工业这一剧院创作的新主题，为保证创作的客观化和科学性原则，皮斯卡托聘请了经济学家阿尔方斯·戈尔德施密特（Alfons Goldschmidt, 1879—

1940）作为演出的顾问，指导相关的文献资料整理和研究工作。

由于《繁荣》的主题涉及苏维埃共和国在政治及经济领域参与国际石油市场竞争的事实以及将剧院资助者杜瑞丝饰演的女性领导者作为俄国石油巨头的代表呈现在舞台上，正式演出前的预演遭到了包括苏维埃大使馆、苏维埃贸易协会、德国共产党及其下《红旗》杂志观剧代表们的强烈批评。随后，布莱希特承担起了剧本的修改工作，将女性领导者的角色改写成南美洲某国代表，仅仅假扮为苏维埃第三国际特工。这一转变化解了作品无法上演的危机，但皮斯卡托对这一改变并不满意，他认为被迫的妥协使得作品从第二幕开始变得薄弱，且由于个体角色的弱化而变成了一部纯粹的喜剧。

在舞台呈现方面，皮斯卡托继续了自己的探索性实验，将舞台行动与逐渐发展起来的舞台投影技术紧密结合，贯穿整个舞台后区的投影幕以一张新闻报纸的形式对于场上所有相关事件进行内容及背景资料补充。从创作手段而言，皮斯卡托运用的电影、扩音器等手段被熟悉其导演技法的观众们认为过于平常和温和，而失去了此前数部作品的新颖性。对于部分观众的失望情绪，皮斯卡托愿意接受和表示理解，他认为这一现象恰好意味着剧院已经脱离了"对于耸人听闻的煽情作品热烈追求的氛围"[1]。他在演出后声明，对于其创作团队而言，制造新奇的演出效果或者仅仅将政治作为一个有趣的背景来衬托各种心理学的创作技巧不是他们的创作目的，他们希望通过作品呈现的"不仅仅是时代的某一个段落或插曲，而是时代本身，并且希望能够对于时代整体有一个清晰的理解，从整体上抓住时代内部的本质性联系"[2]。

（2）《柏林商人》（*Der Kaufmann von Berlin*）

1920 年代末期，美国爆发经济危机，随后波及欧洲。其灾难性的效应几乎摧毁了德国大部分中产阶级，为无产阶级带来深重苦难。针对此次袭裹整个欧美的社会危机，皮斯卡托选择了"通货膨胀"这一具有即时性也是当时社会最为复杂的主题，其基本成因以及运行机制被当时社会各界激烈讨论和争辩。

1929 年 9 月 6 日，《柏林商人》作为第二所皮斯卡托剧院（the Second Piscatorbühne）的开幕作品上演于诺伦多夫广场剧院，作品的主题为通货膨胀，剧名被认为是对莎士比亚的《威尼斯商人》的呼应，讲述一名流浪于柏林街头的犹太人卡夫坦（Kaftan）利用马克急速升值的机会摇身一变成为从事军工武器买卖的亿万富翁，但最终受人利

---

① Erwin Piscator. The Political Theatre [M]. Translated by Hugh Rorrison. New York: Avon Books, 1978: 307.

② 同上：271。

用，导致其所持有的马克贬值而破产，再次一贫如洗的故事。为处理通货膨胀这一复杂且深刻的主题，在作品前期准备及排演的数月中，对于经济问题的全面分析与调查成为创作团队一项主要任务，皮斯卡托再一次邀请数位经济学家作为顾问并指导团队进行文献资料及数据报告的调研。经过研究分析，皮斯卡托决定结合《世界晚报》(*Welt am Abend*) 在 1929 年 9 月 7 日的文章中所指出的展现通货膨胀的两种办法来进行创作："一种是描写资本家或者那些重工业领域的企业巨头；另一种是描写革命的无产阶级，揭示通货膨胀是如何从道德上贬低一个人，革命运动是如何被那些主导了通货膨胀并从中获利的人血腥镇压的。"[①] 但在编剧梅林的初稿剧本中，无产阶级作为受通货膨胀影响最主要的群体未能被充分描写与表现。皮斯卡托在保证剧本的改编不完全破坏原剧本结构的前提下，选择了在作品中穿插歌曲来突出和强调无产阶级生活。这些歌曲构建起了作品的社会和经济基础并呈现出无产阶级的社会处境，例如开场处的"战争、和平与通货膨胀康塔塔"(The Cantata of War, Peace and Inflation) 以及结尾处的三位清洁工的"扫地歌"等。在这些歌曲中，无产阶级作为一个主动的、积极的因素出现在舞台上。但在改编过程中，由于作品主题相对复杂，工作量较大，皮斯卡托认为自己低估了扩展作品主题的困难性，对于编剧自身的艺术追求没有给予足够空间且未充分考虑到编剧改编工作的艰巨对其体力的消耗，最终，作品的改编与主题扩展工作仍然不够完善。

《柏林商人》的舞台呈现形式可以认为是皮斯卡托此前舞台机械探索成果的一次综合性运用。为在舞台上展现柏林生活全景图，揭示通货膨胀对于社会各阶层的影响和这些阶层之间错综复杂的关系，舞台设计师设计了一个由转台、传送带、吊桥、投影屏幕组合而成的多层复合结构，加之灯光变换、四道投影幕和纱幕上投影的播放保证了场景快速流畅地切换，实现了舞台蒙太奇效果。评论界认为，"这是皮斯卡托在被他自己称为'机械化舞台'(machine theater)上最为精确的实验"[②]。在结尾处的"清洁员之歌"中，由于扮演扫地者的演员对舞台上士兵尸体肢体所做出的敲打动作以及歌词中出现"垃圾，把它们扔走"的语句，皮斯卡托遭到了国家社会主义者的谴责，认为他侮辱和损害了德国的普通士兵以及国家的尊严，演出再一次发展成为社会性的政治事件并引起评论界广泛讨论。

---

① Erwin Piscator. The Political Theatre [M]. Translated by Hugh Rorrison. New York: Avon Books, 1978: 331.
② 同上：314。

3. 第二所皮斯卡托剧院

1928 年 3 月 1 日起，为兑现剧院第一个演出季出品 12 部作品的承诺，同时为剧院的资金赞助者女演员杜瑞丝提供更多演出机会，皮斯卡托在剧院经理奥托·卡兹（Otto Katz，1895—1952）的提议下，租下柏林莱辛剧院（Lessing Theater）用于《繁荣》的上演。皮斯卡托双线作战同时运营两家剧院，以及每部作品所耗费的巨大人力、财力，使得剧院每一部作品的制作成本远超出票房收入，剧院面临着严重的经济负担，至 1928 年 5 月，剧院负债达 95 万马克，税务机关向皮斯卡托剧院提出破产诉讼，皮斯卡托被迫关闭皮斯卡托剧院，他在此后数次承认租下莱辛剧院是他事业失败的最大原因。

1929 年 6 月 2 日，皮斯卡托获得商人菲利克斯·威尔（Felix Weil，1898—1975）的资金资助，重新租下位于柏林诺伦多夫广场的剧院，为避免第一所皮斯卡托剧院的悲剧发生，第二所皮斯卡托剧院以经理人路德维希·克罗勃（Ludwig Kloper，1892—1942）的名义签订租赁合同，皮斯卡托作为一名未偿清债务的破产者不具备拥有剧院的租赁权。第二所皮斯卡托剧院仅上演了《柏林商人》即宣告关闭。

1929 年的社会政治环境随着"国家主义组织"（national organizations）势力的日益壮大发生了改变，国家社会主义者不断干预和破坏无产阶级革命活动，商业巨头开始公开支持这些破坏者，来自右翼的危险日益明显，潜在的社会动乱不断发生，再一次武装起义和革命的需求日益增强，下一次战争成为社会民众每日公开谈论的主题。随着这一社会政治经济形势的变化，戏剧自身也开始发生变化，柏林戏剧界开始关注时代问题，加之皮斯卡托剧院第一季演出季的影响，人民剧院在特殊团队的施压之下，开始尝试创作与当前社会时事问题相关的作品。即使是一些资产阶级的商业剧院，也对时事相关的戏剧作品表现出兴趣，与时事相关的戏剧（topical theater）开始成为流行，政治戏剧（political theater）逐渐变得商业化。

皮斯卡托意识到即将成立的第二所皮斯卡托剧院将不再拥有政治戏剧领域的唯一性，面对来自各所剧院的竞争者，他于 1929 年 3 月 15 日在柏林议事厅同特殊团队召开了会议，并以《对于我们所进行的事业的说明》（An Account of Our Activities）为题发表声明，声明的主题是对于皮斯卡托剧院创作宗旨所涉及的意义、研究范围及发展情况的说明。皮斯卡托在声明中明确表明剧院政治戏剧的创作初衷从未改变，仍然深植于每一位成员心中，这一创作初衷即服务于无产阶级斗争并将剧院建设成为革命运动中一所宣传鼓动机构。他提出："只有绝对的一致性和坚定性才能够在政治和艺术两方面取得我们所期望的成效……最为重要的是，我们的前进方向从未改变。今晚，我尝试向大家证明我这十年来所做的所有事情都是由我的政治信仰所决定的。"[1]

除向公众阐明自己坚定的创作初衷之外，皮斯卡托总结反思了自己此前的创作经历，针对 1929 年的社会政治情况以及柏林剧场界创作方向的变化，提出政治戏剧创作中所存在的问题以及对于当下政治戏剧创作的新要求，其中最为重要的问题便是剧目缺失。因此，在第二所皮斯卡托剧院当中，他希望将剧院的创作宗旨与编剧的创作相结合，力争创作出具备剧院特色的（原创）剧目，而不再接受现成的剧本。即使需要根据现成剧本进行创作，这些剧本也应当符合当下观众的需求，应当与当下时代建立紧密联系，应当具备真实性与即时性。皮斯卡托提出，反映当代社会现实的文学作品必须是真实的，且应当成为社会生活一个积极的推动性因素。而"最为直接的、毫无保留的真实，超越了那些仅仅关乎时事的作品，其自身就是革命性的。那些对于自身的艺术职责有意识的作家，无论他是否愿意，必须在这一情况下成为一个革命的作家（a revolutionary writer）"[2]。这也是皮斯卡托剧院区别于其他创作时事相关作品的剧院的特点之一。

4. 第三所皮斯卡托剧院

《柏林商人》的演出不仅触怒了国家社会主义者，评论界反应也较为冷淡，加之作品排演耗费了约 10 万马克的高额成本，皮斯卡托与剧院经理克罗勃在剧院运营方面产生巨大分歧。皮斯卡托在所有的文章与声明中指出：任何他所从事的戏剧创作，既不是为了艺术创造，也不是为了商业利益，他所创作的戏剧必须是并且只可能是在商业允许的情况下具有革命性的。[3]而克罗勃的立足点在于将第二所皮斯卡托剧院经营成一所在商业上能够取得成功的剧院。随着二人矛盾的不断加深，皮斯卡托最终于 1929 年 10 月初退出第二所皮斯卡托剧院并将自己的名字从剧院中划去。

第二所皮斯卡托剧院是皮斯卡托在一流剧院领域建立自己剧院的最后一次尝试。在退出第二所皮斯卡托剧院后，剧院的一部分年轻成员在演员埃尔文·卡尔瑟（Erwin Kalser，1883—1958）的领导下组建了"皮斯卡托集体"（Piscator Collective）继续进行政治戏剧的创作，并在德国近 30 个城市巡回演出。皮斯卡托作为这一演出集体的普

---

①   Erwin Piscator. The Political Theatre [M]. Translated by Hugh Rorrison. New York: Avon Books, 1978: 321.
②   同上：328。
③   同上：320。

通成员参与了作品创作。尽管皮斯卡托集体相对于前两所剧院的硬件设施而言极为简陋，创作成本也非常低廉，但其创作理念较之前两所以"革命剧院"为名的剧院在政治上更为激进和纯粹，第三所皮斯卡托剧院以"无产阶级共产主义（剧院）"（proletarian communist）为自身作出定义，在创作方法上也更为简洁和朴素，力求以最经济的手段取得最为有效的宣传鼓动效果。

1930 年 10 月 29 日，皮斯卡托集体租下位于柏林工人阶级聚集地的瓦纳剧院建立第三所皮斯卡托剧院（the Third Piscatorbühne），并发表声明："剧院在原则上拒绝资产阶级观众入内。"[1] 剧院受到《红旗》杂志的支持，并被左翼人士及媒体赞扬为具有了真正的无产阶级革命剧院的属性。在经历了前两所剧院耗费巨大人力、财力的规模庞大的演出之后，第三所皮斯卡托剧院所具有的明确的无产阶级革命目标、简明的创作手法、简洁的舞台布景、巡回演出的流动性等被认为是皮斯卡托向其早期无产阶级剧院创作方式的回归。

由于资金及设备的欠缺，皮斯卡托在此阶段的创作主要为一些具有明确政治诉求，反映社会时事的作品，几乎没有使用复杂的舞台机械设备。尽管如此，在有限的条件之下，皮斯卡托集体在舞台呈现形式与观演关系的突破方面取得了革新性的进步。在 1929 年创作的讲述德国非法堕胎事件的《218 条款》（§ 218）中，揭露了德国法典将堕胎认定为非法性质而造成的社会贫困阶层被迫寻求地下堕胎手术，死伤事件频发的社会热点现象。舞台布景为一间由白布遮挡的堕胎室内外的现实主义场景，皮斯卡托与团队在演出中革新性地安插辩论及投票环节，除演员们坐在观众席中直接发表观点、与观众进行讨论之外，演出现场还邀请巡演各地的医生及政府职员等发表自己对于当下社会问题的意见，在演出的结尾组织观众对于堕胎法案进行投票，作品被评论界称为是"一部具有显著效果的充满情感的作品"[2]。在 1930 年 8 月 31 日上演于莱辛剧院讲述 1917 年德国海军叛乱事件的《凯撒的苦力》（Des Kaisers Kulis）中，皮斯卡托标志性导演手段再一次被运用，其中包括投影的新闻简报、卡通电影、图表、统计数据以及故事解说和合唱队的穿插议论与评述等。

1931 年 1 月，《泰阳的觉醒》（Tai Yang Awakes）作为第三所皮斯卡托剧院开幕作品上演于瓦纳剧院，作品讲述了一位中国工厂女工革命意识的觉醒以及她领导工人

① John Willett. The Theatre of Erwin Piscator, Half a Century of Politics in The Theatre [M]. New York: Holmes & Meier Publishers, Inc, 1979: 127.

② Erwin Piscator. The Political Theatre [M]. Translated by Hugh Rorrison. New York: Avon Books, 1978: 341.

们走上街头为革命而斗争的真实事件。皮斯卡托希望"以一种展示性的、教育性的手段呈现作品"①，演员们从剧院外一边议论着社会时事一边走入剧场并在舞台上当众化装，在演出末尾跳出角色以演员自己的身份向观众发表演讲。舞台及观众席四周所悬挂的横幅与标语将剧院变成了党派议事大厅，因此，这部作品也被皮斯卡托称为"口号戏剧"（slogan theater）②。演出充分发挥了政治戏剧的宣传鼓动功用，得到了《红旗》杂志的大力支持，鼓励每一位工人带上自己的妻子去剧院看戏。戏剧评论家伯恩哈德·迪波尔德（Bernhard Diebold，1886—1945）赞赏作品之中所蕴含的政治理念。他认为，皮斯卡托在作品中所创造的风格预示着未来戏剧的形式与风格："皮斯卡托的创造手段是未来戏剧形式的一个极好范本。但这些作品不是新的戏剧本身。皮斯卡托的创造手段也不是共产党所独有的，它适用于所有党派，将自己的创作热情转化为具体的舞台形式。"③

此后，皮斯卡托执导了恩斯特·奥特瓦尔特（Ernst Ottwalt，1901—1943）创作的《每日4点》（Jeden Tag Vier）以及两部苏维埃戏剧作品，但均未受到社会关注，他将这一时期称为自己创作生涯中的"最低谷时期"（lowest ebb）④。1930年，随着法西斯政权开始掌控德国，德国戏剧界的政治戏剧创作进入衰落期，耶斯纳从国家剧院辞职，特殊团队被人民剧院开除。1931年，当局税务机关以拒绝缴纳市政税为由逮捕皮斯卡托，将其关押在柏林夏洛腾堡（Charlottenburg）监狱。出狱后的皮斯卡托于1931年离开德国去往苏联。

第三节 流亡时期——从政治到艺术

1930—1950年代为皮斯卡托的流亡时期，自希特勒领导下的纳粹党派掌控国家政权之后，德国大批艺术家及知识分子流亡海外。鉴于国际政治局势的变化，皮斯卡托此阶段的艺术创作受国际形势的影响巨大，苏联大清洗运动、第二次世界大战、美国麦卡锡主义反共排外运动等外部政治局势迫使皮斯卡托以谨慎低调的态度作为一名流

---

① Erwin Piscator. The Political Theatre [M]. Translated by Hugh Rorrison. New York: Avon Books, 1978: 343.

② 同上：343。

③ 同上：344。

④ John Willett. The Theatre of Erwin Piscator, Half a Century of Politics in The Theatre [M]. New York: Holmes & Meier Publishers, Inc, 1979: 82.

亡艺术家辗转于苏维埃共和国、巴黎及美国，尝试拍摄电影、担任国际革命戏剧协会行政工作、写作剧本、以教师身份开展戏剧教育等，但在戏剧创作方面的成就未能超越 1920 年代。

在近 20 年流亡生涯中，随着国际政治形势的变化，皮斯卡托政治戏剧的创作目标由 1920 年代的无产阶级革命性转变为反纳粹、反法西斯的和平主义立场。到达美国之后，鉴于政治环境及谋生压力，皮斯卡托一度回避自己的共产主义者身份及此前的政治信仰，并提出自己的创作方向由政治转向艺术。在美国主流剧院创作遭遇失败后，其精力主要投身于纽约新校的戏剧工作室及工作室剧院的教学和演出实践活动，为美国培养了大批戏剧及影视界从业人员，直接或间接促进了美国外百老汇及外外百老汇运动的开展。

一、苏维埃时期——政治戏剧新目标：反纳粹，反法西斯

1930 年，以希特勒为代表的国家社会主义党在德意志帝国议会 9 月大选中从 12 个席位蹿升至 107 个席位，成为德国第二大政党，纳粹在德国及欧洲的反动势力日益扩大，加之 1929—1933 年世界经济危机的影响，社会矛盾日益加剧，希特勒及其党派利用这一社会危机于 1933 年成为德国执政党，随后开启了纳粹的反动统治。这一时期，欧洲人大量离开本国开始流亡生涯，尤其是德国艺术家们纷纷离开德国，来到苏维埃共和国。皮斯卡托在 1931 年到达苏维埃之后，其政治戏剧的创作方向从 1920 年代力争以阶级斗争打破社会不公，实现无产阶级解放的共产主义运动转变为反纳粹、反法西斯的和平主义运动。

1931 年，皮斯卡托到达苏维埃共和国，首先加入威利·名岑贝尔格（Willi Münzenberg，1889—1940）领导下的"国际工人援助机构"（IAH），以电影导演的身份积极投身于该机构出品的电影《渔民的起义》（*The Revolt of the Fischmen*）的创作。电影改编自德国作家安娜·斯格（Anna Seghers，1900—1983）的中篇同名小说，讲述一名政治变革鼓动者来到一个半虚构的渔村所领导的一场铤而走险的、接近于理想主义的起义。皮斯卡托对原作的主题进行了扩充，引入了海上风暴、渔业公司办公室失火、上百名渔夫参加主人公柯登内克（Kedennek）葬礼等新情节，1200 名渔民作为群众演员参与了"起义"这一场景的拍摄，为影片制造出一个大规模的革命群众场面。影片于 1934 年 10 月发行，仅获得有限好评。此时，皮斯卡托的关注焦

点逐渐转变为反纳粹的宣传鼓动电影（anti-Nazi propaganda films）的拍摄上来，在计划拍摄的多部作品中，包括一部根据一位高级公务员被纳粹谋杀的真实故事改编的电影以及与布莱希特合作拍摄《好兵帅克》及《战争与和平》的电影。除《渔民的起义》外，所有计划均未能实现。在 1930 年代后期，皮斯卡托成为一名"郁郁不得志的电影导演"①。

图 1-5　皮斯卡托（右二）在电影《渔民的起义》拍摄现场，1932 年，莫斯科

　　皮斯卡托未能在苏维埃执导过正式的戏剧作品，仅于 1934 年 2 月在莫斯科拉脱维亚剧院（Moscow Latvian Theater）辅助阿斯亚·雷西斯（Asja Lacis，1891—1979）创作过一部弗里德里希·沃尔夫的作品《农民巴尔兹》（Bauer Baetz）。约翰·威利特认为，皮斯卡托在苏联戏剧界的无作为主要由于皮斯卡托曾将自己称为"政治戏剧的创始人"（fathered the political theatre）②，因此他很难被推荐给苏维埃戏剧工作者们，这将威胁到他们来之不易的地位。面对这一困局，皮斯卡托在苏期间尽量表现得低调谨慎且言行得体，并多次公开强调"苏维埃戏剧的社会性根基在西方始终处于领先地位"③。

　　尽管未能获得苏联本国戏剧界的认可，但皮斯卡托在德国所开展的宣传鼓动运动得到国际工人戏剧协会（the International Association of Workers' Theater）的赞赏，他通过协会工作的开展，表明其政治戏剧创作目标转向了反纳粹、发法西斯的和平主义运动。1931 年，皮斯卡托参加了该协会的常委会会议并以《国际工人戏剧》（On

---

① John Willett. The Theatre of Erwin Piscator, Half a Century of Politics in The Theatre [M]. New York: Holmes & Meier Publishers, Inc, 1979: 129.

② 同上：132。

③ 同上：132。

the International Workers' Theatre）为题发表演讲。1932 年，常委会第二届会议上，皮斯卡托被选举为常委会成员以及协会德国总代表亚瑟·皮克（Authur Pieck，1899—1970）的秘书。在此次会议上，协会的名称由"国际工人戏剧协会"改为"国际革命戏剧协会"（俄语简称为 MORT）。1933 年，当纳粹分子夺取政权并摧毁了整个德国的工人戏剧运动时，国际革命戏剧协会在莫斯科举办了一场戏剧大会，皮斯卡托在大会上发表了名为《国际戏剧》（The International Theatre）的讲话，号召所有无产阶级、自由保守主义者以及东正教徒等组成一个新的大众前线，将纳粹视为对人类文明最首要的威胁并与之对抗。

1934 年，皮斯卡托被任命为国际革命戏剧协会主席。在其领导下的国际革命戏剧协会主要性质为"反法西斯艺术家的国际联络点"[1]，为访问莫斯科的艺术家们提供聚集地以及各种戏剧翻译版本的流通及信息交换中心。协会主要工作包括讨论马克思主义美学，出版一份苏黎世反纳粹期刊，目的在于号召所有反纳粹人士行动起来，建立国际性的反法西斯阵线。在一份被认为是协会政策声明的文字材料中，皮斯卡托提出，在国际革命戏剧协会的艺术活动之中，"最本质的核心中蕴含着反法西斯的艺术因素"[2]。

1935 年 4 月，皮斯卡托邀请布莱希特、马克西姆·瓦伦丁（Maxim Vallentin，1904—1987）、恩斯特·布什（Ernst Busch，1900—1980）等其早年的德国合作者来到莫斯科，参加他组织的"戏剧导演大会"（a meeting of theater directors）。会议期间，与会人员观看了由梅兰芳演出的中国京剧。

1935 年底，皮斯卡托计划在"伏尔加德意志人苏维埃社会主义自治共和国"（German Volga Republic, 1924—1941）的恩格斯城（Engels）建立一所一流的德语剧院，剧院的主要成员从那些反纳粹的艺术家中选取。剧院的合作者包括布莱希特及其夫人海伦娜·魏格尔（Helene Weigel，1900—1971）以及其他流亡艺术家。剧院计划以莱辛的《智者纳坦》（Nathe der Weise）作为开幕演出，布莱希特的《圆头党和尖头党》（Die Rundköpfe und die Spitzköpfe）也被列入演出计划。皮斯卡托于 1936 年 7 月代表国际革命戏剧协会前往西欧参加公事访问，并计划于 9 月中旬回到恩格斯城继续这一项目的实施工作。

---

① 〔西德〕克劳斯·福尔克西. 布莱希特传 [M]. 北京：中国戏剧出版社, 1986：276.
② John Willett. The Theatre of Erwin Piscator, Half a Century of Politics in The Theatre [M]. New York: Holmes & Meier Publishers, Inc, 1979: 133.

1936 年 8 月，第一次莫斯科大审判掀开了苏联大清洗运动的序幕，苏联当局对于外来流亡者的态度开始转变，随着希特勒的地位越来越稳固且他对于苏维埃的威胁越来越明显，德国流亡者们变成了"潜在的间谍"（potential spies）[1]。名岑贝尔格电影公司、国际工人援助机构及国际革命戏剧协会也被当局认为是危险机构而被迫关闭。已到达苏联的德国艺术家们纷纷离开去往别国，皮斯卡托恩格斯城戏剧计划遭到了流亡艺术家们的被迫放弃。1936 年 10 月 3 日，皮斯卡托的助理伯恩哈特·莱西（Bernhard Reich，生卒年月不详）从莫斯科给正在巴黎的皮斯卡托发去电报，提醒他不要再返回苏维埃。莱西于 1937 年 1 月在恩格斯城的国立学院剧院（State Academic Theatre）组织并排演了弗里德里希·沃尔夫的新作《特洛伊木马》（*Das Trojanische Pferd*），作为皮斯卡托"伟大的伏尔加共和国计划唯一一次具体实现"[2]。据莱西回忆："皮斯卡托耗费了自己所有的精力、想象力和创造力来创建这一组织（国际革命戏剧协会）并开展项目。但是结果却是，作为一名艺术家，他是停滞不前，收效甚微的。"[3]

二、巴黎时期

　　1936—1938 年，皮斯卡托在巴黎停留的三年被认为是其事业"荒废的三年"[4]。在这三年中，他没有发表任何文章，没有执导任何作品，也没有组织任何一个项目。造成这一结果的原因一方面在于 1930 年代末期国际政治环境的错综复杂，另一方面原因在于皮斯卡托在选择各项计划合作者方面的失误以及由此造成的巨大资金损失，使他未能获得足够的人力及资金启动任何一项创作计划。

　　皮斯卡托在 1936 年代表国际革命戏剧协会赴巴黎，计划在欧洲开展基础更为广泛的反法西斯运动以及协助建立"世界和平联盟"（Rassemblement Universel de la Paix），在获知恩格斯城计划被迫中止后，他在巴黎草拟出一系列电影及戏剧创作计划，其中包括《好兵帅克》以及《战争与和平》的电影拍摄，为"反战反法西斯全球联盟"（Comité Mondial contre la Guerre et le Fascisme）导演戏剧作品，组织一场大型的"和平盛典"等，但以上创作计划均宣告失败。

---

① John Willett. The Theatre of Erwin Piscator, Half a Century of Politics in The Theatre [M]. New York: Holmes & Meier Publishers, Inc, 1979: 140.
② 同上：138。
③ 同上：134。
④ 同上：144。

在巴黎停留的三年，虽然各项计划未能实现，但美国左翼戏剧运动的蓬勃发展以及皮斯卡托改编的戏剧剧本《一出美国悲剧》（*An American Tragedy*）在美国的成功上演从外部环境上促成了皮斯卡托的赴美。1930年代，是美国左翼戏剧蓬勃发展的十年，以克利福德·奥德兹（Clifford Odets，1906—1963）为代表的左翼剧作家，以"同仁剧院"（Group Theatre）、"戏剧协会"（Theatre Union）为代表的左翼戏剧组织以及"联邦戏剧计划"（Federal Theatre Project）的"活报剧"（Living Newspaper）创作均以德国政治戏剧及早期苏联戏剧为榜样，"反对以自然主义戏剧为代表的资产阶级商业戏剧，把宣传鼓动剧的形式作为工人阶级自己的戏剧，把为工人运动服务作为戏剧的根本目的，反映工人阶级的斗争生活"①。1935年春，《一出美国悲剧》于宾夕法尼亚州小树篱剧院（Small Hedgerow Theatre）成功首演，第二年3月这部作品由同仁剧院以《古板的格里菲斯的故事》（*The Case of Clyde Griffithe*）为名，在李·斯特拉斯堡（Lee Strasberg，1901—1982）的导演下进行了演出，受到美国戏剧界好评。同仁剧院的创始人之一，戏剧家哈罗德·科勒曼（Harold Clurman，1901—1980）称赞该剧为一部"阐释主题的教育戏剧"②，但评论界对于作品对"阶级的强调"以及剧中"解释说明性的叙述者"表示反感。

1937年，皮斯卡托结识了纽约和伦敦演出经理人吉博尔特·米勒（Gilbert Miller，1884—1969）并与之约定，由皮斯卡托与阿尔弗雷德·纽曼（Alfred Neumann，1895—1952）共同完成《战争与和平》的舞台剧改编，皮斯卡托担任导演，上演于纽约以及伦敦的圣詹姆斯剧院（St. James's Theatre）。1938年皮斯卡托将主要精力投注在剧本改编工作上。1938年圣诞，皮斯卡托与妻子玛丽亚·皮斯卡托（Maria Piscator，1898—1999）乘船出发，于1939年1月1日抵达美国。

三、美国十二年——从政治到艺术

皮斯卡托在美国十二年流亡时期，迫于社会及政治局势的压力，他的身份从一名戏剧导演转换为一名戏剧教师，他的戏剧创作也从政治转向了艺术。在1937年的笔

① 李时学. 颠覆的力量：20世纪西方左翼戏剧研究 [M]. 厦门：厦门大学出版社，2012：87.

② John Willett. The Theatre of Erwin Piscator, Half a Century of Politics in The Theatre [M]. New York: Holmes & Meier Publishers, Inc, 1979: 149.

记中他曾写道："我的工作只能与资产阶级社会相对立，我永远都无法与其合作。"①同年夏天，当他与加斯巴洛在法国最后一次会面时也提出自己永远不会转向资产阶级。但 1939 年春，皮斯卡托开始尝试写作他的第二本书，当他回忆自己的第一本书《政治戏剧》第一章标题"从艺术到政治"（from Art to Politics）时，他决定反转这一标题，变为"从政治到艺术"（from Politics to Art），并写道："这是最终，你想要的。我这样告诉自己。"②

据威利特研究表明，尽管皮斯卡托从未变成一名反共产主义者（anti-communist），也从未公开批评过苏维埃，但在其十二年美国职业生涯中，"他对于政治戏剧以及他作为共产主义者的经历有意识地忽略"③。在皮斯卡托纽约戏剧工作室的学生朱迪思·玛琳娜（Judith Malina，1926—2015）等人的回忆中均提及对于皮斯卡托此前政治信仰的未知："他非常的谨慎和聪明……他从未以共产主义者（a communist）自称，而是将自己称作一名反法西斯主义者（an anti-fascist）。"④威利特认为，皮斯卡托避免自己在政治倾向方面过度被暴露的原因一方面由于其同伴布莱希特和作曲家汉斯·艾斯勒（Hanns Eisler，1898—1962）遭到美国"非美委员会"（House Un-American Activities Committee）的审讯以及其后美国参议院对欧洲流亡者所进行的调查，另一方面由于美国左翼戏剧运动在其到达美国之前业已衰落，他希望能够进入美国主流剧院进行创作，而不仅仅将自己的创作局限在政治戏剧的范畴之内。因此，在美国期间，"皮斯卡托自始至终都是一个机智圆滑的客居者"⑤。在他于 1942 年发表的一篇名为《未来戏剧》（The Theater of the Future）的文章中，他没有提及任何关于"政治"的词句，也未涉及作品的内容，而是把戏剧比作是"表达所有人类经验与思想的绝佳手段"⑥。在客居美国期间，皮斯卡托仅提及过一部自己 1920 年代在德国的创作，即高尔基的《在底层》。

1939 年初到美国时，皮斯卡托将《战争与和平》剧本已完成的部分交与米勒，但米勒以剧本改编不符合上演要求且与皮斯卡托未签订书面协议为由拒绝了皮斯卡托。

---

① John Willett. The Theatre of Erwin Piscator, Half a Century of Politics in The Theatre [M]. New York: Holmes & Meier Publishers, Inc, 1979: 152.

② 同上：152。

③ 同上：167。

④ Judith Malina., The Piscator Notebook [M]. New York: Routledge, 2012: 20.

⑤ John Willett. The Theatre of Erwin Piscator, Half a Century of Politics in The Theatre [M]. New York: Holmes & Meier Publishers, Inc, 1979: 148.

⑥ 同上：153。

1940 年 3 月 1 日，皮斯卡托于华盛顿贝拉斯科剧院（Belasco Theatre）执导了他到达美国后的第一部作品：由爱尔兰剧作家萧伯纳创作的《圣女贞德》（*Saint Joan*），演出在华盛顿引起轰动并且作为美国红十字协会对欧洲战争受害者和战争遗孤的资助项目成为当时一个社会政治事件。作品被称为具有"叙事—纪实风格"，皮斯卡托的导演手法及演员的表演受到好评，"演出为华盛顿带来了高水准的专业戏剧作品，促进了华盛顿的戏剧发展，改变了国家首都缺乏专业戏剧演出的状况"。[①] 但皮斯卡托留在华盛顿作为主流剧院导演的计划最终未能实现。

1940 年因美国移民配额制度（Immigration quota）对于流亡艺术家的申请难度大于作为教师身份的申请，皮斯卡托选择以副教授的身份进入"纽约社会研究新校"（New School for Social Research，以下简称新校）。作为一所成人教育学院，新校主要吸收和接纳来自欧洲知识和艺术界具有一定社会知名度的流亡者，因此也被称为"美国第一所流亡大学"[②]。在新校时任校长阿尔文·约翰逊（Alvin Johnson，1874—1971）的支持下，皮斯卡托于 1940 年 1 月在新校位于纽约第 12 街的教学大楼内开设了戏剧工作室（the Dramatic Workshop）并于同年 9 月开设工作室剧院（the Studio Theatre），将课堂教学与实践演出相结合。

皮斯卡托自 1940 年起在美国的活动主要围绕戏剧工作室及工作室剧院展开，他将戏剧工作室定义为"一所学校，它也是一所剧院；一所剧院，它同时也是一所学校"[③]。其主要任务是培养戏剧各专业的学生，创建初期以编剧课程为主，也开设表演及导演课程，主要科目包括艺术史、戏剧史、戏剧及电影批评、台词、形体、编剧学、剧目创作、舞台机械制作等。至 1948 年，戏剧工作室在校生人数从初创时期的 20 人增长至 1000 人，为美国培养了大批戏剧及电影电视从业人员，其中包括纽约生活剧团（The Living Theatre）创始人朱迪思·玛琳娜、演员马龙·白兰度（Marlon Brando，1924—2004）以及剧作家田纳西·威廉斯（Tennessee Williams，1911—1983）等。尽管皮斯卡托有意识地回避了自己共产主义者的身份和政治戏剧创作经历，但他对于戏剧的社会批评及道德教育功能的强调始终贯穿其教学生涯，他以戏剧反映现实生活，对抗不公平社会秩序并作为斗争武器改造世界的创作理念激励着戏剧工作室的学生们

---

① Ullrich Amlung. Leben-ist immmer ein Anfang, Erwin Piscator : 1893-1966[M]. Marburg : Jonas Verlag, 1993: 73-74.

② John Willett. The Theatre of Erwin Piscator, Half a Century of Politics in The Theatre [M]. New York: Holmes & Meier Publishers, Inc, 1979: 154.

③ 同上：155。

建立了诸如"生活剧团"（the Living Theatre）、"新城市剧院"（the Theatre of the New City）等先锋剧团，这些剧团以大胆激进的戏剧创作实践着皮斯卡托的政治戏剧理念，并推动了美国外百老汇和外外百老汇戏剧运动的发展。

1948 年 3 月，戏剧工作室从新校脱离，皮斯卡托组建了一个独立董事会，戏剧工作室更名为"戏剧工作室及技术研究所"（the Dramatic Workshop and the Technical Institute），并租下纽约西区 48 街的小型总统剧院（the little President Theatre）和纽约东休斯顿街的屋顶剧院（Rooftop Theatre）继续工作室的教学及演出工作。尽管有意识地缩小了工作室运营规模，但同时运营两所剧院的巨大开销抵消掉了剧院的盈利，戏剧工作室出现财政赤字，在皮斯卡托返回德国之前的两年中举步维艰。

皮斯卡托在美期间的戏剧创作主要以戏剧工作室出品的剧目为主，创作的主题主要与第二次世界大战相关，以和平主义的立场对战争进行谴责与控诉。1940 年 12 月，皮斯卡托执导了戏剧工作室开幕演出——莎士比亚的《李尔王》（King Lear），吸引了纽约大批观众及戏剧界专业人士前往观看。皮斯卡托大量删减了剧本，在剧中加入了该隐与亚伯的哑剧片段以及古希腊神话的片段，演出中使用了皮斯卡托的标志性创作手段：包括转台在内的功能性舞台结构；统计数据、照片等投影；灯光；扬声器；演员直接面向观众讲话；为演出专门创作音乐等。但评论界认为演出"过于说教化，过于机械化，对于原剧作的导演处理过于独裁（too autocratic）"[1]。1942 年，皮斯卡托在工作室剧院相继导演了以和平主义与自由主义为主题的《战争与和平》；美国剧作家罗伯特·佩恩·瓦伦（Robert Penn Warren，1905—1989）创作的《国王的子民》（All King's Men），剧中革新性地采用了内部叙述者（intrinsic narrator）与外部叙述者（extrinsic narrator）相结合的叙事方式，构成了"戏中戏"的结构，被评论界认为是皮斯卡托"叙事戏剧发展过程中最为重要的作品之一"[2]；1947 年，指导萨特（Jean-Paul Sartre, 1905—1980）的作品《苍蝇》（The Flies），演出以德国占领法国的电影片段作为序幕，运用了转台、投影、演员从观众席上下场等手段；1949 年 3 月 1 日，执导德国剧作家沃尔夫冈·博尔切特（Wolfgang Borchet，1921—1947）讲述第二次世界大战的作品《在大门外》（Draussen vor der Tür），被认为是"美国第一部德国战后作品"；在 1951 年 2 月执导的莎士比亚悲剧《麦克白》（Macbeth）中表达了皮斯卡

① Gerhad F. Probst. Erwin Piscator and the American Theatre [M]. New York : Peter Lang Publishing, Inc., 1991: 54.
② Ullrich Amlung. Leben-ist immmer ein Anfang, Erwin Piscator : 1893-1966 [M]. Marburg : Jonas Verlag, 1993: 78.

托对于战争及独裁者的控诉，这也是皮斯卡托在美国导演的最后一部作品。皮斯卡托在百老汇执导的唯一一部作品为 1944 年 8 月 5 日上演于埃塞尔·巴里摩尔剧院（Ethel Barrymore Theatre）的由欧文·凯·戴维斯（Irving Kaye Davis，1900—1965）创作的《终站》（*Last Stop*），皮斯卡托将其称为一次失败的创作并拒绝参加作品的首演。

1940 年代后半期，随着大批德国流亡艺术家回归德国，战后的德国戏剧界百废待兴，逐渐恢复生机。位于德意志民主共和国（Deutsche Demokratisch Republik，以下简称 DDR，即东德）的德意志剧院于 1945 年重新开启；船坞剧院（Theater am Schiffbauerdamm）被分配给了人民剧院在德意志民主共和国的部分，恩斯特·布什与弗里德里希·格拉斯（Friedrich Gnass，1892—1958）等皮斯卡托剧院曾经的演员们投入到人民剧院的重建工作中；马克西姆·瓦伦丁被任命为柏林马克西姆—高尔基剧院（Maxim-Gorki Theater）的剧院总监。弗里德里希·沃尔夫及布莱希特也回到了德意志民主共和国，二人均向皮斯卡托发出重回德国进行戏剧创作的邀请。前者在给皮斯卡托的信中写道："目前你正处于事业过渡期，我们想把你从纽约的两所剧院中解救出来，带回废墟中的柏林。在这里你也许会发现许多事物都欠缺，但同时蕴藏着无限的、崭新的和天才的工作机会。"[①] 布莱希特于 1947 年秋离开美国，一年后他在柏林执导了《大胆妈妈和她的孩子们》（*Mutter Courage und ihre Kinder*）并建立了"柏林人剧团"（Berliner Ensemble）。布莱希特邀请皮斯卡托于 1949 年秋为柏林人剧团执导作品，他在给皮斯卡托的信中写道："这是一次好机会，不能等待太久，目前所有的事物都处于不断变化当中，事物的发展方向将由那些有能力的人来主导。"[②] 面对来自祖国的邀请，加之美国麦卡锡主义反共排外浪潮对于欧洲流亡者的威胁与日俱增，1951 年 10 月初，58 岁的皮斯卡托结束了自己 20 年的流亡生涯，回到了德意志联邦共和国（Bundesrepublik Deutschland，以下简称 BRD，即西德）。

第四节　重回德国——政治戏剧的回归

1951 年，皮斯卡托回归德国后，以自由导演的身份辗转于西德中小型剧院艰

---

① John Willett. The Theatre of Erwin Piscator, Half a Century of Politics in The Theatre [M]. New York: Holmes & Meier Publishers, Inc, 1979: 165.

② 同上：165。

难维生。面对战后德国社会对于纳粹罪行的集体沉默和逃避态度，皮斯卡托提出了"信仰戏剧"理念。信仰戏剧以对于第二次世界大战在精神道德及理性层面的深刻反思为创作宗旨，被皮斯卡托称为"新型政治戏剧"。当皮斯卡托于 1960 年代回归主流戏剧界并担任西柏林自由人民剧院艺术总监后，他创作了符合自己信仰戏剧理念的三部文献戏剧作品，均以第二次世界大战为主题，以战争相关文献资料为创作素材，以法庭审判的过程为主要呈现形式。三部作品为皮斯卡托在德国戏剧界再一次赢得了广泛赞誉且开启了德国 1960 年代文献戏剧创作热潮，在全世界范围产生重要影响。

一、初回德国

1951 年，皮斯卡托初回德国。无论是德意志联邦共和国还是德意志民主共和国都没有向他发出正式邀请，他在日记中写道："在我的一生中从未感到如此渺小。"①在家乡迪伦堡（Dillenburg）作短暂停留后，皮斯卡托来到汉堡，他希望能够与纽曼一同再次改编《战争与和平》并且在汉堡或者新建立的西柏林席勒剧院（West Berlin Schiller-Theater）进行演出。在汉堡，皮斯卡托于 1951 年 12 月 4 日执导了剧作家弗里兹·霍赫威尔德（Fritz Hochwälder，1911—1986）的作品《维吉尼亚》（*Virginia*），被汉堡剧评界评价为一部失败的演出。皮斯卡托失去了在汉堡立足的机会。

在此后整个 1950—1960 年代，皮斯卡托以一名自由导演的身份辗转于西德一些小型或中型规模的剧院中。其中包括马尔堡、吉森（Giessen）、图宾根（Tübingen）、埃森（Essen）、法兰克福（Frankfurt）、曼海姆（Mannheim）等西德城市以及苏黎世、哥德堡、海牙等欧洲城市，其间共创作 40 余部戏剧作品。在这些中小型剧院中，他能够选择的剧目极为有限，其作品也未能在西德主流戏剧界引起广泛关注。在回答莱西关于自己当下创作风格的信中，皮斯卡托提到："目前在西德的社会政治条件下无法发明和创造出一套风格明显的创作方法；我只能将自己的创作方法称为'运用叙事戏剧的元素所进行的分析性批评'。"②

在马尔堡剧院的初期创作中，皮斯卡托已经开始思考并探索此后被他称为"信仰

---

① John Willett. The Theatre of Erwin Piscator, Half a Century of Politics in The Theatre [M]. New York: Holmes & Meier Publishers, Inc, 1979: 168.
② 同上：180。

戏剧"（Bekenntnistheater）的戏剧理念，其创作实践也主要以对第二次世界大战的反思为主题。1952年皮斯卡托在马尔堡执导《智者纳坦》，他希望通过这部被誉为"教育诗"（Lehrgedicht）的作品唤起人们对于二战时反犹太主义的反思意识，他希望人们在经历了奥斯维辛集中营、希特勒大屠杀及柏林和德累斯顿被摧毁的惨痛历史之后，能够回想起莱辛的《智者纳坦》以及歌德、康德及尼采等先贤哲学家所提倡的人性的和谐、宽容、自由等德意志民族优良的道德传统。同年10—11月，皮斯卡托为马尔堡和吉森共同举办的纪念毕希纳逝世115周年的"毕希纳戏剧周"创作了革命历史剧《丹东之死》（Dantons Tod）及喜剧《雷昂采与蕾娜》（Leonce und Lena）。在《丹东之死》中，皮斯卡托采用了贯穿观众席的舞台通道，并运用投影播放了图片、数据及毕希纳生前所创办的《黑森信使》（Hessischem Landboten）中的文字内容，这些文献的呈现如同一部"图释化的历史书"[1]，将文本所蕴含的社会政治倾向及相关革命历史结果有意识地呈现出来。一些具有政治宣传鼓动性质的场面如雅各宾派在酒吧中的发言、革命论坛的争辩等被皮斯卡托移植到剧场之中，加之舞台与观众席的混合，使得整个演出变成"一场群众集会，一个政治论坛"[2]。1955年，皮斯卡托在马尔堡剧院导演了被称为阿瑟·米勒"道德剧"的《萨勒姆女巫》（The Crucible），剧中所涉及的美国麦卡锡政策是皮斯卡托在美国所亲身经历过的，他在舞台的一侧悬挂起一幅展现故事发生地点的美国马萨诸塞州区域地图，另一侧悬挂起一幅巨大的宣传画，上印有与受难牺牲相关的历史事件标题，将萨勒姆女巫这一单一事件与相关历史以及当下社会建立起了连接。1960年，皮斯卡托在马尔堡剧院执导的最后一部作品为萨特的《禁闭》，他将这部作品称为"对于德国所经历过的纳粹时代的阐释说明"[3]。皮斯卡托将故事背景设置在国家社会主义时代一个富裕的汉堡工业家的家庭之中，并且试图从作品中寻找到对于纳粹时代罪孽的反思。

1953年9月，法兰克福市立剧院（Frankfurt Municipal Theater）邀请皮斯卡托执导萨特的作品《啮合》（L' Engrenage），这是皮斯卡托回到德国之后第一次有机会在大型剧院中导演作品。他在创作中首次使用了"灯光舞台"（Lichtbühne）这一革新性舞台机械装置，在其后的多部作品中皮斯卡托延续了这一革新性舞台创造。

1955年1月，在西柏林席勒剧院（Schiller-Theater）执导的《战争与和平》预示

① Ullrich Amlung. Leben-ist immmer ein Anfang, Erwin Piscator : 1893-1966[M]. Marburg : Jonas Verlag, 1993: 95.
② 同上：95。
③ 同上：100。

着皮斯卡托的正式回归。"这一演出不仅将皮斯卡托重新带回了柏林，也让他重获机会在一个国际化的观众群体面前呈现自己的作品。"① 此次上演的《战争与和平》为皮斯卡托修改的第三版剧本，他在演出中采用了一个较为简洁的、具有象征性的舞台，安排了一个"单独的叙述者"作为演出的外部叙述者对场上事件及人物进行评述。柏林剧评界赞扬作品的呈现形式非常简练，观众们反应热烈。与此同时，皮斯卡托开始在曼海姆国家剧院（Mannheim National Theater）执导阿瑟·米勒的《萨勒姆女巫》；1957 年 1 月执导《强盗》作为曼海姆国家剧院新建成剧场的开幕演出，这也是皮斯卡托 1926 年执导的具有争议的《强盗》之后的全新版本的上演。皮斯卡托将创作重点放在了曾经被他大量删减的独白之上，"他此时已经不再把作品作为一部与时事相关的政治性作品来看待，而是一部对于自由主题的更深入反思的作品来进行创作"②。这一创作思路的转变也预示着皮斯卡托信仰戏剧观念的提出。

二、信仰戏剧的提出

1954 年 1 月 1 日，皮斯卡托在日记中写道："我已经在德国生活了三年，这里没有道德良心……对于戏剧的基本态度应当是基于道德和信仰（Bekenntnis）之上的"③，他所需要的是那些"坚韧的、具有分量的、沉浸在现实之中的戏剧，且这些戏剧此前没有存在过"。这一新型戏剧的概念被皮斯卡托称为"信仰戏剧"（Bekenntnis Theater），在其文集《著作 2》（Schriften 2）中，皮斯卡托指出："这种戏剧是一种用于表达信仰的戏剧。"④ 信仰戏剧强调戏剧对于观众精神道德层面的教育功能，认为人们对于戏剧的基本态度应当是基于道德和信仰之上的。剧院作为一所道德机关，在其中上演的戏剧作品不应当是一种不承担任何社会责任的杂耍演出，而应当是经由作品的思想内涵引申出的对于时代现状及人类精神信仰问题的反思，这一反思精神主要是针对第二次世界大战之后对于战争及历史的理性反思。皮斯卡托将信仰戏剧视为一个独立的体系，认为其应当上演于西德各大城市针对时代问题的作品之中；这些戏剧的观众应当是乐观的、积极向上的并且是反对存在主义、反对腐化堕落文化的。对

---

① John Willett. The Theatre of Erwin Piscator, Half a Century of Politics in The Theatre [M]. New York: Holmes & Meier Publishers, Inc, 1979: 170.

② 同上：170。

③ 同上：173。

④ 同上：173。

于建立信仰戏剧所需的过程，皮斯卡托在曼海姆《萨勒姆女巫》演出时告诉观众，这是一个"认知力（Kenntnis）—理解力（Erkenntnis）—信仰（Bekenntnis）"①的建立过程。

　　信仰戏剧的提出，是基于皮斯卡托对于自己的艺术创作及德国战后社会状况的思考。战后十年，他所身处的社会现状令他非常反感，在公开发表的文章中，他谴责1950年代初期为欧洲剧作家中普遍盛行的"呼吸着不健康空气的反动时代"②。在面对战后"为艺术而艺术"的创作风潮时，他认为其结果将会是灾难性的，即使他努力寻找证据证明德国人尝试去反思纳粹时代的错误，但他发现这一反思的行为是不存在的，其在艺术及政治领域的体现也是不存在的。"戏剧的所有政治性功用的发挥都受到了阻碍或最后落空。"③这也是他回到德国之后最为失望之处。

　　早在马尔堡剧院执导《智者纳坦》时期，皮斯卡托便公开谈论过自己对于"戏剧作为一所道德机关"这一观点的赞同与支持。他在创作中非常注重和强调作品的思想内涵以及由此引申出的问题。对于作品的思想内涵，皮斯卡托在一封回复《上黑森日报》（Oberhessisschen Press）关于《智者纳坦》剧评的信中将其称为作品的一种"精神"（Geist），他在信中写道："在我的导演创作中最为重要、最为本质的不是《好兵帅克》中的传送带，不是《拉斯普廷》中的地球仪舞台，也不是《智者纳坦》中的中心式舞台，而是一部作品的'精神'（Geist）。我使用'精神'一词而非其他词语。这一'精神'创造出了诗律中的五音步节律而非五音步节律创造了'精神'。同样，'精神'创造了伟大的人类艺术家，伟大的戏剧作品。"④

三、重回人民剧院——三部文献戏剧创作

　　1950年代后期社会政治状况及戏剧界的变化为皮斯卡托重归人民剧院提供了外部条件。1957年秋，威利·勃兰特（Willy Brandt，1913—1992）当选德意志联邦共和国社会民主党主席，勃兰特在文化政策方面非常重视1920年代柏林艺术创作的

① John Willett. The Theatre of Erwin Piscator, Half a Century of Politics in The Theatre [M]. New York: Holmes & Meier Publishers, Inc, 1979: 173.

② 同上：173。

③ 同上：173。

④ Ullrich Amlung. Leben-ist immmer ein Anfang, Erwin Piscator : 1893-1966 [M]. Marburg : Jonas Verlag, 1993: 93.

价值，他将皮斯卡托、布莱希特、托勒、格罗皮乌斯及勋伯格（Arnold Schönberg，1874—1951）列为对于柏林艺术创造最有贡献的艺术家。与此同时，二战后新生的一代开始对皮斯卡托 1920 年代的戏剧创作产生兴趣，西德一大批年轻剧作家开始反思纳粹的历史，"居住在德国或移居他国的德国人均被一种战争所遗留下的负罪感所困扰"①。与这一社会思潮相对应的是，德国开始涌现一大批对于描述战后反思精神和心理状态的作品有所需求的观众，戏剧导演勃勒斯劳·巴罗克（Boleslaw Barlog，1906—1999）在 1956 年所创作的《安妮日记》（The Dairy of Anne Frank）是这一潮流形成的重要风向标。1956 年，随着布莱希特的逝世，东西德均出现一大批以年轻导演为核心的创作团队，其中大部人曾在柏林人剧团接受过学习和训练，对于他们而言，1920 年代的"政治戏剧"是"非常能够被他们接受且与他们意气相投的"②。

1958—1959 年演出季，皮斯卡托早期合作者、时任西柏林自由人民剧院艺术总监的莱昂纳多·施德克（Leonard Steckel，1901—1971）邀请皮斯卡托回到柏林为剧院创作了一部歌剧。1961 年，皮斯卡托在此创作了他作为客座导演的第一部戏剧作品：阿瑟·米勒的《推销员之死》（Death of a Salesman），由施德克担任主演。1962 年春，剧院宣布由皮斯卡托担任剧院艺术总监。威利特认为，对于人民剧院和皮斯卡托而言，"这将是二者的'第二次繁荣'"③，但最终因皮斯卡托的逝世而中断。

在以上提及的战后新生一代对于 1920 年代戏剧追捧热潮的影响之下，1960 年代初期涌现出一大批符合皮斯卡托信仰戏剧创作理念的作品。在皮斯卡托担任人民剧院艺术总监以后，年轻剧作家海纳尔·基帕德（Heinar Kipphardt，1922—1982）向皮斯卡托推荐了自己正在创作的一部关于第二次世界大战中罗伯特·奥本海默（Robert Oppenheimer，1904—1967）事件的作品；1962 年 2 月，时年 30 岁的罗尔夫·霍赫胡特（Rolf Hochhuth，1931—2020）拜访皮斯卡托，希望与他共同创作一部同样以第二次世界大战为主题的名为《代理人》（Der Stellvertreter）的作品。

---

① John Willett. The Theatre of Erwin Piscator, Half a Century of Politics in The Theatre [M]. New York: Holmes & Meier Publishers, Inc, 1979: 177.
② 同上：177。
③ 同上：176。

图 1-6　皮斯卡托（右）与彼得·魏斯在《调查》排练现场，1965 年，西柏林自由人民剧院

　　皮斯卡托在人民剧院 1962—1963 年演出季执导的开幕演出为霍普特曼的《阿特里德三部曲》（*Atriden-Tatralogie*），其他作品包括与加斯巴洛共同改编的罗曼·罗兰的《罗伯斯庇尔》（*Robespierre*）以及莎士比亚的《威尼斯商人》等。其中最为重要的，也被誉为开启了"德国 1960 年代文献戏剧时代"的作品是皮斯卡托执导的以上两位年轻剧作家的作品《奥本海默事件》《代理人》以及彼得·魏斯（Peter Weiss，1916—1982）创作的《调查》（*Die Ermittlung*）。这三部文献戏剧作品的主题均是对于第二次世界大战的反思，文本均取材于二战相关案件审讯的记录、报纸杂志对于审讯的新闻报道以及图表照片等文献材料。三部作品的影响力远超出了德国境内，几乎在全球进行巡演。皮斯卡托认为这三部作品较他此前导演的其他作品更符合其所设想的"信仰戏剧"的要求，并且使他再一次回归到 1920 年代的创作初衷——关于戏剧在社会功用、历史真实性与艺术创作方式之间关系的探索。皮斯卡托提出："这三部作品对于我为之奋斗了三十余年的叙事的、政治的戏剧至关重要。"[1] 在论及第一部作品《代理人》时，皮斯卡托将其称为"类似于席勒作品风格的一部历史剧⋯⋯展现了人类道德的价值"[2]。其生前最后一部作品《军官的暴动》（*Der Auftand der Offiziere*）同样延续了三部文献作品的主题，讲述了 1944 年 7 月 20 日纳粹陆军上校申克·格拉夫·冯·施陶芬贝格（Schenk Graf von Stauffenberg，1907—1944）等军官暗杀希特勒的行动，皮斯卡托采用了《拉斯普廷》中的半球形舞台装置作为对于自己 1920 年代创作的回应。

① 　John Willett. The Theatre of Erwin Piscator, Half a Century of Politics in The Theatre [M]. New York: Holmes & Meier Publishers, Inc, 1979: 177.

② 　Gerhard F. Probst. Erwin Piscator and the American Theatre [M]. New York: Peter Lang Publishing,1991: 19.

四、回归政治戏剧

1963 年,《政治戏剧》重新修订并出版,其中包括法语与意大利语的翻译版本,皮斯卡托开始重新定义当下政治戏剧的含义。他告诉汉堡《时代》(*Die zeit*)杂志:过去的政治戏剧,所遵循的是马克思主义思想体系,但当今的政治戏剧由于三部文献作品的创作而被全世界所了解,这三部文献戏剧代表了当下新的政治戏剧,即他所提倡的信仰戏剧,在某些方面与过去的政治戏剧有所区别。皮斯卡托指出,当今政治戏剧的矛盾性在于,其与时事的相关性不是聚焦于当下,而是在于刚刚消逝的过去——对于第二次世界大战的反思。在谈到新的政治戏剧与其他戏剧作品的区别时,皮斯卡托强调:"戏剧必须表达自己对于政治的信仰。为了达到此目的,剧院需要建立起一种作品的风格,这一作品风格将把剧院转变成'一所现代的,思考型的剧院'。"[①]

新的政治戏剧以"信仰戏剧"对第二次世界大战从道德及理性层面的反思为理论核心,在创作手法上,生前最后几部作品的排演则暗示出皮斯卡托向其早期创作的回归。1965 年底,皮斯卡托开始计划排演最新版本的《好兵帅克》,他决定再一次在演出中使用传送带装置,但赫特菲尔德的照片摄影将取代格罗西的讽刺漫画。尽管《哎呀,我们活着!》的修订版最终未能复排,但皮斯卡托为其生前最后一部作品《军官的暴动》设计了一个类似于《拉斯普廷》的半球形舞台装置,评论界认为"皮斯卡托第一次如此彻底地回归自己早期的舞台机械创造"[②]。此外,对于修订版的《政治戏剧》,皮斯卡托开始感到不满意。一部分原因是修订版本在印刷上的简化,更为重要的原因在于修订版本中弱化了 1929 年原始版本中对于无产阶级的强调并且删除了涉及皮斯卡托与德国社会民主党关系的内容。因此,在皮斯卡托生前最后一阶段,他开始与东柏林学院(East German Academy)商议重新出版《政治戏剧》原始版本的计划,并且在原始版本的内容之上增加第二卷名为"文集"(Schriften)的部分,由皮斯卡托的演讲文稿、排演笔记及文章构成。1966 年 3 月,在皮斯卡托即将入住巴伐利亚一所私人医院进行胆囊手术之前,他为计划重新出版的《政治戏剧》添加一份新的附注,其中阐释了他对此前修订版诸多删减部分的不满。再版计划最终因皮斯卡托的逝世而中断。

---

① Gerhard F. Probst. Erwin Piscator and the American Theatre [M]. New York: Peter Lang Publishing,1991: 181.

② John Willett. The Theatre of Erwin Piscator, Half a Century of Politics in The Theatre [M]. New York: Holmes & Meier Publishers, Inc, 1979: 181.

小结

皮斯卡托的政治戏剧创作以明确的政治倾向性和社会介入性为主要创作特征，作品的现实性意义体现在皮斯卡托对于自己所处时代的社会政治现状的及时和客观反映之上。而时代的社会及政治发展状况也决定着其作品的创作主题和宗旨，根据不同时期的社会政治情况，皮斯卡托的政治戏剧体现出不同的创作目标，并经历了从早期的艺术性到政治性；流亡苏维埃时期创作政治目标的转移；在美时期被迫回避政治性转为艺术性；二战之后回到德国以信仰戏剧回归政治性创作宗旨的曲折发展道路。

1920 年代是德国社会矛盾丛生、社会政治情况较为复杂的年代。作为德国最早加入德国共产党的戏剧导演，皮斯卡托此阶段政治戏剧创作主要以明确的无产阶级革命性为主要特征，试图以戏剧的手段向无产阶级进行政治的宣传鼓动，培养其阶级意识并促进其以积极行动投身社会改造运动。在经历了战后表现主义及达达运动的实践之后，皮斯卡托提出要以政治的、宣传鼓动的、具有社会教育功用的戏剧作为自己的创作方向，在其后的无产阶级剧院和三部政治讽刺剧的创作中，皮斯卡托开始探索出政治戏剧的叙事性、文献纪实性及宣传鼓动性的美学特征，并在人民剧院担任专职导演期间从舞台结构、革新性机械设备及舞台投影的实验性运用上进一步发展政治戏剧理论，试图以明确的政治倾向性取代人民剧院艺术创作中立性的保守原则。在为人民剧院导演的最后一部作品《哥特兰风暴》中，由于剧院经理擅自删减了演出中具有政治寓意的电影投影镜头，皮斯卡托所代表的左翼戏剧创作者与剧院保守派之间的矛盾激化并发展成为一场社会层面的针对艺术社会功用的论战。皮斯卡托此后辞去人民剧院导演职务，在一位资产阶级商人的赞助下创建了皮斯卡托剧院。这一时期，迫于资金赞助者和剧院票房的压力，皮斯卡托的政治戏剧创作体现出一定的妥协性，但在创作手法上借助构成主义的功能性舞台和先进的舞台机械及投影设备，创作了以社会革命及社会经济为主题的多部作品，并掀起了同时代德国戏剧创作者们的时代戏剧创作热潮。

1930—1950 年代为皮斯卡托的流亡时期，鉴于世界政治局势的变化，此阶段皮斯卡托的戏剧创作相对减少，政治戏剧的创作目标由此前的无产阶级革命性转变为反法西斯、反纳粹的和平主义。在苏维埃期间，皮斯卡托作为国际革命戏剧协会主席开展了广泛的反法西斯运动，但大部分创作计划由于苏联大清洗运动而被迫终止。皮斯卡托于 1940 年代初期在美国纽约创办戏剧工作室及工作室剧院，这一时期其主要身份由一名戏剧导演转变为一名戏剧教师，其戏剧创作也鉴于美国政府对于欧洲流亡者的审讯及调查而被迫弱化了此前明确的政治倾向性。但在戏剧工作室执教期间，皮斯卡托对于戏剧反映和介入社会生活、促进社会改革的社会功用的强调影响和激励了工作室的青年学生，他们在日后的职业生涯中，以自己的创作实践发展了政治戏剧并促进了美国外百老汇及外外百老汇运动的开展。

1950 年代随着美国麦卡锡主义反共热潮的兴起，加之战后德国剧场界的发展需求，皮斯卡托返回德意志联邦共和国，辗转于西德多所中小型剧院中艰难维生。面对德国社会对于战争及纳粹历史的消极回避与集体沉默，皮斯卡托提出了信仰戏剧理念。信仰戏剧作为政治戏剧在战后德国的新模式，提倡从精神道德及智力层面对战争历史进行理性的、全面的反思。在其创作生涯最后阶段，皮斯卡托受邀担任西柏林自由人民剧院总监，创作了三部文献戏剧，开启了德国 1960 年代文献戏剧创作热潮，其影响扩展至世界范围。皮斯卡托以三部文献戏剧进一步实践和发展了信仰戏剧理念，作为对于自己政治戏剧创作的回归。

第二章　政治戏剧导演创作美学

皮斯卡托于 1910 年代末期提出政治戏剧理念，提倡以戏剧这一艺术形式介入社会政治生活及革命运动，推动无产阶级革命的开展，实现社会改革的目的。皮斯卡托希望借由戏剧演出向公众传播自己的政治主张："有意识地强调并培养观众的阶级斗争意识。"[①] 将剧场视为政治宣传鼓动的阵地，将演出转变成"一场大型的群众集会，一个巨大的战斗场所，一次大规模的群众示威游行"[②]。而这样一种带有明确政治目标及社会教育功用的戏剧，需要以简洁清晰、通俗易懂的形式，自由流畅的节奏，在最广泛的程度上吸引观众尤其是无产阶级观众，向他们提供当下最新的社会及政治时事信息，宣传无产阶级革命思想，更需要迫使他们以批判性的眼光思考当下所处的社会现状，煽动起他们的革命热情，促使他们作为演出的一个有机组成部分积极参与到演出中来，并最终投身于无产阶级改造社会的革命运动之中。

1920 年代以前，德国剧院盛行一种"腐化的、与时代的政治形势脱节的资产阶级戏剧，到战争爆发时，柏林剧场的主要机构均已由激进的先锋立场通过一种民主的民粹主义，完全变得商业化了"，从战场回到柏林的皮斯卡托在目睹战争对于人类的屠杀、对于社会秩序的摧毁之后，他对于这种资产阶级戏剧提出了批判，认为它们"排斥了所有的社会义务，被一种世故的、华丽的戏剧风格所主宰"，[③] 而他所需要的是一种"炽热的、与每一分钟的现实同步的、主动介入每日社会事件"[④] 的戏剧作品。这样的作品以整体性的时空观表现广阔的历史发展脉络及社会生活全景图；以客观真实的视角反映社会现实并介入社会生活；从而充分发挥戏剧的政治宣传鼓动和社会教育的社会性功用。在长期的创作实践过程中，皮斯卡托的政治戏剧逐渐形成了以叙事性、文献纪实性及宣传鼓动性为主要要素的美学特征。

---

① Erwin Piscator. The Political Theatre [M]. Translated by Hugh Rorrison. New York: Avon Books, 1978: 45.

② 同上：96。

③ 李时学. 颠覆的力量：20 世纪西方左翼戏剧研究 [M]. 厦门：厦门大学出版社，2012：46. 转引自 Graham Holderness. *Schaustuck and Lehrstuck: Erwin Piscator and the Politics of Theatre*. Graham Holderness, Eds. The Politics of Theatre and Drama[M]. St. Martin's Press, NY, 1992: 104.

④ Erwin Piscator. The Political Theatre [M]. Translated by Hugh Rorrison. New York: Avon Books, 1978: 48.

第一节　叙事戏剧的提出

皮斯卡托于 1924 年 5 月创作《旗帜》一剧的副标题为"一部叙事戏剧"（an epic drama），这是德国戏剧历史上第一部被明确冠以"叙事戏剧"称谓的戏剧，[①] 也被皮斯卡托认为是他发展叙事戏剧的开始。

皮斯卡托在继承了歌德与席勒所提倡的戏剧的社会教化功能这一传统以及自然主义戏剧对于社会的现实批判精神，经历了战后表现主义及达达运动对于戏剧表现形式的颠覆性创造之后，提出了叙事戏剧这一符合其政治戏剧理念的戏剧模式。叙事戏剧并非皮斯卡托首创，在德国戏剧历史上，诸如歌德的《浮士德》、毕希纳的《沃伊采克》、魏德金德的戏剧作品及表现主义戏剧等众多作品中均可获见这一戏剧模式，但皮斯卡托在演出公告中首次以文字的形式提出了"叙事戏剧"这一称谓。

叙事戏剧突破了传统戏剧时空的线性发展顺序，将多个相对独立的事件及场景按照主题进行自由组接，这一文本结构形式体现出皮斯卡托超越角色个体生活、对人类发展历史进行全面描写的整体性时空观。与叙事戏剧文本结构相对应的舞台蒙太奇手段不仅满足叙事戏剧场景自由跳转的文本架构要求，更以多种艺术形式的综合运用丰富了舞台表现形式，增强了演出节奏的流畅性，提高了无产阶级观众的观看兴趣，为宣传鼓动的教育功能的进一步发挥奠定了前提。此外，舞台蒙太奇手段以多场景并置或将现场演出与投影内容相结合的方式为演出构建了共时性舞台，在舞台上同时并置的场景在视觉及内容上呈现出对比或互为补充的关系，从而打破了传统资产阶级戏剧对于生活幻觉的营造，以整体性的时空观揭示出舞台事件的实质和作品主题，在舞台事件与社会政治生活之间建立起现实性的联系。

一、文本结构形式

叙事戏剧的模式有别于亚里士多德提出的"对于一个完整的有一定意义行为的描述"[②]，在情节安排上，不作"事件的有序安排"[③]，不通过引起怜悯与恐惧，来使情感得到升华。叙事戏剧不受事件的单一性、时空整一性的限制，要求创作者在创作中

---

① 参考张仲年著《戏剧导演》第 335 页、张黎编选《布莱希特研究》第 2 页及相关文献资料观点。
② 亚里士多德、贺拉斯. 诗学·诗意 [M]. 郝久新，译. 北京：中国社会科学出版社，2009：21.
③ 同上：17.

以宏观的视角和整体性的时空观寻找与主题相关的创作材料并按照主题进行组接，注重揭示造成和影响个体命运的历史及时代因素，强调观众的理性批判与行动上的积极介入。其创作形式主要包括文本的结构形式以及与之相对应的舞台呈现形式两个方面。

在文本结构形式上，剧作将与主题相关的多个独立事件和场景进行组接，突破时间线性发展顺序，将空间跨度较大的场景进行快速切换，并在事件进行过程中穿插相关评论以及与社会时事、历史背景等相关的文献材料，在叙事流畅性的前提下达到从宏观上把握历史脉络，展示社会生活全景图的目的。在舞台呈现形式方面，皮斯卡托所采用的与叙事戏剧文本结构相对应的创作方法被他称为"舞台蒙太奇手法"，借助多种艺术形式如图像投影、电影投影、歌曲、舞蹈、卡通漫画等，配合革新性的舞台机械装置及舞台灯光的运用，以达到舞台表现手段的多样性及叙事的流畅性。此外，将多个舞台场景同时并置、将舞台现场演出与投影交替或并置，从而建立起在视觉及内容上具有互补或对比关系的"共时性舞台"（simultaneous stage）[1]也是舞台蒙太奇手法的重要功能之一。皮斯卡托通过叙事戏剧这一革新性的戏剧形式，以区别和对抗"资产阶级传统戏剧中笨重、呆板的结构与内容，并且引诱观众对演出进行心理学分析，不断在舞台与观众席之间设置障碍"[2]的旧有模式。

（一）整体性的戏剧时空观

1920年10月，皮斯斯卡托创建无产阶级剧院，作为其政治戏剧创作的初步尝试。早在无产阶级剧院成立之前，皮斯卡托就对当时德国社会普遍流行的注重描写个体生活及精神世界的戏剧形式提出反对意见，他认为："我们所获得的剧本都是我们时代的碎片，世界图景的一小块。从来没有一个整体的、全面的、从根源到细枝末梢来描写人类发展整体历史的戏剧。"[3]他理想中的作品，是"能够超越舞台对于生活的描摹，超越角色个体的个人化观点，超越命运的偶然性而达到历史的共性的"[4]，而达到此目标的手段在于："将舞台事件与历史上已存在的革命事件所具有的巨大能量相连接。"[5]因此，皮斯卡托的创作注重揭示造成个体命运偶然性的历史必然性，以宏大的时空观

---

① 〔德〕斯丛狄（Szondi P.）. 现代戏剧理论（1880—1950）[M]. 王建，译. 北京：北京大学出版社，2006：104.

② Erwin Piscator. The Political Theatre [M]. Translated by Hugh Rorrison. New York: Avon Books, 1978: 81-82.

③ 同上：48。

④ 同上：93。

⑤ 同上：93。

呈现社会生活全景图，展现出历史及社会发展对于个人生活所造成的影响，由此使得观众对于自己所身处的时代及社会发展历史获得整体性的、客观性的宏观了解与把握。此外，皮斯卡托也要求与之合作的戏剧创作者将创作工作的重心从无数的偶然性之中解放出来，挖掘并强调作品超越个体性的普遍性意义。

随着皮斯卡托叙事戏剧理念的不断实践与发展，在经历了无产阶级剧院的初步尝试与人民剧院的大型剧目创作之后，他于 1927 年创办皮斯卡托剧院，并提出"社会学戏剧"（Sociological Drama）理论的基本原则。其中被皮斯卡托称为剧院"新视角"的基本要素之一便是"人"这一社会组成中最为重要的要素，但与 1914 年第一次世界大战之前多数作为个体性存在的人相比，1918—1919 战后一代作为"代表自身的新的一代人，不再是独立个体的集合，而是建立起了一个由他们的阶级地位所驱动的新型的强大的自我的集合"。[1] 他认为，个人在面对大规模的社会革命时，其情感及日常生活不能够脱离时代而独立发展，人们过去所推崇的"英雄"也必须是能够代表人们所处时代及人们自身命运的形象："我们所处的这个时代的社会和经济条件实际上剥夺了人作为人的权利，并且未能给他提供一个能够在更高层次上发展自我的新的社会，而时代自身成为了一个新的'英雄'。"[2] 因此，在"新型戏剧"中，时代本身以及由个体组成的大众的命运成为主角，成为英雄的组成要素，而不再是那些个体人物的个体命运。皮斯卡托认为，处于社会中个体的所有情感复合物获得了一个新的观察视角，他们不再是被隔绝在一个自给自足的世界中的个体自身，而是与整个时代的政治与经济因素紧密相连。这一"新型的强大的自我的集合"既体现在《旗帜》中为争取 8 小时工作制进行罢工示威的芝加哥工人群体身上；体现在《强盗》中伴随着《国际歌》以无产阶级形象现身于舞台，投身社会改造事业的强盗群像身上；也体现在《泰阳觉醒》中为控诉不合理工作协议，为争取平等地位而斗争的中国工厂女工们身上。这些群体与他们所身处的时代取代了个体人物成为作品的主角，作品的视角在时空与主题上得以扩展。

在皮斯卡托剧院的创作时期，皮斯卡托的整体性时空观通过将历史、革命、经济及社会中的大众作为主要描写对象而得到进一步发展，他希望通过作品呈现的"不仅仅是时代的某一个段落或插曲，而是时代本身，并且希望能够对于时代整体有一个

---

[1] Erwin Piscator. The Political Theatre [M]. Translated by Hugh Rorrison. New York: Avon Books, 1978: 186.
[2] 同上：187。

062

清晰的理解，从整体上抓住时代内部的本质性联系"①。在《拉斯普廷》节目公告上皮斯卡托剧院向观众们提出了"戏剧与历史"关系的论题，他认为历史剧（historical drama）不是那些英雄或个体命运的悲剧，而是一个时代的政治发展情况的纪实文献。"我们希望以当下的眼光去审视那些历史纪实文献，不是过去时代的插曲而是时代本身，不是一些时代的片段而是一个时代不可分割的整体，历史不是作为背景而是作为一个政治事实……重要的不是戏剧事件的本身的发展线索，而是对于时代从根源到细枝末梢的史诗性阐释，且这一史诗性阐释是以最为准确和全面的方式进行。"②

（二）文本的叙事性架构

为实现剧作的整体性时空观，将时代及社会大众作为剧作的主要描写对象，"新型戏剧"的文本需要突破当时社会普遍流行的对于个体生活及其精神世界作细致描写与刻画的、事件及时空相对单一整饬的模式，以一系列与主题相关联的独立事件的组接以及突破时空线性发展规律的场景来架构剧本，并在其中穿插对于场上事件的即时评述、用于向观众进行事件背景介绍的相关文献资料（如统计数据、图标、新闻简报、幻灯照片、电影片段、革命领导者的演讲发言等）以及进行政治宣传鼓动的口号、标语、歌曲等。

皮斯卡托于 1924 年 5 月创作的《旗帜》被拉尼亚评价为"第一部有意识的叙事体戏剧（epic drama），在其广阔的叙事性结构之下，作者的目标在于揭示事件产生的根源。我们在《旗帜》中没有看到典型环境中的典型人物，也没有对于英雄人物所进行的心理学分析。《旗帜》作为一部戏剧作品，舍弃了戏剧行动的典型模式，将事件的叙事性进程运用到作品中"③。

《旗帜》由 19 个相对独立的事件连接而成，在演出过程中快速切换的场景主要为与工人罢工运动相关联的事件发生地点：工人集会地、新闻办公室、警察局总部、企业家办公室等。演出以一位民谣叙事诗演唱者演唱曲艺节目（Moritat）的形式开场，当他在舞台前区对剧情及人物进行开场前的介绍和评述时，舞台后方的投影幕布上用幻灯投射出这些人物的肖像。皮斯卡托在其著作《政治戏剧》对《旗帜》一剧的评论中总结了叙事戏剧的主要特征："我开始发展出一种导演创作方法，这一方法在之后

---

① Erwin Piscator. The Political Theatre [M]. Translated by Hugh Rorrison. New York: Avon Books, 1978: 271.

② 同上：229—230。

③ 同上 70。

被其他创作者宣称为'叙事戏剧'（epic theater）。这是关于舞台行动的扩大与延伸，行动发生的社会背景的说明与澄清的方法，是戏剧超越其戏剧性框架的延续。"①

1924年11月，皮斯卡托创作了《红色政治讽刺剧》。政治讽刺剧（Revue）源于德国卡巴莱表演，通常不具有完整连贯的故事情节线索，而是以一个共同的主题将一系列松散连缀的表演场景结合起来，这些场景多为单独的表演和舞蹈，且在演出的过程中相互切换。皮斯卡托认为政治讽刺剧的演出形式与叙事戏剧对于剧作结构的要求不谋而合："在一部政治讽刺剧中，没有一个单一的行动整体，结构松散自由，同时指向一个单纯明确的诉求——宣传鼓动。"②《红色政治讽刺剧》所具有的主题的多样性、事件与场景的连续变化、众多人物不断登场等艺术特点是皮斯卡托在叙事戏剧创作上的进一步实践。作品由一系列短剧（sketch）组成，演出由坐在观众席中分别扮演肉类批发商和临时工的演员的争吵开场，二人随后登上舞台代表资产阶级与无产阶级观点在每一个场景转换处对场上事件进行即时评论。14个场景切换迅速，其中包括阿克尔大街、菩提树下大街、工人居住的贫民窟、香槟酒吧等多处柏林日常生活场景。其间还穿插有象征资产阶级政党博弈的拳击比赛以及由演员们扮演列宁、李卜克内西、罗莎·卢森堡等历史人物进行公开演讲的场景。

1925年创作的《尽管如此》以一系列短剧或场景的组接，从德国共产党的视角呈现了1914年至1919年从德国宣战到李卜克内西被杀这一段德国历史。全剧共23个场景，按照革命发展的时间顺序将柏林波茨坦广场、社会民主党（SPD）会议、国会大厦战争贷款投票现场、柏林炮弹工厂、一战战场的炮弹坑、帝国总理府、《红旗》主编办公室、警察局总部暴动现场、李卜克内西与罗莎·卢森堡被捕现场等场景串联起来，在各场景之间穿插有拍摄于第一次世界大战的纪实电影，为场上事件的发展铺陈出一幅宽广的历史及社会背景图。

1927年，皮斯卡托建立皮斯卡托剧院，通过三部以革命历史为主题的作品进一步实践了自己的叙事戏剧创作理念。作品形式均是通过主人公的个体命运揭示其所处的时代大背景以及这一背景对于个体命运的影响，皮斯卡托在文本中大量穿插与事件背景相关的文献纪实资料，将个体命运扩展到广阔的历史时空之中进行客观考察。同年9月创作的《哎呀，我们活着！》的副标题为"对于整个时代的社会及政治情况所进行的一次概述"。作品讲述了一名失败的革命青年托马斯（Thomas）在精神病院中

---

① Erwin Piscator. The Political Theatre [M]. Translated by Hugh Rorrison. New York: Avon Books, 1978: 75.

② 同上：81。

度过八年时间，出院后面对 1927 年全新社会现实的故事。"在这里起决定作用的同样是从普遍性的历史要素中推导出个人的命运，将托马斯的命运以戏剧的手法与 1918 年的战争和革命联系起来"①，从而呈现出剧作的中心思想——"一个被隔绝了八年之久的人与今日世界的碰撞"②。因此，在主人公的个体生命与战争及革命历史之间建立戏剧性的联系尤为重要，作品需要呈现出八年之中所有的世界重大社会历史事件。皮斯卡托通过在演出中穿插纪实电影，使得这些事件在舞台上重演：《凡尔赛条约》的签订、欧洲通货膨胀、鲁尔区的崛起、苏维埃共和国的重大事件、墨索里尼在意大利的活动、美国萨科和万泽提案件、魏玛共和国的成立等与德国革命历史相关的事件，以此来完成对于整个时代的社会、政治情况所进行的一次概述。《日耳曼报》（*Germania*）的编辑在观看完演出后认为："皮斯卡托拓宽了我们戏剧创作经验的边界，时间与空间如望远镜中可自由伸缩的景观一般从我们眼前掠过，舞台场景扣人心弦。"③

同年 11 月，皮斯卡托执导了以拉斯普廷与沙皇夫妇所代表的罗曼诺夫王朝的消亡为主线，展现整个欧洲 20 世纪初期革命历史的《拉斯普廷》。他认为原剧本存在着一个基本缺陷：剧本仅围绕拉斯普廷的个人命运而未在历史、社会及政治层面上进行扩展。而他希望以全面的视角揭示俄国革命的开端以及由于统治阶级的腐化堕落所导致的整个社会的衰败。皮斯卡托在改编剧本之前阅读了大量关于拉斯普廷及罗曼诺夫王朝的文献史实资料，他将创作此剧的基本框架结构设定为"全球化的，或至少是半球的"，加之从文本上"将拉斯普廷的个体命运扩展至整个欧洲的命运"，这两个结论成为剧本改编的出发点。改编后的剧本在原剧作的 7 个场景基础上，插入了 19 个新的场景，涵盖沙皇皇村、战场、皇后寝宫、战时工人俱乐部等众多相关事件发生地点。新增场景的内容主要分为以下三个方面：一、政治—军事背景，如剧中新加入的三位君主密谋协商战争中各方利益瓜分的戏，目的在于揭露欧洲最高阶级统治者们在经济利益面前沦为被动的工具；二、社会经济现状，如穿插三位工业资本家谈话的场景，以揭露战争背后的推动性力量；三、无产阶级所代表的革命力量，如开场新插入了圣彼得堡工人聚集地一处酒吧场景、列宁在 1915 年 9 月共产国际第一次会议上的发言等。这三部分内容作为"三股趋势和主流为剧本设定了方向"④。原始剧本的结尾场景为

① 〔德〕斯丛狄（Szondi P.）. 现代戏剧理论（1880—1950）[M]. 王建，译. 北京：北京大学出版社，2006：103.

② 同上：103。

③ Erwin Piscator. The Political Theatre[M]. Translated by Hugh Rorrison. New York: Avon Books, 1978: 219.

④ 同上：232。

三月革命（the March Revolution）的爆发和沙皇及皇后的被捕。皮斯卡托在此基础上新增加了两场戏，将剧本的戏剧行动延展至 1917 年 10 月议员们夺取政权并以列宁在第二次苏维埃大会上的发言结束。

1928 年，皮斯卡托根据捷克作家哈谢克的政治讽刺小说创作了《好兵帅克》。原小说被认为是符合皮斯卡托叙事戏剧创作理念的作品，皮斯卡托将其称为“由一系列趣闻轶事和冒险故事组成的聚合体”[①]。原小说已具备连续性的行动和快速转换的 25 个主要场景，包括帅克报名参军、被投进监狱、参加牧师的弥撒、坐在轮椅上参加游行、乘坐火车被送往前线、行军数天寻找军团等。围绕着主人公帅克发生的事件均处于流动变化之中，对于揭示战争的不稳定性而言，这些持续转换的情节构成了皮斯卡托最为理想的剧本形式——场景的不断变化和流动。皮斯卡托在第一次阅读小说时，脑海中便已勾勒出一幅内心图像：“一系列事件一个接一个地无休止地不间断流动。”[②]在将小说改编成戏剧剧本时，这一画面成为他重新安排故事场景的依据。

皮斯卡托剧院最后两部主要作品《繁荣》和《柏林商人》分别以石油开采和通货膨胀作为主题。在《繁荣》中，他希望能够从根源处来揭示这一场石油战争，从开场几名失业工人发现油井这一微小事件逐步引发出之后一系列的舞台事件与场景，从而展示出石油制造和买卖的所有流程：从油井被发现到钻井开采；从搭建井架到石油作为商品进入市场交易；所有的行动如竞争、屠杀、获利、腐败、革命等均在观众眼前展开并试图将他们裹挟进这一场国际石油的阴谋之中。在《柏林商人》中，由于无产阶级在原作中所占比重较小，但对于皮斯卡托而言，他们是社会经济发展的主要推动力及支柱，也是这部作品所聚焦的主要人群之一。为避免文本的改动完全破坏原剧本，同时在演出中呈现出“一幅全景式的城市生活图景”，皮斯卡托通过穿插一系列歌曲来提升无产阶级在作品中的比重，并以歌曲揭示社会现状以及无产阶级的生活和精神世界。如开场的歌曲《战争、和平与通货膨胀康塔塔[③]》，在卡夫坦招待宴会上其女儿杰西（Jessi）所唱的叙事民谣（ballad）以及在最后一幕由三位扫地工人演唱的《街道清扫员之歌》等。在这些歌曲中，无产阶级作为一个主动的、活跃的因素参与到舞台事件之中，作品的社会和经济基础在歌曲中得以构建，造成资本主义通货膨胀这一

---

① Erwin Piscator. The Political Theatre[M]. Translated by Hugh Rorrison. New York: Avon Books, 1978: 258.
② Michael Schwaiger(Hg.). Bertolt Brecht und Erwin Piscator. Experimentelles Theater im Berlin der Zwanzigerjahr [M]. Wien:Verlag Cchristian Brandstätt, 2004: 48.
③ 康塔塔（cantata）（意译为清唱套曲）发源于 16—17 世纪的意大利，是一种包括独唱、重唱、合唱的声乐套曲，一般包含一个以上的乐章，大都有管弦乐伴奏，各乐章具有一定的连贯性。

现象背后的社会根源被揭示出来。

二、舞台蒙太奇手段的运用

叙事戏剧以相对独立的多个事件松散连接和场景快速转化为主要特征的文本结构形式需要与之相对应的舞台呈现手法，这一手法被皮斯卡托称为"舞台蒙太奇"[①]。在论及《尽管如此》一剧创作时，皮斯卡托将整个演出称为"一个由真实演讲、文章、宣言、新闻剪报、宣传手册、照片、战争及革命电影、历史人物及场景组成的蒙太奇"[②]。在《拉斯普廷》中三位工业资本家对谈的场景也被他称作"一场舞台蒙太奇，它将工业对于经济的真实需求与对于战争武器的理想化口号进行了对比"[③]。

苏联导演谢尔盖·艾森斯坦（Sergei Eisenstein，1898—1948）于1922年在《左翼艺术战线》杂志上发表了《杂耍蒙太奇》一文，他在文中认为："杂耍是一个特殊的时刻，其间一切元素都是为了促使把导演打算传达给观众的思想灌输到他们的意识中，使观众进入引起这一思想的精神状况或心理状态中，以造成情感的冲击。这种手法在内容上可以随意选择，不受原剧情约束，促使造成最终能说明主题的效果。蒙太奇的重要性无论如何不限于造成艺术效果的特殊方式，而是表达意图的风格，传输思想的方式：通过两个镜头的撞击确立一个思想，一系列思想造成一种情感状态，尔后，借助这种被激发起来的情感，使观众对导演打算传输给他们的思想产生共鸣。这样，观众不由自主地卷入这个过程中，甘心情愿地去附和这一过程的总的倾向、总的含义。"[④]

由上可知，艾森斯坦对于蒙太奇功能的强调与皮斯卡托对于戏剧从多方面、多角度展现社会全景图，向观众宣传作品主题及革命思想，从而煽动其投身社会革命的创作宗旨是相似的。厦门大学戏剧戏曲系陈世雄教授在谈及艾森斯坦的杂耍蒙太奇手法时，认为以杂耍蒙太奇为基础的演出，其本性与德国的政治宣传鼓动戏剧十分相近，

[①] "蒙太奇"一词源于法语（Montage），原指建筑中的装配、组合之意。其后在电影及视觉艺术中得以发展，运用快速剪辑、特殊效果和音乐等手段将独立的元素组合成一个统一的整体，以呈现出一系列被压缩的叙事性信息。参考维基百科英文版，词条"montage"（https://en.wikipedia.org/wiki/Montage）。

[②] Erwin Piscator. The Political Theatre [M]. Translated by Hugh Rorrison. New York: Avon Books, 1978: 94.

[③] 同上：234。

[④] 〔法〕让·米特里. 蒙太奇形式概论 [J]. 崔君衍，译. 世界电影，1983 年 01 期.

其结构原则也同叙事戏剧的使命相吻合。皮斯卡托在对于图片及电影投影、标语字幕、歌曲舞蹈、舞台灯光及舞台机械装置等多种艺术手段的综合运用中，达到了他所倡导的演出的整体性。陈世雄教授进一步援引苏联戏剧理论家金格尔曼的理论，强调蒙太奇手法对于 20 世纪 20 年代艺术创作的重要性，金格尔曼指出："20 年代——这不仅是蒙太奇艺术的时代，而且是蒙太奇的历史时代，是被割裂开的因素最出人意外和最尖锐结合起来的时代。在这个时代引人注目的艺术蒙太奇原则在某种意义上也是最适合现实的原则。"[1] 因此，皮斯卡托的舞台蒙太奇创作手法不仅是叙事戏剧结构自身的要求，也是符合时代发展特性的，适用于时代现实要求的创作手段，其主要体现在两个方面：多种艺术形式的拼贴与组接；多场景并置及舞台现场演出与投影的交替或并置的共时性舞台构建。

（一）舞台蒙太奇手段——多种艺术形式的拼贴

在无产阶级剧院时期，皮斯卡托便提出："导演应当以简明的表达形式、清晰的作品构架、对工人阶级观众产生的明确影响为创作准则。"[2] 因此，他要求无产阶级剧院的演员、剧作者及导演所采取的创作风格应当以广大无产阶级观众是否能够从中得到益处，是否产生枯燥的、使人迷惑的效果，是否受到资产阶级意识形态影响作为衡量标准。作品风格应当以简明、流畅的节奏，准确无误的清晰性来创造出有效的情感效果，"所有的表述应当是非实验性的，非表现主义的，松弛的，以简明、公开的革命意愿与目标作为首要准则"[3]。由于皮斯卡托的创作以向观众尤其是广大无产阶级观众宣传革命思想，促使他们积极投身于无产阶级革命运动为宗旨，因此，创造无产阶级观众易于接受的、通俗易懂的且能引起其观看兴趣及参与意识的戏剧表现形式成为皮斯卡托在导演创作中最为首要的任务。舞台蒙太奇以多种艺术样式的拼贴与组接为创作手段，不仅与叙事戏剧场景众多、时空自由衔接的文本结构形式相适应，更以形式丰富、节奏变化明快的舞台视觉呈现方式提升了无产阶级观众的观看兴趣，发挥了作品的政治宣传鼓动功用。

---

① 陈世雄. 导演者：从梅宁根到巴尔巴 [M]. 厦门：厦门大学出版社，2006：116.

② Erwin Piscator. The Political Theatre [M]. Translated by Hugh Rorrison. New York: Avon Books, 1978: 45.

③ C.D. Innes. Erwin Piscator's Political Theatre, The Development of Modern German Drama [M]. London: Cambridge University Press, 1972: 30.

1. 投影的运用——图片、电影、标题、评论文字、文献资料、卡通漫画、统计数据及图表等

在演出中运用投影是皮斯卡托舞台呈现手段的特色之一，他将投影称为"一面活动的墙，一道鲜活的布景，剧场的第四维度"①。

1924年，《旗帜》上演于柏林人民剧院，皮斯卡托第一次获得在正规剧院中实践其叙事戏剧理念以及使用舞台投影设备进行创作的机会，拉尼亚认为演出中使用的投影图片具有戏剧叙事性，"不仅仅作为一个具有教育功能的装置，而是将整个作品以这样的信息呈现方式提升到了一个新的高度"②。开场民谣叙事诗演唱者为观众介绍即将出场的人物如工人罢工运动领袖们、特拉斯富豪、警察局职员等人的同时，后方的幕布上即刻投影出这些历史人物肖像。演出过程中，舞台上下场位置各有一块与二楼包厢齐平的投影幕，投影文字评论内容以及对于舞台行动作出的进一步详述。每一场的转换处，投影以类似电影默片的方式投射出每一场的标题。例如第12场"法庭"的标题为"被宣判死刑"；当受到诬陷者被判处罪行时，幻灯片立刻打出"实际是警察自己投掷的炸弹"的文字。

在《喝醉的船只》（*Das trunkene Schiff*）中，由格罗西绘制的卡通漫画第一次以绘画的形式将主要的社会及政治事件呈现在投影中并贯穿全剧，事件的历史背景和与之相关的内容均得以展现。其后格罗西在《好兵帅克》的创作附注中，将自己的创作称为"图像蒙太奇"（photomontage），这是他与赫特菲尔德在达达主义时代的创造发明，他认为皮斯卡托此次将图像蒙太奇运用到了舞台上，"重新激活了老旧的天幕，将舞台（制造幻觉的）魔力带走并交还了舞台所需要的生命力及行动"③。原作中哈谢克在每一章开头对主题所作的文字评述由卡通漫画所替代并贯穿整场演出。

《拉斯普廷》中投影的功用之一在于对舞台事件进行即时评论并直接向观众阐述创作者的观点。例如在开场序幕中，投影打出"请原谅我们一直不断地追溯事件的开端"的语句，从而向观众阐释场上事件产生的历史背景及社会根源并引导其进行思考。此外，投影在一些场景中甚至承担起直接的宣传鼓动的功能："文字直接诉诸观众的视觉，

① John Willett. The Theatre of Erwin Piscator, Half a Century of Politics in The Theatre [M]. New York: Holmes & Meier Publishers, Inc, 1979: 144.

② Erwin Piscator. The Political Theatre [M]. Translated by Hugh Rorrison. New York: Avon Books, 1978: 74-75.

③ 同上：265。

而当这些文字再与投影图片叠加使用时，一种新的对比出现了，呈现出同情或讽刺的效果。"① 例如，在名为"福克—黑格"（Foch-Haig）的场景中，当大规模的军队冲向索姆河战场的文献图片被投影在屏幕上时，其上方的投影文字作出即时评述："损失——50 万人牺牲；军事获益——120 平方英里土地"；当俄国士兵堆积如山的尸体出现在投影屏幕上时，取自沙皇写给皇后的信件的原始文字内容被投影在图片上方："我在前线战场的生活健康而充满了活力。"《皮斯卡托戏剧》的作者迪波尔德将皮斯卡托作品中承担这一类评述功能的电影比作古希腊戏剧中的"歌队"，称之为"filmicus"②（film+chorus），认为其在演出中承担了歌队的作用。

皮斯卡托于 1950 年代回到德国之后，在多所西德剧院中所执导的作品仍保留其早期叙事戏剧的创作风格，例如在马尔堡剧院创作的毕希纳作品《丹东之死》中，皮斯卡托运用投影播放了图片、数据及毕希纳生前所创办的《黑森信使》中的文字内容，这些文献资料的呈现如同一部"图释化的历史书"，将文本所蕴含的社会政治倾向及相关革命历史结果有意识地呈现出来。整个演出变成"一场群众集会，一个政治论坛"。③ 在其 1960 年代创作的文献戏剧中，文献资料的投影也作为演出的重要叙事元素，构建起事件发生的历史及社会背景并推动事件的开展。

2. 演员的即时评论与公开演讲

除运用投影字幕对场上事件进行背景资料介绍和评论之外，皮斯卡托也安排演员在现场演出中对事件进行即时评述。"叙述者"（narrator）作为皮斯卡托叙事戏剧的重要叙事性元素，贯穿于他的创作生涯。"叙述者"打破了舞台封闭时空之中对于生活幻觉的营造以及事件按照时间线性顺序发展的完整性，"他（叙述者）从不同人的角度与立场对发生的事件进行表现与评价，让没有看到的人，也就是观众，能够对事件有一个较为全面的认识，并且从不同的立场的表现中，主动思考事件的本质"。④ 例如早期在《旗帜》中开场的民谣演唱者为观众介绍登场人物；在《红色政治讽刺剧》中由两名演员在场景转化处从无产阶级和资产阶级的立场对场上事件展开讨论等。第三所皮斯卡托剧院时期，在《凯撒的苦力》中，皮斯卡托专门安排一名故事解说员及

① Erwin Piscator. The Political Theatre [M]. Translated by Hugh Rorrison. New York: Avon Books, 1978: 239.

② 同上：240。

③ Ullrich Amlung. Leben-ist immmer ein Anfang, Erwin Piscator : 1893-1966 [M]. Marburg : Jonas Verlag, 1993: 95.

④ 夏波 . 布莱希特"叙述体戏剧"研究 [M]. 北京：文化艺术出版社，2016: 48—49.

合唱团对场上事件作出评论,如在两位叛乱领袖被处死后,"十一月革命"的红旗升起时,合唱团解释了舞台上事件与当下社会事件之间的联系,从而"将历史转变成政治的宣传鼓动"。① 其后在揭露非法堕胎事件的《218 条款》中,演员穿插在场景之间的即时评述直接将演出引导成为一场公开的辩论。开场时饰演牧师、医生、检察官、工厂主等角色的演员在观众席中发表他们对于堕胎法案的意见;演出过程中安排了公开辩论环节,某些坐在观众席中的演员直接站起来针对场上事件发表意见;在巡演时因地制宜,邀请当地律师、医生、政府职员等在演出中对于当地社会情况发表意见;最后由观众针对"这一项法律条款是否应当被废除"进行投票。

皮斯卡托早期在《旗帜》《红色政治讽刺剧》及《218 条款》等作品中均以剧中角色作为"内部叙述者"(intrinsic narrator),这些内部叙述者在参与舞台事件的同时以角色身份对于场上事件进行即时评述。在美国时期,皮斯卡托于 1948 年 3 月在小型总统剧院执导的《国王的子民》中,首次使用了内部叙述者与外部叙述者相结合的方式,构成了戏中戏的结构,从视觉接受与智力理解两方面增强了观众对于舞台事件的关注度。其中"外部叙述者"(extrinsic narrator)不担任剧中角色,作为纯粹独立于舞台事件之外的旁观者,对场上事件及人物行动做出评论。皮斯卡托在该剧的剧本修改中,以一位"教授"作为外部叙述者取代了原剧作中由外科医生所组成的歌队,为观众介绍剧情,连接不同场景,同时替代原歌队的任务,详细分析剧中人物威利·斯塔克(Willie Stark)的行动,并且向剧中其他角色进行发问。原剧作中另一位叙述者,新闻记者杰克·博登(Jack Borden)予以保留,在演出中作为内部叙述者与外部叙述者"教授"针对场上事件展开讨论,在相互辩论中试图探寻情节的真实性与隐含的意义。在 1955 年于西柏林席勒剧院执导《战争与和平》时,皮斯卡托同样安排了一位"单独的叙述者"作为贯穿演出的外部叙述者,站立在位于"命运舞台"和"行动舞台"之间区域的桌子前对舞台事件及场上人物作出评论,其舞台功能类似于"典礼或仪式的主持人"。②

除运用"叙述者"对舞台事件进行评论,增强作品的叙事性之外,以革命及历史人物形象直接入戏并向观众发表演讲是皮斯卡托导演创作的标志性手段之一。在《红色政治讽刺剧》名为"资产阶级的复仇"的场景中,当 1919 年工人们遭到残酷镇压

---

① Erwin Piscator. The Political Theatre [M]. Translated by Hugh Rorrison. New York: Avon Books, 1978: 342.

② John Willett. The Theatre of Erwin Piscator, Half a Century of Politics in The Theatre [M]. New York: Holmes & Meier Publishers, Inc, 1979: 170.

的图片与电影出现在投影幕上时，演员们扮演列宁、李卜克内西、罗莎·卢森堡向观众发表演讲，其中包括李卜克内西在国会大厦反对战争贷款的发言以及在波茨坦广场反战游行中的演讲。在《拉斯普廷》中，演员以三位重工业工厂主以及三位欧洲君主的形象面对观众所发表的演讲暗示出资本主义工业发展及经济利益对于战争的直接影响。

3. 歌曲舞蹈的运用

《红色政治讽刺剧》由迈泽尔创作的一组充满激情的共产主义歌曲贯穿全剧，这一条贯穿音乐线不仅揭示和证明了事件背景，也作为独立的演出要素有意识地与演出的政治性线索相呼应。皮斯卡托认为，音乐在这部作品中作为一个积极的推动性元素发挥了重要作用。人民剧院时期创作的尤金·奥尼尔（Eugene O'Neil，1888—1953）剧作《加勒比海之月》（Moon of the Caribbees）以航海生活为主题，皮斯卡托在剧中穿插的伴有击鼓声的音乐及舞蹈场面被评价为"从种族和地域角度呈现出一种精准的异域文化氛围，暗示出剧作的异域背景"①。在《哎呀，我们活着！》中，皮斯卡托运用了卡巴莱歌曲及舞蹈场面参与叙事。第三场的开场由著名政治卡巴莱歌唱家凯特·库尔（Kate Kühl，1899—1970）演唱梅林所作的主题曲；第四场是由舞蹈家玛丽·魏格曼（Mary Wigmann，1886—1973）编导的芭蕾舞，舞蹈演员们身着可以发出磷光的骷髅图案紧身衣在紫外线灯的照射下表演查尔斯顿舞（Charleston），这一场景被评论家认为是"用来对1927年德国虚假繁荣背后潜伏着的不稳定性所作出的有力的评论手段：社会不过是停尸间里的舞会"。②在《柏林商人》中穿插了康塔塔、街道清扫员之歌和民谣歌曲的演唱，这些歌曲代表了无产阶级观众的立场并呈现出他们的社会生活现状。在皮斯卡托剧院最后一部作品《泰阳觉醒》中，皮斯卡托要求演员的肢体行动具有舞蹈化和仪式化特征，由舞蹈家冉·维特（Jean Veidt，1904—1988）领导的共产主义舞蹈小组对演员们进行了形体指导并创作了演出中的群众舞蹈场面。

此外，《国际歌》（The Internationale）作为皮斯卡托导演创作的另一个标志性手段出现在《旗帜》《红色政治讽刺剧》《尽管如此》《哎呀，我们活着！》及《凯撒的苦力》等多部作品的结尾，全体演员与观众同唱《国际歌》的场面将演出推向高潮并将演出转变成一场群众性的政治集会。皮斯卡托在人民剧院导演的《强盗》

---

① Erwin Piscator. The Political Theatre [M]. Translated by Hugh Rorrison. New York: Avon Books, 1978: 113.

② 张仲年. 戏剧导演 [M]. 北京：中国戏剧出版社，2003：336—337.

一剧甚至将《国际歌》作为演出的主题旋律贯穿全剧，强盗们第一次出场是在爵士乐的伴奏下冲上舞台，随后，音乐节奏加强并过渡为《国际歌》，当强盗们消失在森林后再次集结出现在舞台上时，由激昂强劲的交响音乐再一次奏响《国际歌》的旋律。

（二）舞台蒙太奇功能——共时性舞台的构建

舞台蒙太奇手段不仅可以通过丰富的艺术形式的拼贴与组接打破线性叙事的单一化模式，达到叙事戏剧场景快速切换的结构性要求，使得时空的转换获得自由性和流畅性，也能够借助舞台灯光、舞台机械装置或投影的使用将多个场景在舞台上同时并置，或将投影的影像与舞台现场演出结合，在内容上形成对比或互为补充的关系，从而突出创作者想要表达的主题。德国戏剧理论家彼得·斯丛狄（Peter Szondi，1929—1971）在谈到皮斯卡托将电影引入舞台演出时，借鉴中世纪宗教剧"共时性舞台"（simultaneous stage）的概念，认为这样一种舞台呈现形式"将情节发展中所有的地点同时以景屋（loca 或 mansiones）的形式并列展现在舞台之上……根据情节需要进行地点转化，从而突破了戏剧中绝对的当下顺序"。[①] 通过舞台蒙太奇手段所达到的多场景共时并置不仅从内容上丰富了文本的主题表达，场景的对比与互补也从视觉上打破了舞台所营造的生活幻觉，激发观众对于作品的理性思考，从而"在舞台小世界与历史世界中的政治事件大舞台之间建立一种连续的相互参照系统……迫使观众用平行或对比的方法将他们在舞台上看到的同在外面大世界中正在发生着的事件联系起来"。[②]

1. 多场景并置

利用灯光来切割演区，使演出在不同的表演区域同时进行，从多角度、多面向揭示事件的成因及影响事件发展的不同因素或展现事件发展过程中不同参与者的动机与立场，以视觉上的并置对同一情境下的事件组成要素进行对比或相互补充，从而以全面的视角呈现作品的主题。

[①] 〔德〕斯丛狄（Szondi P.）. 现代戏剧理论（1880—1950）[M]. 王建，译. 北京：北京大学出版社，2006：104.

[②] 李时学. 颠覆的力量：20 世纪西方左翼戏剧研究 [M]. 厦门：厦门大学出版社，2012：132.

图 2-1 《哎呀，我们活着！》舞台蒙太奇手段的运用——多场景并置，1927 年 9 月 3 日，皮斯卡托剧院

在《旗帜》第 11 场中，舞台上有两个场景同时呈现：罢工运动的密谋者在一间地下室内召开秘密会议，同时有两名警方的间谍在地下室的楼上监听这一次会议。灯光在舞台黑暗的背景之中，将这两个场景同时或交替打亮，揭示出大企业家向警察行贿，陷害并指控罢工领袖在工厂安装炸弹这一导致罢工运动最终失败的阴谋。

多场景并置是《强盗》舞台演出一大特点。皮斯卡托认为大幕的开闭和换景会减弱掉已经在观众中建立起的舞台张力，而利用灯光划分演区可以使得不同的演区同时进行表演，演员可在各自区域进行表演互不影响，这一手法被他称为"视觉并置"（visual juxtaposition）。[①]在城堡中大部分有关密谋的场景通过此方法来完成：例如第 4 场中，弗朗茨（Franz）在楼下的房间与赫尔曼（Hermann）密谋，向自己的父亲格拉夫·摩尔（Graf Moor）谎报哥哥卡尔（Karl）的死，而同时格拉夫·摩尔在城堡楼上的房间中睡觉；当赫尔曼走上楼梯向格拉夫·摩尔报告卡尔的死亡时，弗朗茨在楼下偷听他的计划所取得的效果，格拉夫·摩尔随即晕倒在房间里，场景的并置使这一对欺骗与被欺骗的行动得以清晰地展现在观众面前。第 8 场是弗朗茨阴谋的高潮场面，当他在楼下的房间企图贿赂赫尔曼和丹尼尔（Daniel）去谋杀自己的哥哥卡尔时，卡尔正乔装打扮回到了城堡家中，他从丹尼尔处得知弗朗茨的阴谋。此时，楼上的卡尔和楼下的弗朗茨所在区域的舞台灯光同时亮起，二人开始交替进行各自的一段独白。随后，阿玛利亚（Amalia）出现在舞台上花园区域，三个角色在各自所在区域交替进行独白。

---

① Erwin Piscator. The Political Theatre [M]. Translated by Hugh Rorrison. New York: Avon Books, 1978: 265.

威利特认为，这一场面如同"歌剧中的三重唱"（operatic trio）① 将处于不同心境之中的三位演员的心理活动进行了有效对比，当阿玛利亚听到卡尔的声音并渐渐意识到卡尔已回到家中时，她冲上楼梯，卡尔所在演区光灭，观众随即听到他策马离开的马蹄声。

在《柏林商人》中，为呈现"柏林生活全景图"，皮斯卡托使用了由三座可升降的吊桥所组成的舞台装置，三座吊桥代表的不同时空分别作为剧中无产阶级、中产阶级、上层阶级和军队的主要演区。这三层象征着社会阶级划分的吊桥装置随着戏剧行动的开展与推进，在某些时刻同时进行着表演，舞台行动在处于不同高度的吊桥上同时展开，形成一种阶级关系上的对比。例如在某一场景中，三层吊桥分别代表主角卡夫坦顶层豪华公寓、二楼的接待室及接待室楼下街道，舞台灯光在演出中不间断地"挑选"出需要呈现的演区，使得舞台场景如电影镜头般快速而简洁地切换。在另一场景中，高处吊桥上资本家科恩（Cohn）正在嘲笑卡夫坦破产的消息，舞台灯光紧接着切换到下方吊桥上军队整装进入柏林的行动，随后再切换回上层吊桥科恩的嘲笑，这一舞台蒙太奇手法的运用揭示出资本主义社会通货膨胀的根源——在国家主义的支持下经济及军事利益集团的相互勾结。

2. 现场演出与投影的交替或并置

皮斯卡托在《尽管如此》的舞台投影内容中第一次使用电影，电影第一次与舞台现场行动有机结合。剧中大量使用了第一次世界大战的文献纪实电影，表现战争血腥场面。当舞台现场表演社会民主党对战争贷款进行投票表决时，屏幕上投影出战场上第一个牺牲的人；第9场舞台现场呈现军事法庭对李卜克内西的审判，投影播放拍摄于第一次世界大战战场的纪实电影，暗示出大屠杀的继续。现场演出与影像的并置不仅在视觉上制造出人性层面的惨痛感受，作品的政治性也清晰地体现出来。皮斯卡托认为："就舞台形式而言，当我们从舞台的现场行动转换成电影时所获得的瞬间的惊异是极为有效的，在现场行动与电影之间存在的戏剧张力更是非常巨大的。二者相互作用并建立起各自的能量，在二者转换的间隙，舞台行动所产生的力量是我从未经历过的。"②

《哎呀，我们活着！》以电影序幕（film prologue）的形式呈现出一场影像与现场表演相互交替的舞台蒙太奇。开场的投影为一件挂满勋章的上将制服的电影特写镜头，

① John Willett. The Theatre of Erwin Piscator, Half a Century of Politics in The Theatre [M]. New York: Holmes & Meier Publishers, Inc, 1979: 62.

② Erwin Piscator. The Political Theatre [M]. Translated by Hugh Rorrison. New York: Avon Books, 1978: 97.

随后切换至幻灯片的播放,呈现战争中军队进攻及死伤者的照片,紧接着切换回电影时,一只大手将上将制服上的勋章从上将胸口扯落,主角卡尔·托马斯(Karl Thomas)的影像在一群士兵的电影镜头中逐渐呈现。随后前区投影幕升起,纱幕落下,舞台呈现监狱场景。托马斯及其他被捕的革命者在舞台中央区域开始表演,舞台后区投影幕布上投射出监狱的墙面,前区的纱幕上投射出监狱铁窗的影像,最后被一个来回踱步的哨兵的特写镜头所覆盖。投影影像与现场表演构成的舞台蒙太奇在演出的开场便将主人公托马斯的个体生命与战争及革命建立起了戏剧性联系。此外,在象征社会横截面的多层次舞台结构中,许多不同的表演空间上下或左右衔接,其上可覆盖幕布用于投影的播放,演出可在各空间的现场表演与投影之间切换或将二者同时并置。当电影中的监狱镜头切换成现实的监狱场景时,多层次结构上一个代表监狱牢房的方形空间被打开,这样的转化手法将电影与舞台场景有机地衔接和融合在一起,从而体现出舞台设计宗旨——"从投影屏幕中的行动直接生发出舞台行动"[1]。

《拉斯普廷》中投影内容与人物现场行动的同时并置呈现出二者的对比关系。舞台上演员的现场行动与对话以历史人物主观立场呈现出来,但这些语言和行动的内容多与投影幕布上播放的无声电影和幻灯片内容相矛盾,皮斯卡托利用这种类似于电影中"声画对位"的方法将现场演出与投影的历史文献资料进行对比,揭示出关于历史的真实性来源这一问题的思考。例如第9场沙皇总部的舞台场景中,沙皇给妻子写信告知自己的健康状况良好,精力充沛,正领导前线作战,而投影同时播放出前线战场成堆的俄国士兵尸体,投影在此处以文献资料的客观性揭露出历史事件背后的真相。在"三位工厂主"的场景中,当舞台上扮演工厂主的演员们表明自己为了世界和平而进行工业生产时,观众们看到他们身后的大屏幕投影出冒着滚滚浓烟的军工厂熔炉与烟囱的图片。这一讽刺性的对比揭示出帝国主义战争的实质及其最终结果。

在《柏林商人》中,皮斯卡托同样运用了"电影序幕"作为开场,投影以一组电影蒙太奇镜头组接,追踪角色的行动轨迹,将主角卡夫坦乘坐火车来到柏林的经历及心理活动快速展现出来,当镜头中呈现卡夫坦的影子从屏幕中爬出来的动作时,舞台灯光亮起,舞台上饰演卡夫坦的演员从一个空间中以相同的动作爬出。通过投影屏幕和舞台表演的衔接,皮斯卡托将角色的行动线清晰呈现出来。在投影与舞台转换的时刻,"剧场中出现令人震惊的效果——从投影到舞台,从平面到空间,皮斯卡托达到了演

---

① Michael Schwaiger(Hg.). Bertolt Brecht und Erwin Piscator : Experimentelles Theater im Berlin der Zwanzigerjahr [M]. Wien:Verlag Cchristian Brandstätt, 2004: 39.

出惊人的开场效果"①。

皮斯卡托在 1920 年代提出的叙事戏剧是对于其所倡导的政治戏剧理念的具体实践，通过突破时空线性发展规律的众多独立事件及场景的自由组接以及多种艺术形式相结合的舞台蒙太奇手段的运用，构建起多场景并置或舞台与投影相结合的共时性舞台，从而扩展了舞台行动，从整体上宏观把握时代及社会发展现状，呼唤观众的理性思考并积极主动投身舞台事件，最终将剧院变成一场全体演员与观众共同参与的政治论坛与群众性集会。皮斯卡托的叙事戏剧理论及实践影响了其后的戏剧创作者，布莱希特在此基础上批判性地继承和发展了皮斯卡托的成果，建立了叙事戏剧体系。

第二节　文献纪实性

作为一名革命的马克思主义者，皮斯卡托将戏剧视为传播革命思想的工具以及介入社会政治生活的媒介，将剧院视为时代的镜子，用戏剧反映现实生活，实现对民众的社会教育功用。他提出："剧院的任务是将现实作为创作的根基和出发点并且将社会矛盾放大，将社会矛盾作为我们为了建立新的社会秩序而进行的控诉和起义的重要元素。"②这一目标的实现需要以作品真实可靠的、令人信服的物质材料及科学有效的创作方法为基础。皮斯卡托在排演《尽管如此》时提出，他的创作是"建立在历史唯物主义（historical materialism）之上的戏剧革新……在戏剧中呈现出所有可以展现我们这个时代及哲学观念的最可靠的证据，而令人信服的证明只能建立在对于材料的科学分析之上"③。因此，在皮斯卡托的工作中最为重要的"不是赤裸裸地通过刻板形式和广告主题对某种世界观的宣传鼓动，而是经由材料和证据引导出的，就我们的时代而言唯一有效的世界观和所有从其中派生出来的东西"④。运用客观真实的文献材料作为作品的文本支撑，构建与主题相关的历史及革命背景，以严谨科学的创作态度，反映当下最及时的社会问题是皮斯卡托导演创作的特色之一，也是他对于马克思主义历史唯物观的实践。皮斯卡托导演创作的文献纪实性主要体现在他对于作品的现实性与即时性的追求以及在此基础上对文献材料的科学性分析与运用之上。

① Ullrich Amlung. Leben-ist immmer ein Anfang, Erwin Piscator : 1893-1966 [M]. Marburg : Jonas Verlag, 1993: 44.
② Erwin Piscator. The Political Theatre [M]. Translated by Hugh Rorrison. New York: Avon Books, 1978: 188.
③ 同上：93。
④ 倪胜 . 早期德语文献戏剧的阐释和研究 [M]. 上海：上海远东出版社，2015：27.

一、现实性

皮斯卡托的政治戏剧创作强调对于作品现实性的开掘。在第二所皮斯卡托剧院创办初期，他曾论述过戏剧创作与时代及政治的关系，他指出，1930 年的个人生活随时代发展至一个相对稳定的水平，但与 1850 年相比，生活准则更为现实。"如果文学作品希望能够反映当代人的生活且成为其生活中一个积极推动性因素的话，那么它必须是真实的，真实到最微小的细节，完全的真实。而最为直接的、毫无保留的真实，其自身就是革命性的。"[1] 因此，皮斯卡托反对在舞台上讲述纯粹虚构的故事，强调作品与现实社会生活之间的关联性以及叙述的客观性，"他用一种'让赤裸裸的事实自己说话'的方式追求'真实'。他坚信任何属于'事实'的东西都将比虚构的戏剧再现更可靠、更真实"[2]。即使在虚构的故事《俄罗斯的一天》及《外来者》中，皮斯卡托与编剧团队也分别在其中加入了匈牙利及德国鲁尔区的工人暴动等真实革命事件以及林宁与作家赫伯特·乔治·威尔斯（H. G. Wells，1866—1946）的哲学论争以影射德国当下的革命形势。《红旗》杂志正面评价作品呈现出了事件的现实主义性质，以使舞台演出看起来像是真实发生的事件，并指出："无产阶级剧院的创新之处在于，以一种新颖的方式将现实与戏剧相互融合，你经常不知道自己是身处一场戏剧演出之中还是一场公众的集会之中，你感到自己应当介入进去并提供帮助，或者有所表达。现实与戏剧之间的界限变得模糊……观众们感到自己被赋予了观察现实生活的机会，他们正在观看的是现实生活的一个片段而不是戏剧作品……观众被卷入舞台演出之中，舞台上发生的每一件事情都与他息息相关。"[3]

1925 年创作的《尽管如此》被皮斯卡托定义为"第一部文本和演出均完全基于政治文献的戏剧"。为讲述 1914—1919 年德国革命历史，整个演出被设定为一个由真实演讲、文章、宣言、新闻剪报、宣传手册、照片、战争及革命的电影、历史人物构成的蒙太奇，皮斯卡托认为："材料的并列或连续的展现所产生的蒙太奇效果能够增强戏剧的现实性。"[4] 舞台投影内容均为真实记录战争的纪实影片：军队整装被送往

① Erwin Piscator. The Political Theatre [M]. Translated by Hugh Rorrison. New York: Avon Books, 1978: 329.
② 李时学. 颠覆的力量：20 世纪西方左翼戏剧研究 [M]. 厦门：厦门大学出版社，2012：50.
③ Erwin Piscator. The Political Theatre [M]. Translated by Hugh Rorrison. New York: Avon Books, 1978: 54.
④ 李时学. 颠覆的力量：20 世纪西方左翼戏剧研究 [M]. 厦门：厦门大学出版社，2012：50.

前线、炸弹袭击、成堆的尸体、燃烧的城市、战后遣散、欧洲皇室阅兵、无产阶级革命暴动等。皮斯卡托提出："我们第一次在剧场中遭遇到源于我们生活经验的绝对的现实性。它伴随着与诗句中相同的戏剧张力与戏剧高潮,以及强烈的情感冲击一起到来。这一现实性是政治的现实性,这是'政治'一词的本源意义所赋予的——成为普遍的关注。"[1] 演出运用真实文献材料讲述革命历史的手法受到观众及评论界的好评,《新柏林人 12 时》(Neue Berliner 12 Uhr)的评论文章指出:"战争与革命的场面以一种野蛮的方式伴随着赤裸真实的信息,填充了整个剧场。当那些赤裸真实的事件被呈现出来时,剧场中产生出一种出人意料的感人效果。"[2]

其后在《海啸》一剧的剧本修改工作中,皮斯卡托也将作品的现实性置于首位。由于原剧本在主题设置上,将十月革命作为一系列爱情故事的陪衬物,在创作风格上以诗歌取代了现实,象征取代了文献纪实,感觉取代了视觉。皮斯卡托为突出革命事件这一新的主题,在场景之间穿插电影,为演出注入现实元素。他甚至提出,为呈现事件的真实性,揭露其发展过程,在宣传鼓动性不能够自动生发时,他宁愿放弃宣传鼓动性而力求呈现事实和真相,因为最有力的宣传性因素存在于那些最为本质、最为客观和纯粹的事实之中。于皮斯卡托而言,最有力的政治观点和最高超的艺术创造能力都要求他在一种新的水平之上去呈现事实和现实性,这一新的水平即皮斯卡托对于作品文献纪实性的追求以及科学客观的创作方法。

图 2-2 《海啸》中投影呈现轮船炸毁的纪实电影片段,1926 年 2 月 20 日,柏林人民剧院

① Michael Schwaiger(Hg.). Bertolt Brecht und Erwin Piscator : Experimentelles Theater im Berlin der Zwanzigerjahr[M]. Wien: Verlag Cchristian Brandstätt, 2004: 39.
② Erwin Piscator. The Political Theatre [M]. Translated by Hugh Rorrison. New York: Avon Books, 1978: 98.

在《哎呀，我们活着！》第二场中，为展现托马斯入狱八年之中的社会历史事件，皮斯卡托搜集整理了 1919—1927 年间所有相关历史事件的文献纪实影片并剪辑成一部历史纪实的电影蒙太奇，其中包括：1919 年《凡尔赛条约》的签订、1920 年华尔街爆炸案、1921 年墨索里尼在意大利的法西斯活动、1922 年维也纳饥荒、1923 年德国通货膨胀、1924 年列宁在苏联去世、1925 年甘地在印度、1926 年中国的革命斗争及欧洲领导人会议等世界重大社会政治事件。当播放到 1927 年时，投影幕中出现一个时钟，指针向前推进，时钟声响起，暗示时间从 1919 年进入到主人公出狱的时刻。这一系列文献纪实电影在主人公的个体生命与战争及革命历史之间建立起戏剧性的联系，揭示出造成主人公悲剧命运的时代和社会的现实性根源。《德意志报》将作品定义为"一部关于时事问题的戏剧，是无产阶级对于当前社会事件的回顾方式的呈现，舞台风格机智敏捷，产生了新闻纪实般的效果"[1]。

《拉斯普廷》的创作延续了《哎呀，我们活着！》对于革命历史真实性的追求以及在此基础上对于个体命运与时代大环境之间相互关系的揭示。皮斯卡托将 1914—1917 年欧洲革命历史视为一个时代的政治发展情况的纪实文献。他提出："如果我们抛弃了这些纪实文献，我们便抛弃了过去时代用血泪的牺牲所换来的经验与重大发现……戏剧对于我们的重要性在于它能够被文献纪实的资料证据所支撑。"[2] 因此，文献纪实资料成为该剧文本及演出的基础，在原剧作 7 个场景的基础上，插入了 8 个与历史现实相关的场景，例如在原作第一章中插入 1915 年 3 月圣彼得堡工人聚集地的一处酒吧场景，这与原剧本中沙皇皇村中事件的发生时间相同，目的在于增强事件发生之际的整体社会氛围，即社会大众之间所蔓延的绝望情绪，暗示革命爆发的必然性。而另一处新增场景为失望的工人们诅咒威廉二世，由此引导出三位欧洲君主对谈的场景。这场三位君主密谋协商战争中各方利益瓜分的戏，是编剧拉尼亚完全基于历史文献资料的研究而作，目的在于揭露欧洲的最高统治者们在经济利益面前沦为被动的工具和社会经济力量的代言人。与这些欧洲统治者形成对比的是新插入的列宁 1915 年 9 月在共产国际第一次会议上的发言，这一场景同样基于历史文献资料，以代表那些投身于革命的具有自我意识的无产阶级，为原剧作的情节剧增强了现实性。此外，演出开场时为使德国观众对于罗曼诺夫王朝历史有所了解，皮斯卡托以文献纪实资料

① Erwin Piscator. The Political Theatre [M].Translated by Hugh Rorrison. New York: Avon Books, 1978: 220.
② 同上：229—230。

的投影作为"一堂原始的历史课"①为观众构建出一个族谱式的罗曼诺夫王朝历史。

《凯撒的苦力》讲述了德国海军的一次阵亡事件，"剧作者以下层的眼光全面、彻底且集中地审视第一次世界大战"②。尽管文本仅选取原剧作的三个篇章集中讲述了这一事件，但皮斯卡托以相关文献资料的穿插将这一单一事件扩展至第一次世界大战的时空大背景之下进行客观性考察，演出以投影播放新闻简报的形式开场，舞台上和平主义口号与拍摄于战场的真实场景交替出现；军队行军场面与大规模墓地的纪事图片交替出现；英国战争武器制造的统计数据与德国的统计数据交替出现。在演出结尾处，皮斯卡托将原剧作的结尾从"十一月革命"延伸至理想破灭的海军们退伍后所面对的德国1930年大规模失业的社会现状，从而揭示出阵亡事件所导致的灾难性后果。

皮斯卡托于1950年代回到战后的德国，面对第二次世界大战对德意志民族带来的毁灭性打击与精神重创，而战后商业剧院普遍缺乏对于战争的深刻反思，作品中所呈现出的对于现实的逃避和精神世界的麻痹令皮斯卡托感到失望。在回归德国后导演的多部作品中，他都试图提升这一战后德国剧场中所缺失的现实性。在1955年执导的《萨勒姆女巫》一剧被称为皮斯卡托"政治性的时代作品"③，作品讲述了1692年发生在美国马萨诸州源于宗教狂热的女巫审判事件，以映射美国麦卡锡主义对于共产主义者的迫害。皮斯卡托在美国流亡后期，亲身经历过这一政治事件所带来的影响，他在创作中将文本主题与发生在世界各地、各个时代的政治迫害事件通过挂在舞台后区的一道幕布联系起来，幕布上印有"希腊——苏格拉底，手持毒药杯；巴勒斯坦——基督，被钉在十字架上；法国——圣女贞德，死于火刑；德国——1944年7月20日，绞刑架"等大字，发生在舞台上的单一事件与历史上与之具有相似主题的史实相互映照，由此为虚构的舞台事件赋予了现实层面的意义以及对于相关历史事件的反思。在1960年导演的《禁闭》一剧中，皮斯卡托将事件背景设定为国家社会主义时代一个德国工业家的家庭，将原剧作的场景移植到汉堡一个装潢精美的资本家的客厅之中，客厅的一面墙上挂有希特勒的大幅肖像照片。原剧作的抽象空间通过舞台装置及灯光的运用被赋予了具体的现实意义。

① Erwin Piscator. The Political Theatre [M].Translated by Hugh Rorrison. New York: Avon Books, 1978: 238.

② John Willett. The Theatre of Erwin Piscator, Half a Century of Politics in The Theatre [M]. New York: Holmes & Meier Publishers, Inc, 1979: 103.

③ Ullrich Amlung. Leben-ist immmer ein Anfang, Erwin Piscator : 1893-1966 [M]. Marburg : Jonas Verlag, 1993: 97.

二、即时性

皮斯卡托将自己的作品称为"时代戏剧"（德 Zeitstück，英 play of the times，也作 topical theatre）[1]，将自己的剧院称为"时代剧院"（德 Zeittheater，英 theatre of times）。这一称谓主要指将当下最新的现实生活及社会现状作为创作主题的作品及剧院，以作品反映当下现实生活，使创作与时代的发展保持同步性。在魏玛共和国期间，这一类"时代作品"在皮斯卡托等人的影响下普遍盛行。

1920—1930 年代，随着科学技术的发展，信息传递工具使世界各地的人们能够在第一时间获取全球范围内发生的最新事件的相关信息，"走进剧院的观众们也许在半小时前刚刚收听了来自加利福尼亚的欢迎致辞，或者刚刚在新闻中了解到了一天前发生于日本的地震，十分钟以前他们也许正在阅读发生在开普敦的两小时之前的事件。当代的人们对于所身处的世界具有广泛的了解，且这些发生于世界各地的事件不是去年发生的，而是最为及时的事件"[2]。但与这些即时的新闻形成鲜明对比的是，此时德国大多数剧院中仍上演着内容和主题与时代脱节的戏剧，皮斯卡托对此提出自己的不满："这些戏剧从来都不是猩红炽热的（red-hot），及时到每一分钟现实的，像新闻报纸的每一行报道一般跳出来压倒你的那样的文字材料。戏剧，仍然落后于新闻报纸，永远都无法与现实同步，永远都无法全面地介入每日的社会现实。戏剧仍然是一门僵化的艺术，并且对于社会现实所产生的影响有限。"[3] 而皮斯卡托所预想的戏剧，是与新闻报道及每日的时事建立起紧密连接的戏剧，是当下最及时的、与每一分钟的现实同步的作品。为使戏剧能够即时反应当下最新社会事件与社会动态，能够在第一时间为观众提供革命信息并与他们进行交流探讨，将剧作与当下社会现实建立联系成为皮斯卡托政治戏剧创作的另一项重要任务。

在为德国共产党参加魏玛共和国大选而创作的《红色政治讽刺剧》中，为充分揭露德国社会的阶级不平等现象，与当下政治事件的联系几乎在每一场中得以实现，舞台上的行动与大选期间流传于柏林各个工厂、车间和街道上的所有热点话题息息相关，在舞台上所呈现的是工人和资本家们最为熟悉的柏林地区：阿克尔大街、菩提树

---

[1] John Willett. The Theatre of Erwin Piscator, Half a Century of Politics in The Theatre [M]. New York: Holmes & Meier Publishers, Inc, 1979: 110.

[2] Erwin Piscator. The Political Theatre [M]. Translated by Hugh Rorrison. New York: Avon Books, 1978: 329.

[3] 同上：48。

下大街、工人居住的贫民窟、香槟酒吧等，并且通过这些场景的设置呈现出阶级生活现状的对比：香槟酒吧和工人居住的贫民窟的对比，戴着昂贵手表的大腹便便的资本家与一个卖火柴的男人及另一个捡拾烟蒂的男人的对比，编着小辫身着蓝金制服的搬运工和以乞讨为生的残疾退伍军人的对比，资本获利与剥削的对比，贫与富的对比，等等。

1924 年创作的《旗帜》尽管是一部讲述 1886 年芝加哥工人暴动的历史剧，但具有明确的现实诉求——针对 1922 年在德国施行的 8 小时工作制法案所存在的漏洞与失效，旨在表现当下工人阶级生活现状。皮斯卡托指出："剧中的事件几乎发生在近几年的每一个国家。"[1] 演出在投影内容中加入了与当下德国工人生活现状及法案相关的新闻简报以增强舞台事件的即时性，拉尼亚评价："作者有意识地避免艺术化的处理，而是让事实自己说话，这一事实是无产阶级为了争取自由所进行的长期斗争的史实。剧作使观众忘记了舞台事件是发生于 20 年前，而是直接与当下社会生活产生联系——剧作的广泛适用性是通过作者剥除特定的历史相关性，将创作重心放在作品的社会与经济背景之上来达到的。因此可以说，《旗帜》是第一部马克思主义戏剧（Marxist drama），它也是对于现实主义材料的真实性和可信性的第一次追求。"[2]

皮斯卡托对于作品即时性的强调不仅在于运用真实文献材料进行剧本改编及排演，在经典剧目的创作上，其宗旨也在于寻找并加强作品符合当下现实的新意义。《强盗》一剧的创作引起了德国戏剧界关于古典作品当代改编问题的讨论。皮斯卡托认为，使古典戏剧恢复生机的可能性在于将它们与当下的观众建立起联系，戏剧作品与时代是紧密相连的，剧院的命运也与所上演作品的时事性紧密相连。因此，其导演工作的立足点建立在"导演对于其所处时代的决定性构成要素的开掘之上。导演自身应当作为他所处时代的解说者"。[3] 在《强盗》创作中，皮斯卡托通过删减人物台词并赋予角色与社会政治现状相对应的新的社会属性，使之与当下革命形势相联系，例如将卡尔·摩尔转变成了一个富有浪漫思想的傻瓜，而原剧中的反面人物斯皮尔伯格转变成了一位具有托洛茨基外形的、意识清晰的无产阶级革命者。同样，在《哥特兰风暴》中，为

① Ullrich Amlung. Leben-ist immmer ein Anfang, Erwin Piscator : 1893-1966 [M]. Marburg : Jonas Verlag, 1993: 36.

② Erwin Piscator. The Political Theatre [M]. Translated by Hugh Rorrison. New York: Avon Books, 1978: 70.

③ 同上：133—134。

赋予原剧作的中世纪故事以现实意义，将剧中角色施多特贝克尔（Störtebecker）视为当下国家社会主义者的代表，而与之形成对比的是阿斯姆斯所代表的理性的、清醒的革命者，并且将阿斯姆斯化装为列宁的形象。

第三所皮斯卡托剧院时期的创作因缺乏资金支持，作品规模较此前大幅缩小，但创作方向上更为激进，作品在主题及内容上多是对于当时社会热点事件的直接回应。1929 年，针对德国法典第 218 条将堕胎认定为非法的法案迫使每年高达 1 万—5 万人死于地下堕胎手术这一社会热点事件，皮斯卡托与"皮斯卡托集体"创作了《218 条款》，作品在德国各城市巡回演出，演出中邀请当地的医生、律师及政府职员针对这一问题在当地的现实情况进行现场发言并组织观众在演出中进行集体讨论和投票表决。1931 年的《泰阳觉醒》则是根据 1930 年 6 月《南德意志工人报》（Süddeutsche Arbeiterzeitung）关于上海纺织厂女工暴动事件的报道进行的创作，作品反映了当下中国工人的工作及生活现状并与德国工人运动相连接，舞台及观众席上方挂满了女工暴动事件中使用的革命口号和标语。

三、对于文献资料的整理研究

皮斯卡托将作品的创作建立在令人信服的物质材料及科学有效的创作方法之上，作品文献纪实性的体现首先要求创作者在创作过程中以科学和严谨的态度搜集、整理和研究相关文献资料，这是皮斯卡托在文本改编及创作中最为重要的工作内容之一。为此，皮斯卡托剧院创建初期便建立了剧院戏剧策划办公室和编剧团队，其主要工作之一便是根据不同剧目组建"文献资料研究小组"，为作品的演出文本提供文献支撑并进行修改。《拉斯普廷》是皮斯卡托剧院文献资料搜集工作最为完善和系统化的一次尝试。由于涉及相关历史及社会事件众多，皮斯卡托及戏剧策划团队将搜集到的文献资料按照编年史的顺序进行了表格化的整理与研究。团队在改编剧本之前阅读了近 40 本关于拉斯普廷及罗曼诺夫王朝的文献书籍及材料，其中包括相关人员的回忆录、人物传记、文学作品，列宁、斯大林、李卜克内西发表的革命演讲文稿及文章以及俄国历史、世界历史等史料。其中，法国时任圣彼得堡大使莫里斯·巴雷利戈（Maurice Paléologue，1859—1944）的回忆录构成了剧本改编工作的指导性框架。回忆录中，作者尝试将俄国事件放置在一个国际政治和军事的大背景下去分析讲述，为创作团队提供了一个"所有相关历史事件之间的关联性与发生必然性的研究渠道"①。除此之外，团队还搜集了大量新闻短片、新闻报道以及与主题相关的文化与自然科学方面的文献资料。将以上搜集整理出的所有文献资料按照"数学练习"（mathematical exercise）②的方式进行编年体研究，并草拟出一份"历史大事记"。这些整理出的所有历史大事件以"投影日历"（calendar）的形式与原剧作中作为情节剧主要内容的拉斯普廷及罗曼诺夫王朝个体故事同步呈现在舞台上，并将全剧的时间扩展至 1917 年 10 月。

皮斯卡托及戏剧策划团队除了对相关文字及图片的文献资料进行编年化整理之外，还延续了《哎呀，我们活着！》的电影资料搜集方式，他们与大型电影公司建立联系，由苏维埃政府为皮斯卡托剧院提供了取自纪录片《罗曼诺夫王朝的陷落》（*The Fall of the Romanov Dynasty*）中的电影文献资料，这些资料囊括了 1910 年以来的俄国历史。此外，剧院负责电影文献资料搜集和整理的"电影小组"搜集了当时所有可获取的与俄国相关的约 30 万尺的资料影片，作为对于演出中为演出专门拍摄的电影镜头的补充。

在其后创作的《繁荣》中，以"石油"为主题的现实性在于：石油已成为全球各国每日讨论和关注的社会焦点，许多经济及政治事件也与石油密切相关。皮斯卡托认为，这一主题不能仅作表面化的表现，他希望在更深远的程度上对石油问题产生的根源、石油对于政治经济及社会生活各方面的影响进行探索。但由于经济主题并非皮斯卡托所擅长，在剧本创作过程中，他与编剧团队阅读和研究了大量文学作品、新闻简报、统计数据以及工业生产报告等文献资料，专门聘请了阿尔方斯·戈尔德施密特（Alfons Goldschmidt，1870—1940）等经济学家作为顾问对文献资料的研究工作进行指导，这些资料最终以一张"新闻幕布"的形式被投影在舞台上，为事件勾勒出一个世界经济及政治大背景。这张新闻幕布被划分为各个专栏，用以放映与场上事件相关的文献资料。在同样以经济问题为主题的作品《柏林商人》中，针对通货膨胀的问题，在作品前期准备及排演的数月中，对于世界经济问题的全面分析和调查成为皮斯卡托团队一项主要任务，团队再一次向戈尔德施密特、弗里兹·施特恩贝格（Fritz Sternberg，1895—1963）等经济学家进行咨询并在他们的建议下搜集和研究相关文献资料。演出过程中，舞台两侧的屏幕不断投影出货币兑换汇率、美元符号、工资率等经济数据资料。

---

① Erwin Piscator. The Political Theatre [M]. Translated by Hugh Rorrison. New York: Avon Books, 1978: 231.
② 同上：232。

四、三部文献戏剧创作

1962 年 8 月，皮斯卡托就任西柏林自由人民剧院艺术总监。在此之后，他执导了自己创作生涯后期最为著名的三部文献戏剧作品，这三部作品被认为开启了德国 1960 年代文献戏剧时代，其影响力远超出了德国境内，在全球多地进行巡演。

皮斯卡托回到德国后提出的"信仰戏剧"观念强调戏剧对于人类精神、道德和信仰的塑造与引导，他提出："戏剧必须表达自己对于政治的信仰，为了达到此目的，剧院需要建立起一种作品的风格，这一作品风格将把剧院转变成'一所现代的、思考型的剧院'。"[1] 三部作品的主题均涉及第二次世界大战，从不同的角度对战争进行揭露及反思。皮斯卡托认为，较他此前导演的其他作品，这三部文献戏剧更符合信仰戏剧的理念以及他对于一所现代的思考型剧院的要求。

《调查》一剧的作者、著名文献戏剧作家彼得·魏斯在其著作《文献戏剧笔记》（ *Notizen zum Documentarischen Theater* ，1966）中对文献戏剧作出以下定义："文献戏剧是一种报告陈述戏剧。协议、档案、统计表格、证券信息、银行以及工业企业年终财务报表、政府声明、演讲、访谈、名人所发表的意见、报纸和电台报道、照片、新闻影片以及当代其他传媒工具，形成演出的基础。文献戏剧采用真实材料，在内容上不容更改，形式上可加工，使之再现于舞台。将平日里各色各样涌到我们这里来的新闻报道材料里没有修整过的种种角色，经过精选，浓缩出明确的、大多数属于社会的或政治的主题，在舞台上展现出来。这种批判性的挑选和原则，截取现实的横断面架构起来，是为文献戏剧的本质。"[2]

由上可知，文献戏剧对事件真实性的追求，对于文献资料的科学性、客观化运用以及对于社会及政治主题的关注与皮斯卡托的政治戏剧创作理念有许多共通之处。因此他提出："这三部作品对于我为之奋斗了三十余年的叙事的、政治的戏剧至关重要。"[3]

---

① John Willett. The Theatre of Erwin Piscator, Half a Century of Politics in The Theatre [M]. New York: Holmes & Meier Publishers, Inc, 1979: 181.

② 倪胜 . 早期德语文献戏剧的阐释和研究 [M]. 上海：上海远东出版社，2015：76. 转译自 Peter Weiss. *Werke in sechs bänden, Fünften band.*

③ John Willett. The Theatre of Erwin Piscator, Half a Century of Politics in The Theatre [M]. New York: Holmes & Meier Publishers, Inc, 1979: 177.

（一）《代理人》（*Der Stellvertreter*）

　　1963 年 2 月 20 日在西柏林自由人民剧院上演的霍赫胡特的作品《代理人》被威利特认为是"皮斯卡托第一次有机会执导完全符合自己要求的剧本，因此，剧作者的文本（第一次）主导了作品"①。同样，在皮斯卡托看来，"这是一部值得在剧院里上演的戏，它引发了一场风暴，被称作'我们时代最有争议的戏剧'"②。

　　《代理人》讲述了一位有良知的纳粹军官库特·格尔施泰恩（Kurt Gerstein，1905—1945）在亲历纳粹集中营残杀犹太人的罪行后，请求罗马教皇庇护十二世（Papst Pius XII，1876—1958）出面制止这一惨绝人寰的罪行却遭到拒绝的经历，揭露了梵蒂冈天主教会及教皇在二战期间出于教会自身的政治和经济利益，对法西斯政权屠杀犹太人所采取的纵容态度。该剧作者霍赫胡特对于梵蒂冈对待纳粹集中营的态度与政策进行了严谨的调查和研究，剧本的文献材料来自格尔施泰恩在法国受审时书写的一份名为"格尔施泰恩报告"（Gerstein Report）的关于纳粹集中营真实情况的报告材料，格尔施泰恩将自己作为纳粹党卫军机械师和化学师参与集中营用毒气杀戮犹太人以及请求罗马教皇出面干预纳粹大屠杀遭拒绝等经历详细陈述在报告中。霍赫胡特在报告的文献材料基础上进行了部分虚构，揭露了这一史实。作品的舞台呈现形式上，以现实主义风格的舞台场景重现了教堂神坛、主教办公室、格尔施泰恩寓所及纳粹集中营等事件发生地点。皮斯卡托在剧中运用了投影标题对各场景的发生时间及地点进行补充说明，并对场上事件进行文字评述。在表现纳粹集中营的场景中，舞台上方悬挂着一个钉着受难者的十字架，十字架后方由投影投放出五幅遭受战争折磨的犹太人头像并且通过灯光颜色的转换，将舞台变成一个"充满血腥杀戮的红色海洋"。③作品演出获得成功并在社会层面引发大众关于纳粹罪行与罗马教会之间关系的激烈讨论。

（二）《J. 罗伯特·奥本海默事件》（*In der Sache J. Robert Oppenheimer*）

　　作品讲述了美国国家安全委员会于 1954 年 5 月对著名物理学家罗伯特·奥本海

---

① John Willett. The Theatre of Erwin Piscator, Half a Century of Politics in The Theatre [M]. New York: Holmes & Meier Publishers, Inc, 1979: 177.

② 倪胜. 早期德语文献戏剧的阐释和研究 [M]. 上海：上海远东出版社，2015：76. 转译自 Dawson. *Documentary Theatre in the United States*.

③ Knut Boeser, Renata Vatková. Erwin Piscator Eine Arbeitsbiographie in 2 Bänden [M]. Berlin: Edition Hentrich, 1986: 214.

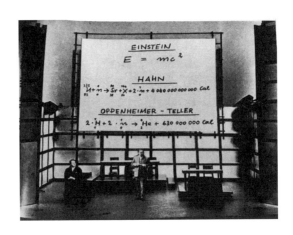

图 2-3 《J. 罗伯特·奥本海默事件》演出剧照，1964 年 10 月 11 日，西柏林自由人民剧院

默的审讯。奥本海默曾参与过美国原子弹的研发和制造工作，但当美国在日本投放原子弹后，"奥本海默感到自己对日本人民遭受原子弹爆炸的灾难负有道德上的责任，感到自己的科学研究被人用作反人类的目的，于是不再参与对核武器的进一步研制。而当苏联在氢弹的研制上显得领先于美国时，奥本海默便被人指责是间接地支持了敌人，背叛了国家。由当时的美国国务卿召集主持的一个安全委员会对他进行了审判"。[①]剧本文献材料来源于审讯过程长达 3000 页的文字记录，全剧共分为 8 个场景，主要是对于审讯过程的还原性呈现，其中穿插奥本海默内心世界的外化场景，在客观文献与主观情感的交织之中，揭露出战争对于科学技术及科学家的滥用及摧残。皮斯卡托将舞台设计为一个由低矮粗糙的木板所构筑的封闭空间，空间内的布置还原了奥本海默的审讯室现场。通过木板上的窗户可以看到佩戴白色钢盔的军事警察在空间外来回巡逻，增强了场上事件的紧张气氛。皮斯卡托运用投影将审讯记录的文稿投影在舞台后方的投影幕布上，此外，当坐在舞台前区的奥本海姆面对观众直接发表演讲和陈述内心独白时，后方的投影幕布上播放相对应的演讲和陈述的文字内容。作品的开场延续了皮斯卡托的创作特色，以"电影序幕"开场，序幕的内容播放原子弹爆炸的倒计时画面以及爆炸瞬间所产生的巨大蘑菇云，将观众立刻带入到舞台所营造的紧张和恐怖的气氛之中。威利特认为："相较于一部艺术作品，演出更像是美国原子能委员会领导下的奥本海默听证会的电视视频所衍生出的文献纪录；这一作品的主题再一次选

---

① 许健. 从档案到戏剧——对 4 部德国 "文献剧" 代表作的解析 [J]. 文化艺术研究，2012 年 01 期.

择了所有人都关注的社会事件，导演处理得具有尊严且技术精湛。"①

（三）《调查》（*Die Ermittlung*）

演出还原了 1963—1965 年在法兰克福举行的纳粹主要战犯——纳粹党卫军大审判的过程。文本材料来源于庭审的现场记录，作者彼得·魏斯旁听了长达两个月的审判并参考和借鉴了《法兰克福平民报》对于审判的连续报道。剧中人物的台词"几乎都是对法兰克福审判涉及者陈述的一字不差的引用"。②文本风格客观冷静，语言呈现出诗体化的、优美流畅的、具有基督教清唱剧的风格，以十一曲有一定音部和节奏的叙述性"组歌"再现起诉人、法官、辩护人、18 名被告、9 名证人之间的控告和辩护、陈述和发言、提问和应答等审判程序，揭示出法西斯政权在集中营中对犹太受害者的残酷迫害。其中，9 名证人没有姓名，彼得·魏斯认为他们是 200 位证人以及 1900 万受害者的缩影，同时出于实际演出可操作性考虑，由 9 名演员分别饰演不同身份的受害者。与之相对比的是 18 名被告都具有明确姓名且来自实际审判中纳粹党卫军的真实姓名，每一名被告都代表了一个单独的明确的个体。舞台场景为一个巨大的审判法庭现场，按照皮斯卡托要求："舞台呈现出冷峻、清醒、理智的风格。"③舞台灯光也如法兰克福审判庭现场一般冷酷无情和清晰。皮斯卡托将 18 名被告安置在舞台左方一个由台阶可通达的倾斜平台上，右方为审判法官坐席，9 名证人背对观众坐在观众席最前方，使观众与证人处于同一视角。每次证人以经由舞台前区台阶走上舞台中央证人席作为出场方式，证人席采用皮斯卡托创作后期的标志性舞台装置——灯光舞台。当证人进行发言陈述时，灯光舞台底部的灯光由下往上照亮其面部，演员面部的细微表情如电影特写镜头般被灯光凸显和强调出来，呈现出雕塑般的冷峻风格。舞台后区的投影屏幕在被告陈述时，投影出被害者头像以及资料图片：集中营现场照片，人的身体躯干，小孩，特写镜头如玩具、手、工具等。"恐怖的事实以及可怕的纳粹们自我辩解中点缀着紧张的音乐"④，这些舞台音乐以一个合唱团演唱不带文字的清唱剧（Oratorium）和弥撒安魂曲（Requiem）为主。演员的表演对应着舞台整体风格，客

① John Willett. The Theatre of Erwin Piscator, Half a Century of Politics in The Theatre [M]. New York: Holmes & Meier Publishers, Inc, 1979: 180.

② 许健. 从档案到戏剧——对 4 部德国"文献剧"代表作的解析 [J]. 文化艺术研究，2012 年 01 期.

③ Knut Boeser, Renata Vatkavá. Erwin Piscator Eine Arbeitsbiographie in 2 Bänden [M]. Berlin: Edition Hentrich, 1986: 256.

④ 倪胜. 早期德语文献戏剧的阐释和研究 [M]. 上海：上海远东出版社，2015：52.

观冷静，不带感情地陈述事实。皮斯卡托高度评价了自己创作生涯最后一部作品："这是构建在真实——不论已经是历史的真实或者仍还是现实的真实——的基础上的文艺作品，符合戏剧的艺术要求，从内容上看还达到了此前戏剧文学从未达到过的程度：现实性和社会政治上的爆炸性。"①

皮斯卡托在人民剧院的创作掀起了 1960 年代德国文献戏剧创作热潮，其影响甚至扩展至欧美其他国家。在其去世后，德国相继出现了彼得·魏斯的《越南谈话》（*Diskurs über Vietnam*）、《托洛茨基在流放中》（*Trotzki im Exil*）及《诉讼》（*Der Prozess*），基帕德的《士兵》（*Soldaten*），英国导演彼得·布鲁克（Peter Brook，1925—2022）的《美国》（*US*）以及美国作家丹尼尔·贝里根（Daniel Berrigan，1921—2016）的《卡顿斯维尔 9 号审判》（*The Trial of the Catonsville Nine*）等文献戏剧作品，这些作品"均基于历史文献，运用电影、图片、新闻报道、法庭文书、录音等，旨在以社会、政治及经济等要素来呈现并探讨社会事件"②。

第三节　宣传鼓动性

皮斯卡托政治戏剧的宣传鼓动性主要体现在其 1920—1930 年代以无产阶级革命为目标的戏剧创作上。尽管在 1940 年代其政治戏剧创作目标转向反法西斯、反纳粹的和平主义，仍然希望以戏剧的宣传鼓动性倡导大众的反法西斯运动，但由于创作机会较少，未能在此阶段有所实践。其后于美国流亡时期及回归德意志联邦共和国之后，由于所处社会政治情况的变化与限制以及创作理念的转变，其作品的宣传鼓动性相对减弱。

在 1920 年代的创作中，皮斯卡托将戏剧视为政治宣传鼓动工具，将剧场视为政治讲坛，希望以戏剧为手段介入和干预社会现实生活，对观众进行智力方面的教育与引导，向他们宣传无产阶级革命理念，以唤醒和培养大众的阶级意识。在创作实践中，皮斯卡托通过叙事戏剧的形式、舞台蒙太奇手段的运用引起观众对于社会现实的理性反思并煽动激荡起他们的政治热情，最终以积极的行动投身于无产阶级改造社会的运动之中。皮斯卡托曾引用爱森斯坦阐述《战舰波将金号》创作意图时的一句话"撼动

---

① 许健. 从档案到戏剧——对 4 部德国"文献剧"代表作的解析 [J]. 文化艺术研究，2012 年 01 期.

② Gerhard F. Probst. Erwin Piscator and the American Theatre [M]. New York: Peter Lang Publishing, 1991: 22.

并刺激社会大众"①作为创作的宣传鼓动性目标，他希望将演出转变成"一场盛大的群众集会，一个巨大的战场，一次大规模的示威游行"②。为达到演出对于民众的宣传鼓动目的，他经常运用投影标题、文字评论、演员对场上事件直接发表意见或扮演革命人物对观众发表演讲、利用作品宣传册宣扬政治理念及革命思想、在剧场中悬挂标语口号、穿插革命歌曲、在终场时号召全体演员与观众同唱《国际歌》、创造仪式化的场面等手段对观众进行视听觉方面的刺激、情绪方面的煽动以及智力方面的引导，从而促使他们采取积极主动的行动。此外，皮斯卡托在剧场空间构建方面运用革新性舞台机械装置，力图打破镜框式舞台对于观演关系的分割，拉近观众与演员的空间距离，尽可能地将坐在观众席中的观众裹挟进场上所发生的事件当中，成为演出积极的参与者。

在无产阶级剧院时期，皮斯卡托将剧院的创作宗旨定义为"宣传鼓动"（agitprop）③，以此来发展并提高阶级意识以及培养无产阶级为进行阶级斗争所需要的团结性。皮斯卡托希望以剧院为阵地创建一个集体，人们在此不仅分享人文价值和艺术价值，还可以分享政治价值。他将无产阶级剧院的性质确定为："不是为无产阶级提供艺术的剧院，而是向他们提供有意识的宣传鼓动的剧院，不是一个为无产阶级而建的剧院，而是属于无产阶级自己的剧院。剧院的目标是对于当前社会事件产生作用并成为政治运动的一种形式……首要任务是广泛传播并加深观众对共产主义信念的理解。"④针对剧院的观众，皮斯卡托提出无产阶级剧院应当对大众承担起宣传与教育的任务，"尤其是那些在政治上仍没有作出决定或采取中立态度的，或者是那些仍然不能理解无产阶级艺术，不能够从资产阶级所谓的'享乐艺术'中借鉴创作模式的大众。工人们的自我保护意识应当被视为他们在政治、经济、文化、艺术方面所获得的自由。而这一意识形态的解放应当与具有共产主义性质的物质的解放相对应"⑤。

皮斯卡托在无产阶级剧院时期创作的三部短剧集合被称为"德国第一部宣传鼓动剧，是对于反革命集团威胁的一次回应"⑥。尽管剧院条件较为简陋且具有半业余性质，

---

① C.D. Innes. Erwin Piscator's Political Theatre The Development of Modern German Drama [M]. London: Cambridge University Press,1972: 30.

② Erwin Piscator. The Political Theatre [M]. Translated by Hugh Rorrison. New York: Avon Books, 1978：96.

③ agitprop 即 "agitation"（鼓动、煽动）与 "propaganda"（宣传）的合成派生词。

④ Erwin Piscator. The Political Theatre [M]. Translated by Hugh Rorrison. New York: Avon Books, 1978: 45-46.

⑤ 同上：46。

⑥ 同上：38。

但演出的政治宣传鼓动性却是明确有力的，较此后皮斯卡托在大型专业剧院的作品更为激进。无产阶级剧院的首演剧目由三个小短剧组成：《残疾人》（The Cripple）、《在大门前》（At the Gate）及《俄罗斯的一天》（Russsia's Day），分别讲述了一位残疾的退伍老兵惨遭资本家的剥削最终被遗弃，在柏林乞讨为生的经历；匈牙利共产主义者的革命运动遭到反革命集团镇压后被关押于集中营；有关俄国无产阶级革命的事件。演出的序幕由一位宣扬议会民主（parliamentary democracy）的社会学教授与无产阶级的对话开始，伴随着舞台上无产阶级喊出"救命！白色恐怖！"的呼救声，作品的宣传鼓动性逐步增强，舞台上不断出现角色对观众发表演讲以及直接的呼吁与宣讲。终场舞台提示上注明："一队合唱队高声应和口号，群众们从四面八方涌上舞台，将舞台前区的栅栏拆除。德国工人朗诵《国际歌》歌词，身着苏维埃革命制服的鼓号手登台演奏《国际歌》，全场演员、合唱队及观众大合唱《国际歌》。"[1]

　　1924 年创作的《红色政治讽刺剧》被皮斯卡托称为"无产阶级政治讽刺剧"或"革命讽刺剧"，在《政治戏剧》一书对于作品的简介中也将其称为"宣传鼓动的政治讽刺剧"（agitprop revue）。[2] 在演出中，两名演员分别扮演代表资产阶级的肉类批发商和代表无产阶级的工厂临时工，二人在观众席中突然爆发争吵，一边争执一边爬上舞台，随后贯穿整部演出对场上事件进行即时评论并继续争辩。由迈泽尔创作的一组充满激情的共产主义歌曲贯穿全剧，引导着观众们的情绪。当舞台上行乞的残疾军人被搬运工扔出舞台时，扮演群众的演员们聚集在舞台上一家饭店门口，随后强行闯入并且捣毁饭店中的集会，在这一时刻，"观众席加入了舞台事件，观众席中有人吹起口哨，喊叫，愤怒，大声的鼓励声，挥动他们的手臂"[3]。《红旗》杂志对演出所产生的影响予以积极评价："14 天以来，成千上万的无产阶级男女，在他们自己的聚居地观看了这场演出。作品对于那些激动的充满期盼的观众产生的影响是无可比拟的。如此大规模的观众认可，如此大规模的观众参与，在其他剧院中是无法看到的。"[4]《红色政治讽刺剧》的创作及演出"作为一部重要的先驱性作品，为 1920 年代德国宣传鼓动运动（agitprop movement）提供了模型"[5]。在此后的创作中，尽管在人民剧院及

①　Erwin Piscator. The Political Theatre [M]. Translated by Hugh Rorrison. New York: Avon Books, 1978：29.
②　同上：79。
③　同上：83。
④　同上：83。
⑤　John Willett. The Theatre of Erwin Piscator, Half a Century of Politics in The Theatre [M]. New York: Holmes & Meier Publishers, Inc, 1979: 50.

皮斯卡托剧院受到来自剧院管理层、资金资助者及评论界一定的限制，皮斯卡托始终坚持在作品中发挥政治戏剧的宣传鼓动和社会教育的功能，并在实践中逐步发展并形成一系列具有政治戏剧宣传鼓动功用的标志性艺术创作手段。

一、革命歌曲及《国际歌》作为标志性艺术手段的运用

　　作曲家迈泽尔与皮斯卡托相识于国际工人援助组织（IHA），他为电影《战舰波将金号》所创作的音乐使他成为 1920 年代电影音乐创作界的先锋，《电影音乐》（*Film Musics*）一书将迈泽尔音乐作品中激昂的旋律和具有煽动性的节奏称为"可以点燃潜藏在观众心中革命热情的沸点"[①]，认为他创作的音乐对《战舰波将金号》的成功具有重要贡献。迈泽尔与皮斯卡托由于共同的共产主义信仰及相近的艺术创作理念而成为长期合作伙伴，他于 1927—1928 年间担任皮斯卡托剧院的音乐总监。在《红色政治讽刺剧》中，由他所创作的一组充满激情的共产主义歌曲贯穿全剧，皮斯卡托指出："全剧贯穿的音乐线不仅仅是对背景的揭示和证明，音乐在演出中力求自己作为舞台演出要素的独立性并且有意识地与演出的政治性线索相呼应。音乐作为一个积极的推动性元素在全剧中发挥了重要作用。"[②] 在此后的《尽管如此》《强盗》《哎呀，我们活着！》《拉斯普廷》《好兵帅克》《柏林商人》《凯撒的苦力》及《泰阳觉醒》等作品中迈泽尔承担了演出的音乐创作。其中包括《哎呀，我们活着！》第二场政治卡巴莱歌唱家库尔演唱的作品主题曲，《拉斯普廷》开场的序曲，《好兵帅克》开场由一把摇弦琴（hurdy-gurdy）伴奏的捷克民歌，《柏林商人》开场由 24 人组成的合唱团演唱的康塔塔及其他革命歌曲。

　　在演出中使用《国际歌》被称为皮斯卡托戏剧创作的"艺术标签"之一。除无产阶级剧院创作的作品开场时舞台远处传来《国际歌》，演出结尾演员与观众合唱《国际歌》作为对于开场的呼应并将演出推向高潮之外，在《旗帜》《红色政治讽刺剧》《尽管如此》《凯撒的苦力》等作品中均以演员与观众同唱《国际歌》作为结尾。《强盗》中甚至将《国际歌》作为整个演出的主题曲，强盗们第一次在爵士乐的伴奏下冲上舞台，随后音乐节奏加强并过渡为《国际歌》的旋律；当强盗们从消失的森林中再次集结在舞台上时，《国际歌》的配乐变成激昂澎湃的交响音乐，饰演斯皮尔伯格的演员被装

---

① Erwin Piscator. The Political Theatre [M]. Translated by Hugh Rorrison. New York: Avon Books, 1978: 80.
② 同上：83。

扮成托洛茨基现身于舞台；当他牺牲时《国际歌》再一次响起，引导着观众们的情绪。柏林《8点晚间新闻报》（*8-Uhr-Abendblatt*）对演出予以高度评论："舞台能量在导演的精准控制下不断流动……当舞台上再一次充满骚动声时，观众们兴奋得几乎从座位上站起来，他们被卷入进来。"[①] 在《哎呀，我们活着！》中，皮斯卡托虽未安排结尾的大合唱，但观众席中来自特殊团队的年轻无产阶级观众自发承担起了作品的宣传鼓动职责。在剧中角色梅勒妈妈（Mothe Meller）说出最后一句台词"唯一能做的事情——上吊自杀或者去改变世界"之后，特殊团队从座位上起立，用自带的乐器演奏《国际歌》，随后全场观众也自行起立加入了大合唱。柏林多家媒体对这一演出事件进行了报道："这些坐在观众席中的年轻观众的积极行动将当晚演出转变成了一场政治事件。当年轻观众在幕落时带领全场演唱《国际歌》时，那些为观看演出购买了100马克戏票的上流社会的观众们即使预先知道自己将坐在一个共产主义宣传鼓动的剧场之中，但令他们惊愕的是演出的结尾演变成了一场政治性的游行示威。"[②]

二、演员以革命人物形象面对观众直接发表演讲

在演出过程中穿插演员的演讲和评述不仅出于皮斯卡托叙事戏剧文本架构的需要，也是皮斯卡托在演出中向大众进行直接的政治宣传鼓动的重要手段之一。例如《旗帜》开场时坐在观众席中争吵的演员从无产阶级和资产阶级立场对于社会现状发表各自意见；《218条款》中安排饰演不同社会职业的演员进行辩论，在演出过程中由坐在观众中的演员与观众针对场上事件即兴发表意见，结尾处引导并鼓励观众参与讨论并进行投票等。在《柏林商人》中，对观众直接发表意见和评论的宣传鼓动性则是通过一系列歌曲来完成：开场序曲由恩斯特·布什担任领唱的一队24人合唱团唱诵"康塔塔"之歌，向观众展示出战争、通货膨胀以及工人们在1914年和1923年的悲惨遭遇，歌词包括"战争击败了我们的领袖们，祖国击败了我们"等鼓动性口号；第一幕结尾处，转台旋转90度，搬运工人唱着一首"无产阶级歌曲"被传送带运送到舞台上，随后合唱团还演唱了表现无产阶级工人生活的《干面包之歌》《裁缝的学徒》等歌曲；最后一幕第三场的《街道清扫员之歌》以歌曲演唱的方式对社会现状进行了讽刺性评述，在歌曲高潮处，当三名扫地工人偶然发现了代表他们贬值工资的纸质钞票、代表

---

① Erwin Piscator. The Political Theatre [M]. Translated by Hugh Rorrison. New York: Avon Books, 1978: 124.
② 同上：217。

贬值权利的钢盔和一具尸体时，他们愤怒地唱出"垃圾，清除掉它们！"的歌词。尽管结尾的舞台处理触怒了德国右翼媒体，但通过这些媒体的评价证明了皮斯卡托在作品宣传鼓动性的发挥上是成功的，评价写道："皮斯卡托将每日生活场景变成了一部具有宣传鼓动倾向的反资本主义戏剧；一部充满了仇恨的高声喊叫的幼稚的政治讽刺剧……最令人害怕的歌曲口号'垃圾，清除掉它们！'"[1]

在演员面对观众发表意见或抒发革命热情这一具有现场煽动性和引导性的舞台呈现手段中，最具特色的是以演员扮演真实的历史及革命人物向观众直接发表演讲，这一舞台表现手段被称为皮斯卡托导演创作的另一个"艺术标签"。在无产阶级剧院时期论述演员的表演风格时，皮斯卡托提出，演员的表演应当与列宁或奇切林等革命领袖发表政治宣言的风格相类似，以简明流畅的节奏、准确无误的清晰性来创造出有效的情感效果，"在每一个其饰演的角色中，使其说出的台词、姿势、表情都准确无误地体现出一名无产阶级及共产主义者的思想理念"[2]。

《尽管如此》一剧中除播放历史人物的演讲录音和影片外，皮斯卡托在剧中安排扮演革命人物的演员直接面向观众发表演讲，如李卜克内西在国会大厦反对战争贷款的发言；在波茨坦广场反战游行中的演讲，面对观众高喊出"打倒战争，打倒政府"的宣言等。演员扮演历史人物的现场演讲唤起了观众对于人物的直观感受，当舞台上李卜克内西被捕，但他身边的群众没有采取反抗行动时，观众席爆发出痛苦的哭声和自责声："剧场中成千上万的观众发出蔑视的呐喊，他们跺脚，挥舞着愤怒的拳头。舞台与剧场在此融为一体，有阶级意识的工人们坐在观众席中，风暴爆发了。"[3] 在《拉斯普廷》中，为揭露引起社会革命的政治、军事及经济等推动性力量，皮斯卡托在原剧本中分别插入了"三位工业资本家对话"和"三名君主对谈"的场景，三位重工业工厂主向观众发表的讲话揭示了战时军火工厂这一推动战争的隐形力量，三位欧洲君主所发表的演讲则暗示出欧洲最高统治者在经济利益的驱使下沦为战争中的被动工具。与这两场戏相对应出现的是在演出中穿插列宁于 1915 年 9 月在共产国际第一次会议以及 1917 年 10 月在第二次苏维埃大会上的演讲，以代表那些投身于革命的具有自我意识的无产阶级。

除演员扮演历史或革命人物向观众直接发表演讲外，皮斯卡托在多部作品中将

---

①   Erwin Piscator. The Political Theatre [M]. Translated by Hugh Rorrison. New York: Avon Books, 1978: 334-335.

②   同上：46。

③   同上：96。

角色化装成革命领袖形象，以暗示出角色的革命与阶级属性，如将《强盗》原作中斯皮尔伯格转变成一位意识清晰的无产阶级革命者，"一位狂热的、野心勃勃的犹太知识分子，拥有像托洛茨基一般的外形，其语言清晰明确，并带有理性的同情心"[1]。在《哥特兰风暴》结尾的电影中，将阿斯姆斯塑造为一名清醒的共产主义革命者，他按照革命历史的时间顺序不断变换装束，最后以列宁的形象呈现在镜头中，伴随着舞台上一颗冉冉上升的红星，表达出皮斯卡托及其创作团队对于无产阶级革命的效忠。皮斯卡托的拥护者、作家库尔特·品图斯（Kurt Pinthus，1886—1975）将此次演出评价为一部非常明确的政治宣传鼓动剧。在演出当晚上半场演出结束时，观众席爆发出热烈的掌声，观众们不愿意起立离开座位，并且激动地呼喊皮斯卡托的名字。柏林《日报》（Der Tag）记录了演出现场氛围："我们逐渐走进一个共产党的选举大会，站在一个为列宁举行的庆祝活动的现场，苏维埃的闪闪红星最后在舞台上空升起……风暴在剧场中爆发，从乐池到包厢，剧场中的每一个人感觉到自己正在经历一些全新的事物，个人的政治观点已经不再重要，汹涌的情感在说话，说话，直到哭出了声。"[2]

三、仪式化场面的构建

政治戏剧强调演员和观众的集体参与，强调演出过程中演员与观众共通情感的体验，共同信念的建立，共同阶级意识的培养以及精神上的共鸣，其目的在于唤起观众的主动参与，将演出变成一场大规模的群众集会和示威游行。皮斯卡托作品的宣传鼓动性也往往借助仪式化的场面来建立起演员与观众共通情感和信念的集体体验过程，煽动起他们投身革命的集体热情，在这些仪式化的场面中，"剧场转变为一场群众集会和社会仪式，观众成为演出的组成部分，直接卷入了戏剧事件，是与舞台一起创造戏剧和仪式的积极参与者"[3]。

古希腊酒神祭祀仪式是欧洲戏剧的起源，是人类集体在某一情境之中共同体验的场面，也是人类"群体意识的对外宣泄"。[4]萨特在谈及戏剧中仪式化场面的创造时

① Erwin Piscator. The Political Theatre [M]. Translated by Hugh Rorrison. New York: Avon Books, 1978: 124.
② 同上：46。
③ 李时学. 颠覆的力量：20 世纪西方左翼戏剧研究 [M]. 厦门：厦门大学出版社，2012：132.
④ 孙文辉. 戏剧哲学——人类的群体艺术 [M]. 湖南：湖南大学出版社，1998：34.

指出："戏剧创作者必须确立他的观众，把这些分散的人铸成单一的整体，在他们思想深处唤醒一个时代，一个国家所有人关心的问题。"① 因此，仪式化的戏剧场面是对公众进行宣传鼓动的有效创作手段之一。皮斯卡托在创作中通常将仪式化的场面安排在演出的结尾，在场上事件发展至冲突最为激烈的时刻或矛盾得以解决，观众情绪高涨的时刻，运用仪式性的场面促使他们在此刻凝聚成一个集体，以主动性和积极性共同目睹场上事件并立刻投入其中，将演出在文本叙事与情感发展层面同时推向高潮。在无产阶级剧院时期，由《俄罗斯的一天》等三个小短剧组成的演出结尾处，无产阶级工人演员们在舞台上集合，同合唱队一起呼喊革命口号，随后煽动起现场观众们拆除舞台前区栅栏冲上舞台，在鼓号手的伴奏下全场大合唱《国际歌》，这一系列创作手段作为皮斯卡托早期构建舞台仪式化场面的尝试取得了宣传鼓动的明确效果。

在其后创作的三部政治讽刺剧中，结尾处的仪式化处理将演出转变成一场大规模的群众政治集会。《旗帜》演出结尾，舞台前区一名年轻工人宣读罢工运动受害者祭文的同时，侧幕外约一百人唱诵附和并宣誓效忠于共产主义。舞台中心处，一口棺材由 25 名藏在灵柩车内的演员高高举起，当舞台提示出"饰有金黄色镰刀与铁锤的猩红色丝质红旗，挚爱的，神圣的红旗"时，三面巨大的红旗从舞台上方降落，大幕关闭，上有"自由"一词。"此时，观众席爆发出热烈的掌声，几乎成为一个具有革命性的场面。"② 在《尽管如此》的结尾，工人们高喊着"李卜克内西万岁"列队走过舞台，50 名红色前线战士（Roter Frontkämpferbund）高举着 8 面旗帜在舞台上站队，柏林共产党领袖露特·菲舍尔（Ruth Fischer，1895—1961）发表演讲，最后全场共唱革命歌曲。演出过程中观众们的反应证明了皮斯卡托运用仪式性场面煽动观众革命热情的有效性："剧院变成了一种真实的存在，剧院不仅仅是观众与舞台演出相遇的场所，而是变成了一场盛大的集会，一个巨大的战场，一次大规模的示威游行……这样的一种转变证明了政治戏剧能够担负起有效的宣传鼓动作用的可能性。"③《新柏林人 12 时》对演出予以了高度评价，认为剧场中产生出一种出人意料的感人效果："政治信念所具有的狂热的、令人感动的、神圣的表达方式产生出一种如同高雅戏剧艺术的神秘的高潮处的显著效果。"④

① 塞河沿. 仪式，游戏和戏剧——对戏剧精神的原出考察 [J]. 戏剧，1997 年 01 期.
② Ullrich Amlung. Leben-ist immmer ein Anfang, Erwin Piscator : 1893-1966 [M]. Marburg : Jonas Verlag, 1993: 36.
③ Erwin Piscator. The Political Theatre [M]. Translated by Hugh Rorrison. New York: Avon Books, 1978: 96-97.
④ 同上：98.

在皮斯卡托剧院创作的《好兵帅克》中，皮斯卡托理想中的结尾为一个仪式化的舞台场面：一群在上帝前面游行的残疾者。剧院公布的"结尾场景演员招募启事"的要求及内容为："无腿乞丐；20个真人大小的人偶作为临时演员；5—6名真实残疾者；一名演员始终在舞台上踩踏自己的内脏；一名演员肩扛着一条腿；一名演员手臂下夹着自己的头，另一只手臂和腿挂在帆布包外，并用泥浆和血弄脏这些残肢；两个小女孩手牵着手，脸上涂满血浆。"在一间私人俱乐部为特殊团队所进行的预演中，"一队满身是血，残缺不全的士兵在传送带上行经舞台"的画面引起观众的反对，皮斯卡托最终被迫放弃这一构想。在《凯撒的苦力》中，皮斯卡托运用了故事解说员以及合唱队引领着演出的仪式化场面。演出结尾处，在两位叛乱领袖被处死后，"十一月革命"的红旗升起，合唱队解释了舞台事件与当下社会事件之间的联系，随后，领导全场共唱《国际歌》，"将历史转变成政治的宣传鼓动"。①

值得注意的是，皮斯卡托在1950年代回到德意志联邦共和国进行戏剧创作时，虽然其作品相对于1920年代的政治宣传鼓动性削弱了，但其创作阶段后期所提出的信仰戏剧理念对于作品所蕴含的精神内涵的强调，对于作品引导观众深刻反思战争历史的社会功用的强调，同样需要在剧场之中建立起观众与作品的内在情感联接以及在精神、道德及智力层面对于共同经历过的战争的集体共鸣。在被皮斯卡托评价为"最符合其信仰戏剧理念"的三部文献戏剧创作中，作品的主题均是对于第二次世界大战中不同参与者所犯下罪行的揭露。皮斯卡托在创作中将剧场转化成《代理人》中一个悬挂有十字架的教堂、《奥本海默事件》中美国国家安全局审讯室、《调查》中法兰克福纳粹党卫军大审判的巨大法庭，演出的过程即是对于事件审理全过程的一次模拟、一次集体反思及审判仪式，坐在观众席中的观众从审判见证者的视角共同亲历了对于战争历史的回顾与沉思。

四、标语及口号的运用

皮斯卡托除在演出中运用投影、歌曲、角色对场上事件进行评论和发表演讲外，也运用具有煽动性的革命口号直接向观众发出呼吁。在《俄罗斯的一天》等一系列短剧中，革命性的口号和呼喊几乎贯穿整个演出，其中包括舞台上战争遗孀与战争伤残

---

①　Erwin Piscator. The Political Theatre [M]. Translated by Hugh Rorrison. New York: Avon Books. 1978: 342.

者以一问一答的形式咒骂战争造成的伤害；运用扩音器代表苏维埃立场向观众发出"摧毁资本主义，停止白色恐怖"的呼吁。演出中由战争伤残者充满激情地向观众们恳求："各国的无产阶级们，听听这声音吧！这是我们的声音！"随后匈牙利共产主义运动牺牲者呼喊出"同志们，不要让苏维埃被打倒！"，紧接着第二名受害者应和着重复。演出的结尾是"带有宗教狂热的福音传播般的宣讲"[①]，再一次呼吁观众们为无产阶级革命斗争服务，饰演德国工人的演员们高喊着"无产阶级，起来，战斗！战斗！战斗"的口号冲上舞台，将舞台上政府职员、军官等人发布命令的声音淹没并迫使他们羞辱地下场。最后，舞台上的工人们再一次集合，呼喊着"为了苏维埃！苏维埃万岁！"的口号。

　　同样在《红旗》和《尽管如此》结尾的仪式化场面中，演员们高喊出"誓死效忠苏维埃"和"李卜克内西万岁"的口号将演出推向高潮。在人民剧院及皮斯卡托剧院时期，带有明确政治煽动性的口号和标语运用较少，但在较此前两所皮斯卡托剧院政治上更为激进的第三所皮斯卡托剧院中，口号和标语成为年轻创作团队谴责社会不公平现象、呼吁社会改革的传声筒。在《218条款》和《泰阳觉醒》中，皮斯卡托使用了标语横幅及印有革命口号的旗帜作为舞台主要视觉元素。《泰阳觉醒》被称为"口号戏剧"（slogan theater）[②]，作品展现了一名中国工厂女工革命意识的觉醒与发展。这位女工的社会改革理想被工厂主镇压，于是她说服了工厂中其他共产主义者，告知他们直接行动的迫切性，并领导工人们走上街头为革命而战。创作以一种"展示性的，教育性的"[③]手段呈现，在演出的结尾，扮演革命领导者的演员从一群身着中国军队制服及示威者服装的演员中走出来，站在舞台前区，直接向观众呼喊出口号："战斗的前线正穿越今天的中国。同样的战线正分裂着德国——左或右——你必须作出选择！"除演员直接向观众发出投身革命的呼吁外，皮斯卡托在舞台及观众席上方悬挂大量横幅和海报，上面印有"打倒帝国主义""干涉主义的战争""鱼类和肉类仅占中国日常饮食的3%"等标语和口号，将舞台变成了一个"党派议事大厅"。[④]

① C.D. Innes. Erwin Piscator's Political Theatre, The Development of Modern German Drama [M]. London: Cambridge University Press, 1972: 28.

② Erwin Piscator. The Political Theatre [M]. Translated by Hugh Rorrison. New York: Avon Books, 1978: 343.

③ C.D. Innes. Erwin Piscator's Political Theatre, The Development of Modern German Drama [M]. London: Cambridge University Press, 1972: 30.

④ Erwin Piscator. The Political Theatre [M]. Translated by Hugh Rorrison. New York: Avon Books, 1978: 343.

图 2-4 《泰阳的觉醒》演出现场，观众席悬挂标语及口号，1931 年 1 月 15 日，第三所皮斯卡托剧院

第四节　客观化表演

皮斯卡托将演员的表演视为一门科学（a science），其隶属于整个剧院的智力结构（intellectual structure），同剧院的其他部门共同承担戏剧对于民众的社会教育功能。他认为演员的表演不能够脱离剧院的主导思想、演出的整体风格和创作团队的政治信仰而独立存在，它需要同演出的其他组成要素共同构建起政治戏剧整体的美学特征。在政治戏剧的实践过程中，皮斯卡托逐渐发展出一种新的表演风格，这一新表演风格以演员们"冷峻坚毅，准确清晰且不动感情"[1] 的艺术表达为主要特征，与此同时，从这一新的表演风格中生发出一个被皮斯卡托称为"新现实主义"（Neorealistic）的表演概念。1920 年代之后，社会大众开始有意识地站在反对情感的夸张和过高估计情感作用的立场，新现实主义表演是在这一艺术审美取向转变的趋势之下出现的，它脱离了传统的以人物鲜明的性格塑造、情感的真实体验和外化为特征的表演风格，取而代之的是通过科学的、精准的理性分析而创造出的一种在更高水平上的表演的真实状态。这一新的真实同政治戏剧革新性的舞台结构一样，以作品的现实性和科学客观性为创作标准，通过有意图的、精确计算的表演技术而达到。

---

① C.D. Innes. Erwin Piscator's Political Theatre, The Development of Modern German Drama [M]. London: Cambridge University Press, 1972: 121.

皮斯卡托曾总结过自己的创作目标："用一个词概括，即演出的有效性（effectiveness，也称作效果），我运用所有的舞台创作手段来获取演出的有效性。"① 这一有效性体现在：作品的叙事性架构，忠实于演出真实客观性的文献纪实风格，力求最大程度的观众参与，从而发挥作品的政治宣传鼓动及社会教育功用，运用革新性的舞台结构及机械投影设备突破传统镜框式舞台相对隔绝的观演关系。同时，演出的有效性也同样召唤着演员在表演观念及风格手段上的革新。于皮斯卡托而言，他的创作是建立在历史唯物主义之上的戏剧革新，并非仅仅解决技术上的小问题，而演员需要明确自己在政治戏剧创作的背景之下所面临的新任务与新挑战。

政治戏剧作为与资产阶级戏剧相对立的，以马克思主义的历史唯物观为指导思想的新型戏剧，需要演员从创作理念到创作方法上突破资产阶级戏剧表演的传统，与角色及观众建立平等的关系；明确作品的政治宣传宗旨，建立并培养表演对于观众的宣传鼓动及社会教育的目标意识；从沉浸于角色情感的忘我体验中抽离出来，以清醒客观的理性充分了解角色的社会及政治功能并将其以简明有效的方式呈现出来。皮斯卡托认为，演员个体特征的价值作为一个单独的实体存在和一个单独的美学元素是需要肯定的，但这与演员在舞台上的功能没有实质性的关联。对于一个演员来说，通过技巧的手段来增强其个体特征并不重要，重要的是演员的表演在演出中所承担的功能，"演员应当将自己作为人的人文素质（human qualities）与他的艺术——政治功能（artistic-political function）连接起来"② 。演员对于自身在演出中的功能有意识，并且从功能中生发出他的表演风格，从而与其他舞台组成要素相互配合达到作品演出的有效性是皮斯卡托最为重视的演员技能。

著名戏剧理论家斯泰恩将皮斯卡托作品中的演员称为一种"新型演员"，这种演员"既不是朗诵派也不是自然主义派，不是即兴地表演自己的情感，而是对其情感进行评论……他需要一种更优越的控制自己的方式和一种新的客观性，以便使他抛弃演员所通常具有的自我中心主义并成为观众得以从中照见自己的一面镜子"③ 。在皮斯卡托的政治戏剧创作中，对于演员表演技能和风格的探索伴随着他对于舞台表现手段的探索，在长期实践中，他首先提出了演员表演的平等性原则，在此基础上总结并发

① C.D. Innes. Erwin Piscator's Political Theatre, The Development of Modern German Drama [M]. London: Cambridge University Press, 1972: 117.
② Erwin Piscator. The Political Theatre [M]. Translated by Hugh Rorrison. New York: Avon Books, 1978:112.
③ 〔英〕J. L. 斯泰恩. 现代戏剧的理论与实践（三）[M]. 北京：中国戏剧出版社，1989：201.

展出演员表演的客观性原则、宣传教育原则以及技术性原则。

一、平等性原则

（一）演员与观众的平等——早期业余演员表演实践

在无产阶级剧院期间，皮斯卡托首先提出了政治戏剧演员表演的平等性原则。无产阶级剧院的创办宗旨是发展并提高阶级意识以及培养无产阶级为进行阶级斗争所需要的团结性，将剧院建造成一个人们可以分享人文价值、艺术价值及政治信仰的遵循平等性原则的集体，作为一所属于无产阶级自己的剧院，在剧院的创作团队之中所建立的平等关系，同样适用于无产阶级观众。因此，剧院的创作演出不应仅限于专业团队，而应当打破专业演员与工人之间的界限，以共同的政治信仰与目标将二者融合，使戏剧演出成为一种更广泛的大众行为。因此，无产阶级剧院的演员由一些专业演员与业余演员共同组成，并试图从观众中积累演员，逐步取代专业的演员，将演出发展成为"带有实验性质的业余戏剧演出"。[①] 在其后的《红色政治讽刺剧》《旗帜》以及《尽管如此》中，皮斯卡托均邀请了来自柏林工人阶级的业余演员参加演出，例如《尽管如此》的参演演员有柏林舞台、无产阶级朗诵团和表演社团、红色前线战斗团、共产主义合唱团等业余演出团队。

皮斯卡托早期的设想是在演出中完全排除中产阶级演员，除去个别与无产阶级剧院具有共同政治信仰的演员外，全部采用无产阶级业余演员。然而，随着无产阶级业余演剧试验的推进，皮斯卡托意识到业余演员在表演创作方面的缺陷。由于缺乏基本的角色塑造专业技能，其表演容易出现技术上过于直白和固化，且习惯于重复之前表演所取得的经验而无法创新等问题。演员的角色塑造是皮斯卡托对于表演的首要要求，演员需要具备将角色的内在逻辑及日常生活行为呈现在舞台上这一基本技能。由于作品题材的多元性，无产阶级业余演员不能够只塑造无产阶级这一单一类型的角色，当其一旦遇到自己并不熟悉的角色时，容易表演得过火，以夸张的举止来掩盖自己对于角色内在逻辑的陌生。此外，除表演技术之外，从智力层面理解并掌握角色是皮斯卡托对于演员更为重要的要求，他要求角色从演员的内在，即从其"智力、政治和社会本质中生发出来"[②]，而不仅仅是外在的表现形式。因此，完全采用无产阶级业余演

---

① Erwin Piscator. The Political Theatre [M]. Translated by Hugh Rorrison. New York: Avon Books, 1978: 46.
② 同上：50。

员进行创作演出的构想是不切实际的，随着皮斯卡托与人民剧院等专业剧院之间合作的开展，他在此后的创作中逐渐纠正了自己早期的设想。

（二）演员与角色的平等——去个体化表演

无产阶级剧院时期所倡导的平等性原则除演员与观众的平等之外，皮斯卡托还要求演员与其饰演的角色之间建立平等关系，要求演员对于剧作主题建立一个全新的态度，不再将自身凌驾于角色之上或者对其漠不关心，而是放弃自己对于角色有意识掌控的愿想，与角色建立平等关系，并以客观理性的态度开掘角色的社会政治属性及宣传教育功能。他认为："艺术为自我（art for ego）的时代已经成为过去。只有当创作者与角色的关系具有非个人化和客观化的特性时，才能够使他们的思想、价值和智力结构清晰地呈现于作品中。"[①]

皮斯卡托认为，在传统剧院的表演体系中，创作者重视角色在剧本中既定性格特征的开掘，由此造成了明星演员们某种过火的表演，"这种表演将演员的个人现实生活与角色融合，在舞台上呈现出一种角色的'双重性'……这样的表演仅强调表面化的幻觉制造，将观众的注意力从舞台事件所蕴含的政治及社会意义中分散开去"[②]。而皮斯卡托倡导的新型戏剧演出在政治及社会功用方面的有效性是其创作的最终目的，演员为塑造角色而体验并体现出的角色的情感要素对于皮斯卡托而言虽然重要，但情感要素需要承担起为传达创作者世界观服务的功用，这是由皮斯卡托的政治信念所决定的。因此，对于皮斯卡托而言，演员表演的重点不在于角色的情感体验和角色性格的塑造，不在于角色的个体生活展现，而在于演员以清晰明确的科学方法传递出角色所具备的社会功能。

美国戏剧学家英尼斯（C.D. Innes，生卒年月不详）将皮斯卡托所倡导的演员表演特征称为"去个体化"（depersonalization）："演员的表演所塑造的角色类型不再由角色性格，而是由社会功能所区分……演员作为一个'世界范围历史概念'的承载者，取代了社会中个体人物的体现者。"[③]与皮斯卡托在1920年代长期合作的演员莱奥波德·林特贝格（Leopold Lindtberg，1902—1984）曾论述过皮斯卡托对于表演动机及

---

① Erwin Piscator. The Political Theatre [M]. Translated by Hugh Rorrison. New York: Avon Books, 1978: 207.

② C.D. Innes. Erwin Piscator's Political Theatre, The Development of Modern German Drama [M]. London: Cambridge University Press, 1972: 112-113.

③ 同上：112—119。

目标明确性的强调。他将皮斯卡托对于表演的原则性要求总结为："从一个道德及精神内核向外延展的表演；将行动的动机放在比演员自身更为首要的位置上；表演以行动的正确性、目标的明确性为宗旨。"[1]

表演的去个体化要求不仅出于皮斯卡托对于角色社会功能的强调，也与皮斯卡托戏剧创作整体性的时空观密切相关。正如英尼斯将皮斯卡托作品中的演员定义为"'世界范围历史概念'的承载者"，皮斯卡托的创作重在从整体上宏观把握人类命运，揭示造成个体命运的时代及社会因素。因此，他将现实社会中的大众作为创作主角，从角色的个体性扩展至角色所身处社会阶级的普遍性，将角色作为一个普遍化的角色，"以非情感化、非个人化的自我消解和自我控制而承担起舞台信息精准的传递者"[2]，作为一个由社会中个体的阶级地位所驱动的自我的集合进行塑造。因此，演员的表演重点不在于塑造角色的个体特征，而在于展现角色所隶属社会阶级的特有属性，即角色的社会及政治功能。

《哎呀，我们活着！》被认为是去个体化表演的一个典型和范例。剧中的每一个角色都经过改写和设计，并鲜明地体现出其所具有的社会阶级性属性。为将主人公托马斯投身革命的动机由原剧作中被动模糊的情感冲动转变为清晰的理智与实践的需要，皮斯卡托选择了亚历山大·格拉那赫（Alexander Granach，1893—1945）这位具有无产阶级典型性特征的演员扮演托马斯一角。同时，剧中伊娃（Eva）、梅勒妈妈等角色被塑造成正面的、积极的革命者形象；克罗尔（Kroll）一角被演员塑造成一名忠诚的党员；克里曼一角代表了典型的社会民主党派官员和暴发户阶级；康特·兰德（Count Lande）和警察局长代表了来自旧政权的势力和老派贵族；此外，演员们还塑造了资产阶级中的自由主义者和国家社会主义者等人物形象。在这部作品中，演员表演的重点不在于体现角色个体性格以及他们个体的复杂性上，而在于塑造一群代表了具体社会阶级属性以及社会经济作用结果的社会典型群像。这意味着演员所面临的任务和挑战已经在角色设计之初便确立下来：每一个演员需要有明确的意识，清楚地知晓并在演出中呈现出他们饰演的角色所代表的具体社会阶级。皮斯卡托在排练过程中花费了大量时间和演员们探讨每一个角色的社会性含义，因为在他看来，只有当演员掌握了这

---

① John Willett. The Theatre of Erwin Piscator, Half a Century of Politics in The Theatre [M]. New York: Holmes & Meier Publishers, Inc, 1979: 120.

② C.D. Innes. Erwin Piscator's Political Theatre, The Development of Modern German Drama [M]. London: Cambridge University Press, 1972: 115-116.

一主要精神性内容时，他才能够创作出角色。例如在伊娃与托马斯重逢的场景中，伊娃对托马斯的革命激情提出反对，告诫他当下所需要的是有耐心的基础工作，这场戏的表演以一种非感性的、冷峻清醒的风格呈现，且表演的节奏较之后几场戏的节奏缓慢。与之形成鲜明对比的是克里曼在成为社会民主党的部长之后，表演风格趋于一种故作姿态的傲慢与自大。其办公室的场景以一种讽刺夸张的风格呈现，以揭露魏玛共和国被反革命者渗入而导致的内部腐败。格拉那赫在本剧中饰演的托马斯一角以及在其他作品中饰演的列宁被认为是他职业生涯的顶点，皮斯卡托赞赏其表演"呈现出果断、凝练和充满辩证思维的新风格。他从来不屈服于艺术创作的教条主义，不需要理论的指导，于他而言，他理解辛苦工作十六个小时只为获取极微薄的工资，也曾在作为烘焙学徒时参与过罢工运动"①。

在《好兵帅克》中，为展现出帅克所身处的社会环境，皮斯卡托与格罗西合作，在演出中尝试以夸张的类型化、特征化造型塑造了围绕在帅克身边的社会身份和功能各不相同的典型人物。格罗西不仅为演出绘制了真人大小的纸质人偶，也在演员的装扮上进行了卡通漫画式的创作，为了使舞台上的各类型人物之间的区别更为明显和清晰，将那些独立的角色塑造成为"小丑一般的象征物"②，以夸张怪诞的造型和风格化的表演来暗示其特殊的舞台功能。此外，剧中一些角色由被称为"人扮木偶"（semihumans）的演员饰演，他们的表演根据角色的身份特征在形体动作和声音上呈现出风格化的喜剧效果。在演员装束上，皮斯卡托使用了夸张怪诞的面具，士兵的服装用棉花塞满，使演员形体变得肿胀，行动变得迟缓。监狱看守有一只巨大的由纱布与棉絮做成的拳头，警察局的间谍在舞台上展开跟踪行动时装有一只巨大的耳朵或眼睛。演员的表演、装扮及卡通人偶从整体上揭示出战争的残酷性、荒诞性以及对士兵造成的摧残。

二、客观化原则

皮斯卡托的导演创作重视作品的客观性效果，他认为客观性效果是由作品的主题所提供的所有效果中最为重要的。因此，在第二所皮斯卡托剧院时期，他提出戏剧作品的作者们必须首先学会客观化地攫取剧作主题的要求。而这一客观化创作要求，同

---

① Erwin Piscator. The Political Theatre [M]. Translated by Hugh Rorrison. New York: Avon Books, 1978: 204.
② 同上：264。

样适用于创作政治戏剧的演员们。皮斯卡托要求演员具有从智力上及思想意识上掌握角色的能力，对于其在剧作框架中的功能有清楚的意识，"只有当演员完全理解了这一点，他才能以一种客观性（objectivity）来创造其角色，演员必须以客观化的表演来服务于剧作的普遍化目标"①。对于表演的客观化要求，皮斯卡托在纽约新校的学生，朱迪思·玛琳娜将其总结为："演员将观众作为聚焦对象，演员的工作主要是与观众交流。传统上，交流只会出现在他与舞台上其他演员之间，但在皮斯卡托和布莱希特的叙事戏剧里，演员所扮演的角色关系较演员与观众之间所建立的现实关系缺少了许多真实性。"②玛琳娜的论述强调了演员交流功能的转变，从传统的舞台内部交流系统向剧场空间即舞台—观众席公共空间的拓展，目的在于在最大程度上煽动观众投身革命的政治热情，促使其密切关注并主动介入舞台事件。

皮斯卡托于 1949 年写作《客观化表演》（*Objektive Spielweise*）一文，提出了"客观化表演"的概念，作为其自 1920 年代至 1940 年代创作生涯中对于戏剧表演艺术的经验总结和观点梳理。在文章中，他首先重申了自己的创作目标在于对人类整体命运的宏观把握，以戏剧的手段对时代现状及社会问题作出及时反映，在舞台上呈现生活的真实性和现实性，探求和揭示事件发生的根源。这一创作观点被皮斯卡托称为"新的客观性"（die neue Objektivität），其创作原则"不是形式主义也不是传统的戏剧创作模式，而是将戏剧从固有的模式中解放出来，通过简明清晰的表达手段赋予传统戏剧模式中的叙事戏剧一种新的角度，并使演员获得一种新的创作自由"。③

与"新的客观性"创作原则相对应的演员表演方法被皮斯卡托称为"客观化表演"（Objektive Spielweise），这一客观化表演方法既不是传统剧院中只关注自己的声音不关注剧本内容的"朗诵型演员"（Deklamations-Schauspieler）；也不是在舞台第四堵墙之后沉醉于自我情感世界之中的"契诃夫式演员"（Tschechow-Schauspieler）；与布莱希特所提倡的"陌生化效果"（Verfremdung）理念之下力求使观众对舞台事件及人物感到陌生，并对此产生怀疑和批判态度的、源于东方传统戏剧的表演方式也有所不同。

客观化表演首先是建立在皮斯卡托打破传统舞台第四堵墙的幻觉制造的前提之下的。在传统戏剧之中，演员被要求在一种"观众不在场"的假定前提之下，在舞台三面幕布和舞台前区假定的"第四堵墙"所构筑的封闭空间中进行表演，演员以斯坦尼

① Erwin Piscator. The Political Theatre [M]. Translated by Hugh Rorrison. New York: Avon Books, 1978: 50.

② Judith Malina. The Piscator Notebook [M]. New York: Routledge, 2012: 159.

③ Knut Boeser, Renata Vatkavá. Erwin Piscator Eine Arbeitsbiographie in 2 Bänden [M]. Berlin: Edition Hentrich, 1986: 82.

斯拉夫斯基所提倡的"绝对孤独"（Splendid Isolation）的状态将所有注意力投注在这一封闭舞台的中心。而皮斯卡托认为"没有一所剧院能够在观众不在场的情况下进行戏剧演出"①。这就要求演员将注意力从舞台中心转移到观众身上，演员与坐在观众席中的观众必须清楚地意识到对方的存在，并且对于这一"演出—观看"的关系相互认可。在这一前提之下，演员不仅需要对观众提供娱乐和消遣的表演，更应当成为观众的"老师"，对于观众的观看意愿进行唤醒和引导；对于自己表演所要产生的效果保持清醒的意识并帮助观众通达此效果；与观众建立真实的交流关系，观众将成为演员的"朋友"和"学生"。皮斯卡托认为，在演员与观众的互动关系中，舞台将重获生命力，演员通过与观众直接的目光接触，在观众席与舞台之间产生了一种真诚与坦率的交流关系，二者成为一个共同体，共同创造出新的舞台真实性。按照皮斯卡托构想，在客观化表演原则的指导之下，叙事戏剧的演员有机会成为一名"叙述者"，在保证自己角色完整性的情况下，与观众进行形式上的交谈与评述；一名"艺术导览员"，为观众呈现和介绍所有的舞台图景；一名"指挥家"，对于剧场中每一个构成要素了如指掌，强调每一个重点并且统领着整个演出朝向演出的有效性行进。演员通过客观化表演，"不断地接近他的最终目标，并在此过程中对这一目标进行阐释和说明"。②

当演员将注意力从舞台转移到观众席并对观众进行引导时，演员的理智超越其情感成为表演的核心，"为达到新的客观性，演员需要以高超的自我控制力，避免情感对于他的束缚与压制……不能够在第四堵墙之后即兴地表演其情感，而应当对其情感进行评论；不能够只表演结果，而应当表演出引导这一结果的思想过程"③。需要注意的是，皮斯卡托并未完全摒弃对于角色情感的体验与再现，而是首先要求演员通过客观化表演，与观众在理性及智力上达到一致性，从而在更高的层面上实现情感与智力的结合："演员的表演越具客观性，他更容易获得最高层面的主观情感，从而在表演中将主客观相统一。"④在主观情感与客观理性更高层面的结合中，演员不仅仅是一个由剧作家创作出的角色扮演者，其自身也成为一个创作主体："由客体化自身，而成为一个主体——并且由两者所统治，他就变成了活生生的了。"⑤

---

① Knut Boeser, Renata Vatkavá. Erwin Piscator Eine Arbeitsbiographie in 2 Bänden [M]. Berlin: Edition Hentrich, 1986: 78.
② 同上：83。
③ 同上：81—82。
④ 同上：81。
⑤ 倪胜．早期德语文献戏剧的阐释和研究 [M]．上海：上海远东出版社，2015：37.

皮斯卡托在革命领导者的公开演讲与发言中发现了他理想中表演的主观情感与客观理性相结合的模型。在无产阶级剧院时期，他便提出演员的表演应当与列宁或奇切林发表政治宣言的风格相类似："以简明流畅的节奏，准确无误的清晰性来创造出有效的情感效果。"[1]在人民剧院担任专职导演，启用专业演员创作的第一部作品《海啸》中，饰演葛兰卡（Granka）的海因里希·乔治（Heinrich George，1893—1946）在剧中的表演受到皮斯卡托的称赞："简练的举止；坚定、诚恳的态度；宽阔的体魄像在舞台上筑起一道墙。"[2]耶林评价其表演"冷静，态度明确，果断。人民剧院的演员们在皮斯卡托的执导下，以一种干脆、客观、清晰的表演从情绪化的表演中解放出来，而这一种表演风格上的改善，有别于柏林其他剧场中流行的虚假的思考判断和虚假的眼泪"[3]。在讽刺喜剧《好兵帅克》中，皮斯卡托邀请了奥地利著名演员马克思·帕伦贝格（Max Pallenberg，1877—1934）饰演主人公帅克一角，他将帅克这一角色身上的荒诞性与喜剧性以高超的表演技巧展现出来。这一事件被《世界晚报》的记者评价为演出当晚最为中心的事件："一次对于民间传奇人物的精彩诠释，他精湛的表演让我们真的相信他就是生活在布拉格……帕伦贝格重新塑造了帅克这一形象，这足以说明，对于皮斯卡托而言，像帕伦贝格这样具有卓越能力的演员应当与他的创作力相结合。并且帕伦贝格为了配合这部戏剧演出对于自我施加的约束和控制力也非常适用于皮斯卡托的创作。"[4]

在回到德国后创作的文献戏剧中，皮斯卡托开始发展出一套文献戏剧自身的美学："历史事件是舞台表演的主要素材，剧中角色是历史事件中的真实人物，并且还常常使用调查的形式——审判或事实重构——来使观众直面内容。"[5]这一戏剧模式被认为是皮斯卡托信仰戏剧观念最为适当的体现形式。在作品创作过程中，皮斯卡托进一步发展了演员表演的客观性原则。信仰戏剧从人的内在精神出发，强调戏剧在道德、思想及智力方面的社会教育功用。因此从创作角度而言，信仰戏剧更加强调戏剧对观众带来的理性反思。在表演方面，演员需要以清晰、明确、冷静的态度将作品的思想内容呈现在观众面前。

---

① C.D. Innes. Erwin Piscator's Political Theatre, The Development of Modern German Drama [M]. London: Cambridge University Press, 1972: 30.

② Erwin Piscator. The Political Theatre [M]. Translated by Hugh Rorrison. New York: Avon Books, 1978: 106.

③ 同上：106。

④ 同上：269。

⑤ 许健. 从档案到戏剧——对4部德国"文献剧"代表作的解析 [J]. 文化艺术研究，2012年01期.

图 2-5 《调查》演出剧照，1965 年 10 月 19 日，西柏林自由人民剧院

在三部作品中，皮斯卡托均以客观的视角还原了主人公对于第二次世界大战的回忆与反思，《奥本海默事件》及《调查》均以一种原景重现的形式还原了审讯及法庭审判过程，演员在这一"模拟"的审讯空间中，被要求以一种冷静的、克制的、理性的表演重现审讯过程。在《调查》中，演出文本通过在控告辩护及陈述发言过程中对庭审记录材料的直接引用，揭示出法西斯政权在集中营中对犹太受害者的残酷迫害。皮斯卡托对于舞台灯光的要求是如同法兰克福审判庭现场一般冷酷无情和清晰，演员的表演与舞台整体风格相对应，以一种客观冷静、不带感情的事实陈述作为主要表演方式。此外，皮斯卡托还将演员的面部涂白，在进行陈述时，通过灯光舞台从底部向上照亮演员的面部，类似电影特写镜头般的效果突出演员的表情和神态,演员以一种"不表现个性的、有节奏的诗体台词说出那些骇人听闻的景象，表达的是一种因目睹过多残酷而造成的麻木"。[1]

三、宣传教育原则

皮斯卡托要求演员像政治家演说那样进行表演，"在每一个饰演的角色中，使其说出的台词、姿势、表情都准确无误地体现出无产阶级及共产主义思想理念"[2]。政治戏剧演出有效性的体现之一在于作品的宣传鼓动性，为向观众传播革命思想，将他们卷入舞台事件并予以积极主动的回应，将演出转变成一场群众集会和一个政治讲坛。皮斯卡托在无产阶级剧院时期，便提出演员、作者及导演所采取的创作风格应当以广

---

[1] 许健. 从档案到戏剧——对 4 部德国 "文献剧" 代表作的解析 [J]. 文化艺术研究，2012 年 01 期 .

[2] Erwin Piscator. The Political Theatre [M]. Translated by Hugh Rorrison. New York: Avon Books, 1978: 46.

大无产阶级观众是否能够从中得到益处，是否产生枯燥的、使人迷惑的效果，是否受到资产阶级意识形态影响作为衡量标准。在其后多部作品中，以演员或演员扮演的革命人物形象直接对观众发表政治演说来达到作品的政治宣传鼓动效果。在《尽管如此》中，由演员饰演列宁、李卜克内西、罗莎·卢森堡、德国社会民主党领导人等真实历史人物表演其某次公开的演讲场景；在《哥特兰风暴》中，由演员装扮成列宁的形象反复出现在舞台及投影镜头中，在演员以坚定沉着的神情走向观众的过程中，每一次变化的不同革命时期的装束都带给观众一次新的震撼，"从乐池到包厢，剧场中的每一个人感觉到自己正在经历一些全新的事物……巨大的能量得以从舞台涌向了观众席"[①]；在《拉斯普廷》中，由演员们饰演的沙皇、皇后、拉斯普廷、三位欧洲君主、三位工业家、列宁以及俄国革命领导者们于舞台上直接向观众发表演讲。在德意志兼普鲁士国王威廉二世向剧院提出起诉之后，由拉尼亚取代威廉二世的角色出现在"三位君主"的场景中向观众宣读法院禁令，这一场景引起了现场观众们的强烈反应与抗议。

图 2-6 《哥特兰风暴》演出剧照，剧中饰演阿斯姆斯的演员（左）被装扮成列宁的形象，1927 年 3 月 23 日，柏林人民剧院

在第三所皮斯卡托剧院时期，由于资金缺乏，皮斯卡托无法继续运用繁复的大型舞台装置和舞台机械，为力求达到与此前演出相当的有效性，皮斯卡托将创作的重心

① Erwin Piscator. The Political Theatre [M]. Translated by Hugh Rorrison. New York: Avon Books, 1978: 146.

更多地放在了演员的表演之上，并从观演关系的角度进一步探索了演员表演的客观性以及宣传鼓动性。评论界认为，皮斯卡托这一时期的创作"达到了一种简洁的效果，在最严酷的创作条件下，舞台机械的缺席使演出获得了一种原始的单纯性"[①]。在这一时期，皮斯卡托导演作品的简洁性和有效性即是通过演员的表演来完成的。在《218条款》中，皮斯卡托在开场时安排演员坐在观众席中发表他们对于法律条款的意见，然后再爬上舞台开始表演。演出过程中，增加演员的即兴演讲片段，在某些时刻舞台上的演员跳出舞台情节对场上事件发表看法，或坐在观众席中的演员直接站起来发表议论并与观众展开公开辩论，"让人不清楚是观众的参与还是剧本中的内容设定"。[②]在巡演期间，针对不同演出地区，还安排当地医生及律师等在演出中对地区性社会热点问题发表自己的意见，在演出的结尾，演员向观众发出呼吁，要求他们表明各自对于堕胎法案的态度和立场，组织观众对法案进行投票。

在《泰阳觉醒》一剧中，皮斯卡托借鉴了东方戏剧程式化的舞台创作手法，在开放而简洁的舞台空间中，由一条被皮斯卡托称为"竹桥"（bamboo bridge）的长条形通道将舞台和观众席相连接并贯穿观众席。演员们穿着日常服装从剧院外的街道进入剧院，通过竹桥走上舞台，一边走一边大声讨论中国革命及德国社会现状。舞台中央放置演员的化妆桌，演员坐在化妆桌前，开始化妆穿戴服饰并继续之前的讨论。当演员们完成化装，在观众的眼前化身为剧中中国工人等人物形象时，他们拿起地上印有口号标语的旗帜，放在定点位置，随即开始表演。终场时，演员们在舞台上当着观众的面换回自己的日常服装，跳出角色以演员的身份向观众发表演讲。此外，皮斯卡托邀请舞蹈家维特领导的共产主义舞蹈小组对演员的形体动作进行指导并编排群众场面，演员们程式化的动作和舞蹈化的群众场面在广泛的程度上煽动了现场观众的革命热情，使演出呈现出宣传鼓动性及教育性的效果。皮斯卡托认为："（该剧中）演员的表演所具有的程式化的表演风格、精准的姿势与政治戏剧的宣传鼓动性相适应。"[③]在第三所皮斯卡托剧院时期对于演员表演的重视、对于观演关系的进一步突破以及对于东方戏剧表演形态的借鉴，都预示着一种"未来戏剧形态"的产生，《皮斯卡托戏剧》的作者迪波尔德认为皮斯卡托这一阶段的创作"为未来的戏剧形式提供了一个极好的

---

① C.D. Innes. Erwin Piscator's Political Theatre, The Development of Modern German Drama [M]. London: Cambridge University Press, 1972: 120.

② John Willett. The Theatre of Erwin Piscator, Half a Century of Politics in The Theatre [M]. New York: Holmes & Meier Publishers, Inc, 1979: 101.

③ Erwin Piscator. The Political Theatre [M]. Translated by Hugh Rorrison. New York: Avon Books, 1978: 343.

范本"①，这一未来戏剧形态即布莱希特创立的叙事体戏剧。

四、技术性原则

皮斯卡托所倡导的革新性现代化剧院为演员的客观化表演提供了新的维度和新的自由。舞台投影的文献纪实功能和评述功能打破了舞台第四堵墙，演员获得了一种与社会事实及现实生活面对面的新的可能性；革新性舞台机械装置的运用也从技术上解放了舞台空间，多场景并置的共时性舞台使得革新性的、自由的表演方式成为可能；总体剧院（Total theater）类似古希腊露天圆形剧场的舞台结构进一步缩短了演员与观众席之间的距离。与此同时，政治戏剧舞台演出的机械属性和混合媒介装置要求演员在表演技能方面的革新性。多场景快速切换的叙事性文本架构和舞台蒙太奇手段所对应的革新性的舞台结构打破了传统戏剧舞台对于生活场景的模仿与幻觉营造。构成主义的实用性舞台将演员所习惯的二维镜框式舞台平面提升到了由坡道、斜坡、阶梯及投影屏幕等构成的三维复合型立体结构，演员需要在这一复合型结构中灵活自如地按照场景的快速转换变换演区进行表演。此外，舞台装置的机械属性和投影的运用要求演员表演的精准性。演员需要调整自身的表演技能并创作出一系列革新性的舞台表演技术，以配合舞台上如精密仪器一般经过精确计算的舞台机械装置的运转，并将自己的舞台现场表演与投影的影像相结合。

在皮斯卡托看来，尽管传统剧院的演员最初面对转台、传送带、升降机、吊桥、投影屏幕等设备时存在着巨大困难，他们会感到陌生甚至是来自装置的"敌意"，感觉到自己迷失在了巨大的机械结构之中，这一"庞然大物"没有为他们提供任何可以使他们的个人表演技巧得以施展的空间。面对投影影像与舞台行动精准配合的要求，他们在表演的精确度以及同电影影像的契合与衔接上也存在着困难。同时，当演员处于运转状态的机械装置如转台和传送带上时，他们的行动、发声和对话也受到阻碍。以上问题均是皮斯卡托经常被批评不懂如何指导演员表演的原因。在他看来，这一指责主要源于当下演员所接受的传统训练方式与他所创建的革新性剧院结构之间的矛盾，这是一个关于演员训练和长期沿用的表演习惯的问题。但一旦演员适应这一复合型机械装置并发展出一系列与之相适应的舞台表演技能时，新型舞台结构能够使演员的表

———————————
① Erwin Piscator. The Political Theatre [M]. Translated by Hugh Rorrison. New York: Avon Books, 1978: 344.

演从时空上获得自由，复合型舞台结构和混合媒介"将他们以一种有意义的方式纳入整个舞台演出之中，也将有助于他们全方位塑造角色……当演员被置于一个放映着电影的天幕之前，所获得的效果是生动和具有刺激性的。如果目前还存在有某种不和谐音符，那是因为与新型舞台装置相适应的明确的表演风格还没有完全确立"①。与此同时，新型舞台结构使演员获得角色塑造之外的新功能，"通过这样的装置，演员便变成了叙事者和呈现出景象的解说者"②。

以《好兵帅克》为例，传送带装置不仅使演员在排演过程中通过反复实践提升了自己的表演技能，同样也解决了演员表演流畅性和喜剧性的问题，这是演员第一次需要在不间断的走动、跑动或被运送的过程中完成他的角色塑造。这对饰演帅克的演员帕伦贝格提出了挑战，帕伦贝格根据流动的场景及舞台机械的要求对自己的表演进行了调整，他将自己在莱因哈特学校里学到的形式创作方面的技巧融合到经过精确计算的舞台结构中，当帅克努力控制自己的身体在一条发出噪音的传送带上歪歪斜斜地不断行进时，一种被皮斯卡托称为"闹剧风格"的喜剧性被创造出来，让人联想起歌舞杂耍表演以及卓别林的喜剧。帕伦贝格以自己革新性的舞台表演技术创造了"帅克"这一戏剧史上永恒的人物形象。

对于习惯于传统戏剧舞台表演的演员，在表演技术的改进及表演风格的转换上需要经历长期的调整过程，为了适应一个由木头、油画布和钢筋等材质构建而成的开放性的框架结构以及由转台、传送带、吊桥等机械设备所构成的处于运转状态之中的动力学舞台装置，同时配合舞台投影与现场演出的共时性呈现或相互切换，演员的形体训练成为皮斯卡托高度关注的工作内容。在他看来，身体控制力和表现力是一名现代演员所必需的技能，他要求演员以严格精准的身体控制、准确清晰的身体运动，按照杂技演员和体操运动员的训练方式进行日常训练和作品排演。皮斯卡托剧院的工作室作为培养新型演员的机构，在工作室的教学中，将演员的身体训练课程（physical training）作为每日必修课程，其中包括肌肉控制、清晰的有目的的行动（clear purposeful movements）等日常训练。

1930 年，皮斯卡托在谈及剧院的表演风格时，将其与梅耶荷德的"生物力学原理"（Biomechanics）进行比较，他认为工作室所进行的演员训练与"生物力学原理"的基础要素近似："将演员训练为杂技演员，因为他必须意识到自己固有的创作要素

① Erwin Piscator. The Political Theatre [M]. Translated by Hugh Rorrison. New York: Avon Books, 1978: 213.
② 〔英〕J. L. 斯泰恩. 现代戏剧的理论与实践（三）[M]. 北京：中国戏剧出版社，1989：204.

是空间，演员必须掌握空间艺术。"① 此外，来自日本和中国的剧团在 1920 年代访问柏林，包括爪哇舞蹈在内的东方戏剧表演美学特征引起了德国戏剧界极大关注，"无论是具有仪式化表情的面具、演员几何学的运动和装扮、舞蹈者具有象征化的造型还是形式化的舞台场景，都与皮斯卡托对于演出精准性的要求相似"②。日本能剧（Noh Theatre）和中国戏曲表演程式化、风格化的身体运动特征也被皮斯卡托借鉴并运用到其作品演出中。在《泰阳觉醒》的创作中，皮斯卡托提出自己将日本戏剧的表演风格作为表演的基本参考模型，要求演员在舞台上的形体动作具有舞蹈化的精准性及程式化特征，该剧的舞蹈编导维特专门学习和研究了日本歌舞伎（Kabuki）表演并将其运用在演出的芭蕾舞蹈中：中国纺织女工具有韵律性的舞台行动、处决场景的哑剧表演以及在游行场景中象征化的舞蹈制造出了演出的高潮场面。

小结

综上所述，皮斯卡托在政治戏剧创作实践中逐渐探索和发展出一系列导演创作美学，其中包括作品的叙事性、文献纪实性、宣传鼓动性以及演员表演的客观性原则。这一系列独特的美学特征是以政治戏剧创作宗旨的发挥为前提和基础的。皮斯卡托倡导以整体性时空观构建作品的文本结构，将时代及时代中个体的集合，即社会大众作为作品的创作主题，以取代第一次世界大战之前普遍将个体生活及其精神世界作为主要描写对象的戏剧创作。

皮斯卡托整体性的戏剧时空观要求作品突破传统戏剧按照时空线性发展顺序对于单一事件的描写，以与主题相关的众多独立事件的组接和场景的快速转换来构建作品的文本结构，运用舞台蒙太奇手段将多种艺术表现形式进行综合，培养并提高观众的观看兴趣，构建多时空同时并置或舞台现场演出与舞台投影相结合的共时性舞台，从而宏观地展现和把握历史脉络，考察社会政治及经济发展状况，构建社会生活的全景图。

皮斯卡托将剧院视为时代的镜子，将政治戏剧创作视为建立在马克思主义唯物史观之上的革新性实践。因此，他强调戏剧对于社会生活真实、即时和客观的反映，通

---

① C.D. Innes. Erwin Piscator's Political Theatre, The Development of Modern German Drama [M]. London: Cambridge University Press, 1972: 116.
② 同上：117。

过对于文献纪实资料的科学分析和研究，将其作为演出文本的客观材料补充和证据支撑穿插在演出之中，从而通达作品的现实性以及对于当下社会生活和革命现状反映的即时性。皮斯卡托创作生涯后期执导的三部文献戏剧作品以还原法庭调查或审讯过程的舞台表现形式，运用大量文献纪实资料，探究和揭露第二次世界大战中相关事件的真相。这三部作品不仅是皮斯卡托倡导的信仰戏剧理念最为适当的呈现载体，更是对于政治戏剧的文献纪实性特征最为集中的体现。

政治戏剧作为德国 1920 年代工人运动的重要组成部分，以作品的宣传鼓动性对无产阶级观众进行政治思想的宣传以及阶级意识的培养，促使他们以积极的行动打破阶级不公正待遇，并最终参与到无产阶级革命运动之中。皮斯卡托在演出中运用口号、标语、革命歌曲等创作素材，以演员扮演革命人物直接向观众发表演讲以及仪式化场面构建等手段，引导观众对于当下社会政治情况进行批判性思考并煽动他们的革命热情，试图将演出转变成一场大规模的群众政治集会、一个大型政治讲坛以及一场群众性的示威游行。

演员的表演被皮斯卡托视为一门科学，他对于表演的客观化要求是政治戏剧创作理念在演员表演方面的具体体现。政治戏剧场景快速转换的叙事性，在演出中穿插文献资料以及时反映社会生活现状的文献纪实性，对观众进行革命思想的传播和教育，促使其积极投身社会改造运动的宣传鼓动性以及革新性舞台结构、舞台机械装置和舞台投影的综合运用都要求演员以一种革新性的表演理念和表演技巧进行创作，这些表演原则包括：演员以与观众及角色的平等性来塑造具有明确社会功能和阶级属性的角色，从而脱离传统戏剧表演中对于角色的完全体验与沉浸；演员以清晰明确的目标进行表演并同时对目标进行阐释和说明，以客观理性的态度确保自己在最大程度上发挥角色的社会功能，并在表演过程中对观众进行政治的宣传鼓动，在主观情感与客观理性的统一之下达到更高层面的表演的真实性；为适应构成主义舞台的复合型结构、高效运转的舞台机械装置以及舞台投影与现场演出的流畅衔接与相互融合，演员需要发展出一套精准的、严格的、具有高超控制力的革新性表演技巧，从而与剧院的所有组成要素共同配合，实现政治戏剧的创作宗旨并发挥政治戏剧的社会教育功能。

第三章　政治戏剧革新性的舞台创作手段

皮斯卡托政治戏剧的导演美学是建立在叙事性的文本结构、舞台蒙太奇手段的运用、对于作品文献纪实性及现实意义的追求以及宣传鼓动的教育功用的发挥之上的，这一系列的导演美学主张要求皮斯卡托在舞台呈现上寻找并探索与之相对应的体现形式。叙事性戏剧对于众多独立事件的连缀及场景快速切换的结构要求、舞台蒙太奇语汇对于多种艺术样式的拼贴与组接、文献纪实性对于文献材料的客观化呈现及时代和社会大背景的宏观建构、宣传鼓动性对于镜框式舞台观演关系的突破以及通过观众积极主动的参与将演出变成一场群众政治集会与政治讲坛的目标，都召唤着与之相对应的革新性舞台创作手段的出现。皮斯卡托早期论及政治戏剧的源起时，便提出以一种革新性的舞台样式来呈现新型戏剧的观点："18 世纪舞台电气化照明设备的引进，19 世纪末转台的发明及使用，所有的事物都在协力促进一种新型戏剧观念的形成。"[1] 在执导《尽管如此》时，皮斯卡托再一次重申戏剧形式革新的重要性："对于我而言，我所处理的并非技术上的小问题，而是戏剧的形式，是建立在历史唯物主义之上的戏剧革新。"[2]

在皮斯卡托剧院建立之初，皮斯卡托发表的"社会学戏剧"观点的一项基本组成要素便是革新性舞台技术。他提出在 19 世纪初，舞台技术的发展远远超越舞台其他部门。这一现象的出现并非偶然，因为大众智力水平的提升与社会的革命永远伴随着技术革命，而以这两者为己任的剧院的社会功用的转变如果没有舞台装置的机械化是无法完成的。就这点而言，皮斯卡托认为当时的戏剧舞台装置仅仅达到了某些早就应该达到的水平，除去 20 世纪初期转台和舞台电子照明设备的运用之外，剧院的其他设施还停留在莎士比亚时代："一个方形的舞台，一个相框式的台口，观众通过这个相框得以对舞台上陌生的世界获得一个'被禁止的窥视'。舞台与观众席之间所存在的巨大鸿沟占据了世界戏剧史长达三个世纪之久，这是一种迫使人相信的戏剧，剧院在一种观众不在场的幻觉中存在了 300 年之久。"[3] 皮斯卡托认为造成这一局面的原因在于，剧院作为一所机构，在 1917 年之前从未由被压迫的阶级所领导，这一

---

①　Erwin Piscator. The Political Theatre [M]. Translated by Hugh Rorrison. New York: Avon Books, 1978: 34.

②　同上：93。

③　同上：189。

阶级从未获得从智力和结构上解放剧院的权利。20世纪初期，领导被压迫阶级解放剧院的任务被俄国导演们付诸实践，皮斯卡托同样沿着俄国导演们的道路前进，但是在德国的现实环境之下，这条道路暂时无法通向戏剧的完全革新或剧院建筑结构的完全改变，而只能通向舞台机械的剧变，"这就意味着舞台那种古老的'盒子形式'的终结"①。

在舞台表现形式上，皮斯卡托强调舞台美术作为演出有机组成部分的功能性与实用性，反对单纯的幻觉营造，反对其仅仅承担装饰性的作用。此外，从早期论坛剧院带有表现主义风格的舞台样式的探索到人民剧院《哥特兰风暴》发展趋于成熟的复合型舞台结构，皮斯卡托始终坚持的一项实践在于打破资产阶级戏剧相对隔绝的观演关系模式，取而代之的是将观众作为一个鲜活的、积极的力量而非虚构的概念卷入舞台演出之中。在皮斯卡托剧院时期，皮斯卡托进一步探索舞台结构及舞台机械技术在扩展舞台表现手段、将舞台事件提升至历史及社会层面等方面的功能性，以整体性时空观为主旨革新性地创造和发展了复合型舞台结构以及现场演出与投影相结合的混合媒介装置。

在具体的舞台表现手段上，皮斯卡托多采用带有转台、传送带、吊桥等机械装置的多阶层、多演区的复合性舞台结构；在舞台各个区域安装投影屏幕，运用投影幻灯设备播放图片、电影、文字标题、文字评论、历史相关文献材料、统计数据与图表、漫画卡通等多种影像材料。其中，电影的运用成为皮斯卡托运用舞台投影装置进行导演创作的标志性手段之一，电影不仅在丰富舞台表现手段、拓展戏剧时空、参与舞台叙事、构建事件历史及社会背景等方面具有重要意义，更在其自身探索性的运用及发展过程中成为一门独立的舞台语汇而获得独特的美学价值。

第一节　构成主义的功能性舞台结构

为实现政治戏剧叙事性、文献纪实性及宣传鼓动性的要求，皮斯卡托非常强调舞台结构的功能性，将其称为"实用的建筑"（praktikabel Gebäude），在这个实用的建筑中，舞台结构的功能不在于制造逼真的生活幻觉，其主要用途在于为演出提供适用

---

① Erwin Piscator. The Political Theatre [M]. Translated by Hugh Rorrison. New York: Avon Books, 1978:189.

于叙事戏剧场景快速切换、共时性舞台构建、多种艺术形式综合运用、文献材料客观呈现以及宣传鼓动功能得以发挥的舞台空间架构。在这一整体性的装置中，"所有的场景得以统一，演出像一注单向流动的水流一般将所有舞台元素挟裹进来并且不间断地流动"①。此外，政治戏剧整体性的时空观以及对于作品现实性的追求也要求舞台结构突破封闭空间中生活幻觉的营造，以开放的、多演区的、灵活多变的结构呈现出"全球性视野下的历史相关性和推动时代发展的历史力量"②，以及当代社会生活全景图。在这一创作宗旨之下，舞台结构被赋予了现实意义以及象征性，皮斯卡托认为，那些指责"舞台像一个冰冷的独裁机器控制着演出"③的批评者没有意识到他的舞台结构是对于 1920 年代德国社会生活的象征，无论是在工厂、监狱、矿场还是战争中的军营，时代的"机械属性"都占据着人们的日常生活，即使在二战结束后的 1950 年代，这一实用性的机械舞台结构也是用于表现当代生活，将舞台与现实进行连接的合理和必要的手段之一。

一、早期实践——表现主义风格

皮斯卡托力求在最大程度上发挥舞台功能性的舞台实验是伴随着其政治戏剧理念的形成与发展历程而进行的。早期创作受战后表现主义及达达运动影响，作品的舞台结构呈现出表现主义风格："可见的舞台建筑结构取代抒情性的、装饰性的舞台……以蒙太奇及政治讽刺剧的形式将碎片化的场景进行串联，从而构成主要戏剧形式。"④1919 年底，皮斯卡托创办的论坛剧院上演了《鬼魂奏鸣曲》（Ghost Sonata）、《死亡与魔鬼》（Tod und Teufel）及《品种》（Variété）等表现主义作品，舞台美术均呈现出表现主义风格：空旷简陋的舞台上，在黑色的天幕衬托下仅运用了白色的门框、窗框及一些简单道具表现环境。1920 年皮斯卡托决定与战后表现主义及达达运动分道扬镳，以政治的、宣传鼓动的、教育的方式来建立一个新的无产阶级剧院，其作品中表现主义的风格逐渐减弱，舞台结构也呈现出与政治戏剧理念相对应的功能性元素。无产阶级剧院时期创作的《俄罗斯的一天》以最精简的舞台装置在柏林

---

① Erwin Piscator. The Political Theatre[M]. Translated by Hugh Rorrison. New York: Avon Books, 1978: 94.
② C.D. Innes. Erwin Piscator's Political Theatre, The Development of Modern German Drama [M]. London: Cambridge University Press, 1972: 97.
③ 同上：160。
④ 同上：181。

工人聚集地的会议大厅中进行巡演，运用少量道具以及由帷幕包围的舞台，舞台两侧各放置一个绘制着欧洲各国国旗的收税关卡，分别插着两块标语牌，印有"东""西"两个字，天幕是一块绘有欧洲地图的幕布。舞台美术的变化表明皮斯卡托这一时期作品的政治意义更为清晰，作品脱离表现主义的情绪及心理表达而上升到政治、智力层面的特征更为明显，此时，"舞台美术不再作为纯粹的'装饰'，而是承担起政治——地缘、经济情况方面的暗示功能，它开始作为演出的一个鲜活的戏剧性因素强行闯入舞台事件，从这个层面上来看，演出开始在一个新的层面上展开——教育层面。戏剧不再仅仅希望吸引观众的情感，不再依赖于观众的情感反馈，它开始有意识地作用于观众的智力层面。不再被热情和狂喜的激动占据，而是被提升到启迪性、知识性、清晰性的层面"[①]。

二、构成主义的功能性舞台

皮斯卡托剧院舞台技术总监朱利斯·里希特（Julius Richter，1862—1940）曾明确指出，在皮斯卡托剧院的创作中，"舞台不再是装饰性的，而是一个构成性的、具有明确使用目的的、实用性的舞台，而这一实用性舞台首先且必然是一个实验性的结构"[②]。

1924 年，当皮斯卡托受人民剧院邀请，在位于柏林比洛广场（Bülowplatz）的剧院执导《旗帜》一剧时，其第一次获得在一所设施完善的剧场中工作的机会。该剧的舞台设计、人民剧院常驻设计师爱德华·舒尔（Edward Suhr，1899—1971）为演出设计的混合旋转装置由低矮的墙面分割为许多部分，后区的天幕上绘有工业城市的高楼和街区等作为背景，从而满足演出中街道远景能够与室内场景（如审判室等）交替出现的场景转换要求。《旗帜》通过一系列包括功能性舞台结构在内的扩展剧场边界的手段，将剧场转变为信息传递的工具以及宣传鼓动的武器。皮斯卡托在 1963 年回忆时指出，他在《旗帜》中尝试扩大与延伸舞台行动并说明与澄清行动发生的社会背景，这一次尝试以舞台结构的革新作为重要手段。

在其后的政治戏剧创作中，皮斯卡托逐渐发展出一系列以多层复合结构为主

---

① Erwin Piscator. The Political Theatre [M]. Translated by Hugh Rorrison. New York: Avon Books, 1978: 49.

② Michael Schwaiger(Hg.). Bertolt Brecht und Erwin Piscator : Experimentelles Theater im Berlin der Zwanzigerjahr[M]. Wien: Verlag Cchristian Brandstätt, 2004: 35.

要特征的舞台架构形式。这一结构的搭建材料主要为钢铁、木材、粗棉布、透明的亚麻布等，其主要形式为由平台、坡道、斜坡、阶梯、壁龛等所建构起的类似建筑脚手架的多层复合结构，这些平台、坡道、壁龛可作为独立演区进行表演，在多层复合结构的适当位置以及剧院中安装有用于投影播放的屏幕及投影设备。尽管皮斯卡托多次强调自己的创作不是对于同时代苏联戏剧的抄袭，但他的舞台结构与苏联的构成主义舞台有许多类似之处。"构成主义"原是一种"以结构原理为基础的抽象雕塑，最早出现于1912年的俄国"①，被用于戏剧舞台后，指一种反幻觉、反写实、反装饰的骨架结构，"它是根据演员表演上的需要而安排的各种设施——扶梯，平台，架桥，斜坡，跑道等——组成的景。它被剥除一切外部装饰，只剩下最基本的结构形态，而不加掩饰地用脚手架联接起来。构成主义者的美学理想是'构架'"②。由此可知，出于共同的无产阶级革命信仰与政治宣传鼓动功用的追求，在戏剧创作上，皮斯卡托的舞台多层复合结构与构成主义舞台在形式与功能上是相似的。

人民剧院时期的创作为皮斯卡托提供了实现其构成主义舞台结构的物质材料及人力保证。《尽管如此》中，皮斯卡托放弃舞台布景的做法比《旗帜》中更进一步，赫特菲尔德设计的舞台装置取消了舞台布景，取而代之的是一个建于转台之上形状不规则的梯田式结构，其一面是一个倾斜的平台，另一面设置有台阶、坡道和壁龛。演出的各个不同场景便在这些台阶、坡道、壁龛及通道中展开，这一复合型舞台结构保证了演出众多场景切换的流畅性和简洁性。在人民剧院期间，皮斯卡托开启了与舞台美术设计师特劳戈特·米勒（Traugott Müller，1895—1944）的合作，后者为皮斯卡托设计了《在地平线上航行》（Segel am Horizont）中一个带有桅杆、台阶、斜坡、过道和演讲台的可转动装置，其外形模拟一艘正在航行的轮船；为《哥特兰风暴》设计了同样为航船外形的可转动的多层平台结构；在《强盗》中，其设计的舞台后区为一个圆形的环幕，代表摩尔居住的城堡由一个被漆成灰色的，带有斜坡、楼梯和舞台照明灯具的独立结构构成，城堡分为不同楼层及不同小空间演区，城堡外部设有炮台，架有枪支，整个舞台结构呈现出残酷和昏暗风格，象征了由堡垒筑成的贵族阶级的统治力量。

皮斯卡托剧院的成立使得皮斯卡托在政治戏剧的实践创作方面获得更大的自由，

① 吴光耀.西方演剧史论稿 [M].北京：中国戏剧出版社，2001：542.
② 同上：544—545。

在这一时期主导舞台结构的是一个整体性时空观的概念，无论是《哎呀，我们活着！》中的脚手架结构、《拉斯普廷》中的半球形结构，还是《柏林商人》中三座吊桥组成的复合结构，均旨在为作品构建一个广阔的社会及时代全景图。为此，米勒为剧院设计了一系列多层复合舞台结构。

皮斯卡托将《哎呀，我们活着！》的剧本解读为"一个社会的横截面"，米勒为演出设计了一个 25 米高、35 米宽、10 米深的四层脚手架，安装在转动舞台的轨道上，一块大幅幕布可从舞台前区的吊杆处降下遮盖住脚手架中间区域，用于电影的播放。脚手架从竖直方向上被分为三部分，最外部的左右两个区域由三间小房间从上到下垒筑而成，中间区域是一个不可分割的带有圆屋顶的空间。脚手架外围安装有楼梯，在每一层均有通往舞台后区的演员上下场口。在这个被皮斯卡托称为"多层次结构"的装置中，许多不同的表演空间如一个个"方形小格子"上下或左右衔接，这些被切割成独立演区的小房间的组合象征了社会秩序，当它们在脚手架大结构中呈现出来时，"社会横截面"从视觉上得以清晰展现。这些小房间所代表的社会个体生活环境与脚手架结构所代表的社会大环境在空间上形成对照关系，从而实现了皮斯卡托"从历史要素引导出个体生活，在托马斯的个体命运与战争及革命之间建立戏剧性联系"[①]的创作宗旨。许多短小的场景如第三幕中不同人员的办公室、酒店房间等在各小房间中进行，随着场景的转换，一个接一个房间被灯光照亮，其他较大场面如投票站等则在整个舞台上进行。耶林评价皮斯卡托"以决不妥协的态度将（剧作者）托勒平凡的风格转变成钢铁般的舞台框架结构，这一结构带有可移动的、透明的墙体，投影屏幕以及在舞台前区和后区的纱幕。这些装置的设置获得了极好的效果，一个显著的机械化的想象成为现实并创造出了奇迹"[②]。皮斯卡托则将此剧的舞台结构认为是皮斯卡托剧院革新性开端的标志之一，他指出："这一多层次舞台与其他外形相似的舞台的不同之处在于，它是一个自给自足的、简洁紧凑的表演结构。对于这样一个舞台，镜框式的台口不再是一个外部的阻碍。多层次舞台实际上为新型的剧院建筑提供了一个范例。"[③]

① Michael Schwaiger(Hg.). Bertolt Brecht und Erwin Piscator : Experimentelles Theater im Berlin der Zwanzigerjahr[M]. Wien: Verlag Cchristian Brandstätt, 2004: 38.
② Erwin Piscator. The Political Theatre [M]. Translated by Hugh Rorrison. New York: Avon Books, 1978: 219-220.
③ 同上：211。

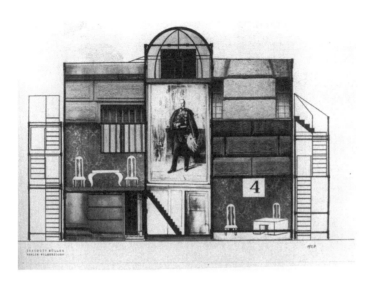

图 3-1 《哎呀，我们活着！》多层复合舞台结构，上下左右衔接的小空间分别代表不同演区，左右两侧为演员上下场楼梯

在《拉斯普廷》中，主导皮斯卡托创作思路的是一个全球性的概念，舞台装置被设计为一个位于转台之上的半球形（hemisphere）多层复合结构。这一结构不仅延续了皮斯卡托对于舞台实用性功能的追求，也被赋予了抽象的意义，体现出皮斯卡托"舞台行动开展的剧院就是这个世界"[1]的创作初衷。半球形的顶部是一个由钢筋管道架构的、覆盖有银色热气球布的圆形屋顶，这一圆形屋顶可向上升起。半球在垂直及水平方向被分割为数个空间，这些位于不同层面上的空间由链条链接的布帘遮盖，当布帘掀开时，空间成为演员的表演区域，由灯光挑选出需要呈现的演区；当布帘闭合时，可作为单独的投影幕布，且所有布帘闭合时整个半球装置表面可作为一个巨大的投影幕布。值得注意的是，皮斯卡托生前的最后一部作品，他于1965年执导的《军官的暴动》中，再一次采用了类似《拉斯普廷》的半球形可转动装置，舞台被半球体十字交错的两根弧形骨架分为四个部分，上面覆盖弧形幕布，这一舞台结构被认为是"皮斯卡托对于自己1920年代舞台机械的回应"[2]。在前两所皮斯卡托剧院时期创作的《好兵帅克》《繁荣》及《柏林商人》中，舞台机械装置及投影幕布承担了大部分舞美呈现任务。在第三所皮斯卡托剧院时期，舞台结构相对于前两所剧院更为朴素和简洁，制作资金

① Erwin Piscator. The Political Theatre [M]. Translated by Hugh Rorrison. New York: Avon Books, 1978: 223.
② John Willett. The Theatre of Erwin Piscator, Half a Century of Politics in The Theatre [M]. New York: Holmes & Meier Publishers, Inc, 1979: 182.

的紧缺迫使皮斯卡托以现实主义的场景或空旷舞台上简单放置的景片取代了此前规模庞大、结构繁复的舞台结构。

在皮斯卡托后期的创作中，最为重要的作品之一是他于 1955 年在柏林席勒剧院导演的《战争与和平》，作品的舞台结构较 1920 年代的创作更为简洁，更具有象征性。演出是对于皮斯卡托 1942 年在纽约工作室剧院排演版本的进一步发展，在纽约的演出中，为呈现出作品的叙事性进程，皮斯卡托在舞台右侧增加了一个"前区舞台"（Vorderbühne），作为剧中角色皮埃尔（Pierre）的演讲台，对场上事件进行讲述和评论。皮斯卡托认为，在托尔斯泰的小说中已经赋予了皮埃尔"作为一个以宇宙观来观察社会和哲学的贯穿性中间人和评论者"[①]的功能，因此，为体现出原小说这一创作理念，皮斯卡托将皮埃尔作为演出的叙述者安排在舞台事件发生的主舞台之外的前区舞台上，对场上事件发表议论。

图 3-2 《战争与和平》演出剧照，舞台纵深方向由远及近分别为：命运舞台、外部叙述者讲述区域、行动舞台、左右两侧及观众席前区的反思舞台，1955 年 3 月 20 日，柏林席勒剧院

在 1955 年执导的《战争与和平》中，皮斯卡托进一步发展了这一舞台叙事形式，他将舞台从纵深方向划分为三个空间，分别被他称为"命运舞台"（destiny-stage）、"行动舞台"（action-stage）和"反思舞台"（reflection-stage）。"命运舞台"位于

---

① Knut Boeser, Renata Vatkavá. Erwin Piscator Eine Arbeitsbiographie in 2 Bänden [M]. Berlin: Edition Hentrich, 1986: 66.

舞台最后方，上面放置一组士兵的人偶模型以及战壕、枪炮等模型，代替此前作品中用投影表现的战争及群众场面；"行动舞台"位于舞台中心区域，呈圆形，主要用于舞台事件的开展，当角色由"行动舞台"踏上"命运舞台"时，"角色个体所处的环境被扩展为更为广阔的历史环境，二者的区分被清晰明确地呈现出来"[①]；"反思舞台"为三个类似于演讲台的较小区域，由木质栅栏包围，分别位于行动舞台的左右两侧及前方，作为剧中角色皮埃尔、娜塔沙（Natasha）和安德烈（Andrew）的讲述区域，这些位于前方的"反思舞台"与观众席直接衔接。此外，皮斯卡托在演出中专门安排了一个外部叙述者，其所处位置位于"命运舞台"与"行动舞台"之间，"其功能类似于一场典礼或仪式的主持人"。[②]在皮斯卡托后期的三部文献戏剧创作中，其采用了现实主义的舞台结构，分别模拟了罗马教皇庇护十二世的教堂内景和戈尔施泰恩的房间内景；还原了美国安全委员会对于奥本海默的审讯现场，舞台为一个由低矮粗糙的木板所构筑的封闭空间；重现了1963—1965年在法兰克福举行的纳粹主要战犯庭审现场，舞台从左至右被划分为三个区域，被告席被安置在舞台左方一个由台阶可通达的倾斜平台上，中间区域为灯光舞台构成的证人席，右方为审判法官坐席，9名证人背对观众坐在观众席最前方，每次出场均从观众席经由舞台前区台阶走上灯光舞台。

三、竹桥的使用

在第三所皮斯卡托剧院时期，皮斯卡托在创作中进一步突破了镜框式舞台相对隔绝的观演关系，将舞台空间扩展到了观众席之中。《泰阳觉醒》被称为"口号剧场"，作品的宣传鼓动性不仅通过舞台上及观众席上方悬挂的横幅和标语得以体现，为将剧院变成党派议事大厅，皮斯卡托在观众席和舞台之间建起了一座被他称为"竹桥"（bamboo bridge）[③]的长条形高平台装置，这一长条形装置贯穿观众席中线并直接与舞台相连接，演员的上下场均通过竹桥来完成。演出开始时，演员们身着便装从剧院的前厅争论着进入剧场，然后踏上贯穿观众席的竹桥，一边大声议论着社会时事一边

① C.D. Innes. Erwin Piscator's Political Theatre, The Development of Modern German Drama [M]. London: Cambridge University Press, 1972: 163.

② John Willett. The Theatre of Erwin Piscator, Half a Century of Politics in The Theatre [M]. New York: Holmes & Meier Publishers, Inc, 1979: 170.

③ Erwin Piscator. The Political Theatre [M]. Translated by Hugh Rorrison. New York: Avon Books, 1978: 343.

走上舞台；演出结束后，演员换回便装，发表自己对于场上事件的意见，再经由竹桥走出剧场。演员们的舞台行动通过竹桥得以延续和扩展，当他们在竹桥上对观众席发表议论时，观众与演员的界限变得模糊，观众不自觉地被卷入场上事件当中，作品的宣传鼓动性得以进一步增强。

图 3-3 《智者纳坦》演出剧照，1952 年 5 月 14 日，马尔　　　图 3-4 《强盗》演出剧照，1957 年 1 月 13 日，
　　　　　　堡剧院　　　　　　　　　　　　　　　　　　　　　曼海姆国家剧院

　　皮斯卡托于 1950 年代回到德国后，在其家乡马尔堡剧院执导的多部作品中也使用了类似于竹桥的结构将舞台与观众席进行连接，并将这一结构作为主要演区，改变了传统镜框式舞台的观演模式。在谈及这一舞台结构时，皮斯卡托在其日记中写道："这不是一个形式主义的怪念头，将舞台延伸至观众席中间从戏剧创作角度来看早已存在，从我自己的创作经验而言，这也是我创作最初就确定的一个方向——打破舞台的第四堵墙以及制造幻觉的镜框，将舞台与观众席融合，在更高、更新的层面上通达现实。"[①]1952 年上演的《智者纳坦》中，皮斯卡托将舞台延伸至观众席中间，主要的演区为一个贯穿整个观众席的细长对角线型的结构，这一结构类似于时装表演中模特行走的步行桥（der Laufsteg），在步行桥的中心位置为一个高于步行桥表面的中心演区，其类似于拳击比赛的方形拳击台 (der Boxring)，观众分坐在步行桥的两侧观看演出，演员各个面相的表演均能够近距离地呈现在观众面前。在同年执导的《丹东之死》《萨勒姆女巫》以及 1957 年创作的《强盗》等作品中，皮斯卡托同样使用了贯穿观众席的长条形舞台，将观众席一分为二。在《丹东之死》中，长条形舞台中心架起一

---

① Ullrich Amlung. Leben-ist immmer ein Anfang, Erwin Piscator : 1893-1966 [M]. Marburg : Jonas Verlag, 1993: 92-93.

个断头台作为革命的象征，在《萨勒姆女巫》的长条形舞台尽头安装有一个螺旋阶梯，作为舞台平面的扩大与延伸。

第二节　革新性舞台机械装置的运用

皮斯卡托对于舞台功能性的追求不仅体现在舞台结构方面破除生活幻觉的构成主义实用性原则上，更体现在与这一实用性结构相结合的革新性舞台机械装置的使用上。叙事戏剧对于时空快速转换、场景流畅衔接在舞台结构上的动态性要求，舞台蒙太奇效果对于多种艺术形式的拼贴与组接在舞台表现手段上的综合性要求，需要通过革新性机械设备的高效运转得以实现。在皮斯卡托剧院创建初期，皮斯卡托便提出他在舞台技术革新性方面的实践永远不会终止，"舞台技术革新的目的在于更为科学有效地呈现政治戏剧理论，将舞台事件提升到历史的层面，而不仅仅是舞台机械使用范围的扩展。这样的提升是马克思主义辩证理论在剧场中的实践性运用，但这一理论不能够通过剧作自身得以实现"[1]。因此，革新性机械装置的运用正是为了弥补剧作本身的不足，甚至在某些作品中"以舞台机械的外部效果来掩盖文本的缺陷"[2]。皮斯卡托对于作品呈现舞台事件的历史相关性和时空整体性的要求无法通过剧本的容量而被全面地涵盖，也无法在几小时的演出中仅通过剧作的文字内容来呈现，因此舞台机械对于压缩、解释尤其是扩展主题事件及其历史相关性具有重要作用，同时也作为演出表达的工具，承担起阐释、评论、文献纪实、报道及分析等功用，将剧作中的人物个体命运提升到时代与社会整体性的高度。此外，皮斯卡托将舞台技术的革新列为剧院"社会学戏剧"理论的基本组成要素，他将戏剧革新和新型剧院在智力与社会方面的革命同技术革命紧密相连，并强调剧院社会功用的转变如果没有舞台装置的机械化是无法完成的。这一观点的实践可以从皮斯卡托剧院舞台技术总监里希特对于剧院机械设备使用情况的介绍中看出："我们作品的风格完全涉及新的舞台技术的使用。创作的指导性原则在于，戏剧领域之外所发生的技术革新被运用到舞台上。"[3]

---

① Erwin Piscator. The Political Theatre [M]. Translated by Hugh Rorrison. New York: Avon Books, 1978: 188.

② C.D. Innes. Erwin Piscator's Political Theatre, The Development of Modern German Drama [M]. London: Cambridge University Press, 1972: 160.

③ Michael Schwaiger(Hg.). Bertolt Brecht und Erwin Piscator : Experimentelles Theater im Berlin der Zwanzigerjahr[M]. Wien: Verlag Cchristian Brandstätt, 2004: 35.

皮斯卡托对于革新性舞台机械设备的运用得益于德国 19 世纪在科学技术领域的发展与革新，科技的进步促进了先进工程技术在剧场领域的运用。19 世纪后半叶，由动力驱动的吊杆系统、升降台、转台、车台等机械设备出现在德国戏剧舞台上，"当代世界上由动力驱动的机械舞台，主体结构均源自德国的发明" [1]。皮斯卡托运用的舞台机械装置主要包括转台、传送带、起重机、升降台、吊桥等机械技术领域的革新性设备。在多部作品中，为在最大程度上实现舞台空间的功能性原则，皮斯卡托将这些机械设备混合使用，舞台演出就像是一台高速运转的精密机械仪器。

一、转台

　　剧院转台装置于 1896 年由德国舞台机械师卡尔·劳顿斯拉格（Carl Lauternschlage，1843—1906）发明，在经过不断调试和完善后，首先安装在慕尼黑首府剧院（Residenztheater München），同年又将慕尼黑宫廷剧院的舞台改建成转台。皮斯卡托青年时代在慕尼黑跟随宫廷剧院时任总监兼导演恩斯特·冯·博萨特（Ernst von Possart，1841—1921）学习，博萨特在演出中率先运用转台这一革新性舞台装置进行创作，这一学习经历影响了皮斯卡托日后的导演创作。

　　1924 年于人民剧院执导《旗帜》一剧使得皮斯卡托第一次获得机会在一个设施完善的剧场中工作，也是其第一次尝试将剧场机械化。剧院装备有可倾斜的机械化舞台，转台上安装有可升降 20 米的移动演讲台。舞台设计师舒尔为演出的 19 个场景设计了一个带有转台及投影屏幕的框架性结构，这一结构被皮斯卡托称为"混合旋转装置"，他认为该剧是"超越剧场框架的延续性的开掘，一部由'观看的戏剧'发展而成的'教育的戏剧'。而这一戏剧形式的革新自然引导出舞台机械的革新"。[2] 在此后的创作中，这样一种混合旋转装置成为皮斯卡托导演作品中舞台机械结构的基本性框架。

　　除《旗帜》一剧外，皮斯卡托还在多部作品中均使用过转台装置。在创作《尽管如此》时，舞台设计的主导原则在于：以一个纯粹的实用性的结构去支撑、解释说明并表达出舞台行动。被他称为"实用性建筑"的带有梯田式平台（terraced platform）的转台装置使得文本的叙事性框架得以呈现，"所有的场景在这个整体性的装置中得以统一。演出像一注单向的水流一般将所有舞台元素挟裹进来并不间断地流动……这

---

① 郑国良 . 西方舞台设计史——从古希腊到十九世纪 [M]. 上海：上海人民美术出版社，2016；220.
② Erwin Piscator. The Political Theatre [M]. Translated by Hugh Rorrison. New York: Avon Books, 1978: 70.

样一个置于转台之上的独立结构构成了一个自给自足的世界，终结了资产阶级剧院中那种'用于偷窥的盒子'"。① 在担任人民剧院的专职导演之后，皮斯卡托导演了《在地平线上航行》等一系列航海主题的作品，舞台设计师米勒为该剧设计了一个可转动的巨大船形装置，皮斯卡托认为这个转动的轮船装置将原剧作的缺陷转变成了强有力的戏剧化场面。在转台转动的过程中不同的表演区域得以呈现，同时配合投影播放的海浪镜头，模拟了轮船在大海中的运动。在终场处，轮船驶向家乡的场景取得了令人震撼的视觉效果。这一转台装置在此后《哥特兰风暴》的多层平台船形结构中再一次被运用。

《哎呀，我们活着！》舞台机械的设计宗旨之一为："从投影屏幕中的行动直接生发出舞台行动。"② 舞台巨大脚手架结构被安装在转之上，舞台设计师与舞台机械师在这个可转动的脚手架中设计并安装了一组用滑轮连接所有表演平台（即演区）的机械装置，以便这些演区能够通过滑轮杠杆的控制前后移动。同时各场景所需的家具按照"剪刀原理"（scissor principle）在演区推出之前被平放在地板上，当场景被推出之后，这些家具能够在机械的带动下自动站立起来。因此，整个舞台装置被命名为"滑轮舞台"（the pulley-stage）。③ 最终，这一设计构想由于安装滑轮的轨道无法顺畅滑行而未能全部实现。在机械操控各演区的同时，脚手架上各独立的方形小房间框架上装有半透明的投影屏幕，这些屏幕同样由机械操控的链条固定，既可用于背投投影的播放，也可向前卷动以遮盖住脚手架最外部的小房间，作为正面投影的幕布。

《拉斯普廷》的舞台装置为一个象征地球的半球形装置，整个装置由多层平台构成，安装在转台之上。按照皮斯卡托最初设想，演出能够保证在不用开合大幕的情况下，通过转台转动及灯光切换达到舞台场景的快速转换，同时位于半球上不同表演区域的由机械链条控制的布帘能够流畅地打开或关闭，整个半球形装置能够转换成为某些场景中用于投影播放的大背景。对于皮斯卡托而言，他理想中的舞台机械系统应该是"多用途的、简洁的，并且快速和无声地工作的"④，然而，由于材料的选择以及机械技术的问题，皮斯卡托的构想未能完全实现。

① Erwin Piscator. The Political Theatre [M]. Translated by Hugh Rorrison. New York: Avon Books, 1978: 94.
② Michael Schwaiger(Hg.). Bertolt Brecht und Erwin Piscator : Experimentelles Theater im Berlin der Zwanzigerjahr[M]. Wien: Verlag Cchristian Brandstätt, 2004: 39.
③ Erwin Piscator. The Political Theatre [M]. Translated by Hugh Rorrison. New York: Avon Books, 1978: 211.
④ 同上：235。

»Aufstand der Offiziere«, Bühnenmodell　　　　Szenenfoto

»Aufstand der Offiziere«, Bühnenmodell　　Aufbau der Kugelkonstruktion

图 3-5　皮斯卡托生前最后一部作品《军官的暴动》中类似于《拉斯普廷》的半球形结构，整个结构置于转台之上

二、传送带

在《海啸》一剧中，舞台设计师舒尔为演出设计了一台永动装置（a permanent set），在场景转化处的电影播放时，舞台机械能够推出或撤下每场所需道具以及作为演出区域的演讲平台。这些演讲平台设置在舞台的左、右及中心区域，按照场景的变化而具有不同的具体意义。例如在第 1 场中，演讲平台代表圣彼得堡的某处码头，在第 7 场中则代表森林中的某处高地；在第 2 场中，彼得大帝骑马的雕像被机械装置推出矗立在投影屏幕前；第 5 场中，一辆载有家具的小货车被推出，代表甘德（Gad）的家。

这一永动型装置被认为是《好兵帅克》舞台机械的雏形。

《好兵帅克》的创作与皮斯卡托之前的作品相比，被认为具有革新性的意义，参与文本创作的布莱希特将这一部作品称为"一部源于小说文本的纯粹蒙太奇"[1]。作品的革新性不仅体现在皮斯卡托首次以一部已包含叙事结构的小说作为创作文本，在舞台机械运用上，也采用了传送带这一新型装置来呈现文本中角色和场景的流动性。在确定了《好兵帅克》的剧本形式为根据帅克的经历而不断转换的 25 个场景之后，皮斯卡托认为"传统的舞台机械无法满足作品的叙事性流动，固定的舞台装置会把哈谢克原小说中流动的情节线索切断为一个个独立的场景，也会错误地呈现出小说中角色的流动性"[2]。最初解决这一问题的方案是将固定的舞台台阶用一个可移动的台阶替代，通过对这一方案的尝试，皮斯卡托寻找到了创造小说中叙事性情节发展的适当方法——传送带装置（the conveyor belt）。

舞台设计师米勒在舞台中后方区域按照纵深方向一前一后竖立起两组高度分别为 10 米和 20 米的白板，将舞台顶部的吊杆及侧台遮蔽。在这两组白板前区，各有一条宽度为 9 米的传送带横穿过整个舞台，并与台唇线平行。两条传送带可独立操控且运动方向可按顺时针和逆时针变化。皮斯卡托认为，传送带的使用解决了作品的文本结构问题，确保了原小说的持续流动性，他只需将原小说中最有效的场景挑选出来并把它们改编成戏剧演出文本，而无须在原始故事之外重新创建一个新的框架，从而破坏原小说结构。与此同时，传送带也解决了舞台技术问题以及演员的表演问题，传送带的运转不仅承担了演员的上下场任务，演员也能够在传送带上开展自己具有流动性的舞台行动。例如帅克的整个行军过程便在传送带上完成，当传送带按顺时针方向运动时，帅克站在传送带上向逆时针方向行进，传送带的运转不停止，帅克便需要一直在传送带上与之相向而行，从而揭示出到达军营时间的遥遥无期和战争对于人的无休止消耗。

传送带的另一作用是运送景片和道具，例如木制公共厕所、法庭场景的围栏以及格罗西绘制的大型人偶模型等均由传送带运送至舞台上。其他一些大型景片，如火车车厢则由吊杆从舞台顶部吊送至舞台，通过精确计算与机械操控的传送带装置使得所有舞台元素能够在最短时间内被安置在正确位置上，从而保证了人物的运动

① John Willett. The Theatre of Erwin Piscator, Half a Century of Politics in The Theatre [M]. New York: Holmes & Meier Publishers, Inc, 1979:90.

② Erwin Piscator. The Political Theatre [M]. Translated by Hugh Rorrison. New York: Avon Books, 1978: 259.

与场景的切换始终处于动态流动之中，达到了景随身变的效果。例如当帅克在一条传送带上行走时，另一条与之平行的传送带负责将道具、活动布景如路标和树木等运送至每一场景的相应位置，以表现帅克在行进过程中经过的众多不同地点；在另一场帅克乘坐火车的场景中，帅克所在的车厢位于舞台前区静止不动的传送带上，而舞台后区另一条放置有铁路电线杆的传送带运转，给观众一种火车在不断向前开动的幻觉。

图 3-6 《好兵帅克》演出剧照，房东太太推着坐在轮椅上的帅克在传送带上行进，遭遇人偶模型所代表的军队长官，

1928 年 1 月 23 日，皮斯卡托剧院

《好兵帅克》的演出要求演员始终在走动或跑动或被运送的过程中完成角色的塑造，这对饰演帅克的演员提出了挑战，也对传送带装置的安装与使用提出挑战。经过反复的调试与实验，舞台机械部门使用了大量石墨、肥皂、润滑油以及在装置底部放置毛毡等方式，基本确保了传送带的流畅运转，并将初始使用时巨大的噪音尽量减小。皮斯卡托认为这是他所使用过的最清晰、最简单、用途最多的舞台装置，"每一样景片及道具都能够像发条装置般迅速下场"[1]。此外，他认为传送带装置所具有的动能及固有的喜剧性与作品的讽刺风格相适应，装置的每一个部分都令人忍俊不禁，在文本主题与舞台表现形式之间建立起一种完全的和谐。皮斯卡托将演出视为"某

---

① Erwin Piscator. The Political Theatre [M]. Translated by Hugh Rorrison. New York: Avon Books, 1978: 262.

种闹剧的风，让人联想起卓别林或者歌舞杂耍表演（vaudeville）"①。《世界晚报》的记者在观看演出后评价："皮斯卡托创造了一幅我们从未见过的机械化图景。他将舞台所有的能量都释放了出来，他将舞台所有的秘密都骗取了出来，他所发明的传送带就像一个花招诡计。皮斯卡托消解了时间、空间及地点的传统组合方式，将神奇的维度和魔力交还给了舞台，这归功于他对于最先进的剧场机械装置富有创造力的娴熟运用。"②

三、吊桥

《柏林商人》的舞台结构是皮斯卡托此前所使用的舞台机械装置的综合性运用。为保证舞台场景转换的流畅性并呈现出柏林城市生活的全景图像，皮斯卡托与舞台设计师莫霍利－纳吉（Moholy-Nagy，1895—1946）共同设计了一个由转台、传送带及吊桥组成的"三重复合结构"：转台上安装有两条可作横向移动的传送带，这两条传送带将转台分割成不同的演区；三个吊桥装置（bridges，或称龙门架 gantries）安装在舞台顶部由机械操控其升降高度，三座吊桥向舞台深处纵向排列，负责承载舞台布景和演员从舞台顶部降下。由三座吊桥所构成的"三层系统"分别象征了"无产阶级的悲剧——中产阶级的悲喜剧——上层阶级和军队的荒诞剧"。③吊桥的设置使得剧中每一个社会阶层都有属于自己的舞台空间区域——下层、中层、上层，这些阶层随着戏剧行动的开展与推进，在某些时刻相遇或分离。转台、传送带及吊桥的复合运动创造出作品的戏剧行动空间并为演出带来了动力学的能量，当演员的身体运动与机械运动所象征的社会流动性相结合时，整个演出为观众呈现出通货膨胀背景之下躁动不安的柏林社会生活全景图。

皮斯卡托认为《柏林商人》的舞台装置是他所设计过的最为简洁的装置：安装有传送带的转台与三个可移动的吊桥非常契合，这是对于作品的主题表达最为理想的舞台设置。当卡夫坦站在传送带上表现他在柏林四处漫游时，正如帅克在他的时代朝向自己的军营所在地布杰约维莱（Budějovice）行进。转台与传送带将柏林的街景呈现在

---

① Erwin Piscator. The Political Theatre [M]. Translated by Hugh Rorrison. New York: Avon Books, 1978: 262.

② 同上：258。

③ Michael Schwaiger(Hg.). Bertolt Brecht und Erwin Piscator : Experimentelles Theater im Berlin der Zwanzigerjahr[M]. Wien: Verlag Cchristian Brandstätt, 2004: 50.

了观众眼前，通过降下吊桥上已搭建好的新场景可以使得场景自由切换，这也可以帮助导演及其他剧场工作人员以最为便捷和简单的方式解决场景切换问题。评论界认为，《柏林商人》的复合型舞台装置是"皮斯卡托在被他自己称为'机械化舞台'上最为精确的实验"[①]。

四、灯光舞台

早在 1927 年，皮斯卡托便提出"舞台灯光可以摆脱对于空间的依赖而获得自己的生命力并参与到舞台革新之中"[②] 的观点，在他的早期作品中，利用灯光切换演区或呈现多场景并置的共时性舞台成为其舞台蒙太奇手法的重要表现手段之一。1951年回到德国后，在与德意志联邦共和国多家剧院合作的过程中，皮斯卡托逐渐发展出一种被他称为"灯光舞台"[Lichtbühne，也被其称为"灯光脚手架"（scaffolding of light）][③] 的舞台机械装置，这一革新性装置"作为一个积极主动的戏剧功能性元素促进了单调的无生命的舞台空间的进一步改革"[④]。灯光舞台通常由钢制的网格状材料或透明玻璃材质制成，在其下方安装诸如聚光灯等灯光设备，从底部向上打光，将舞台照亮，位于其上的演员或道具在底部灯光的照射下呈现出雕塑般的静态感。这一手法类似于电影中的特写镜头，将人物的表演细节及面部表情凸显和强调出来，并且将人物从他周围的环境中隔绝出来，从而使观众的视觉焦点集中在位于灯光舞台之上的演员身上。

在 1953 年 9 月于法兰克福市立剧院执导的萨特作品《啮合》（L'Engrenage）中，皮斯卡托第一次运用灯光舞台，这也成为此后《战争与和平》《强盗》和《修女的弥撒》（Requiem for a Nun）以及西柏林自由人民剧院演出季开幕作品霍普特曼的《阿特里德三部曲》（Atriden-Tetralogie）的标志性舞台表现手段之一。1955 年，在家乡马尔堡剧院执导《萨勒姆女巫》时，皮斯卡托在贯穿观众席的长条形舞台上也采用了灯光舞台装置，舞台采用钢制网格材料，下方安装聚光灯，演员被从舞台底部透出来的灯光照亮，

① Erwin Piscator. The Political Theatre [M]. Translated by Hugh Rorrison. New York: Avon Books, 1978: 314.
② 同上：162。
③ John Willett. The Theatre of Erwin Piscator, Half a Century of Politics in The Theatre [M]. New York: Holmes & Meier Publishers, Inc, 1979: 170.
④ C.D. Innes. Erwin Piscator's Political Theatre, The Development of Modern German Drama [M]. London: Cambridge University Press, 1972: 162.

"整个场景沉浸在灯光的海洋中，地点与空间感消失了，观众感觉到演员仿佛漂浮在空间之中"。[1] 在文献戏剧《调查》中，舞台场景为一个巨大的审判法庭，舞台灯光要求如同法兰克福审判庭现场一般冷酷无情和清晰。9 名证人进行法庭陈述的证人席同样采用了由透明玻璃制成的灯光舞台装置，从证人席底部打光将证人的面部照亮，配合饰演证人的演员们冷静、不含情感的表演及陈述，演出不仅呈现出皮斯卡托要求的"冷峻、清醒和理智的舞台风格"[2]，同时也将观众的关注焦点集中在证人们对于纳粹集中营残害犹太人这一重要事实和细节的陈述上。

图 3-7 《萨勒姆女巫》演出剧照，演员在灯光舞台上进行表演，1954 年 9 月 20 日，曼海姆国家剧院

值得注意的是，皮斯卡托早期作品中使用的舞台机械装置注重作品时空整体性的呈现以及与舞台事件相关联的社会及时代大背景的构建，而灯光舞台从底部打亮演员的聚焦手法突出了演员作为个体的独立性。在舞台机械运用方面的转变体现出皮斯卡

① John Willett. The Theatre of Erwin Piscator, Half a Century of Politics in The Theatre [M]. New York: Holmes & Meier Publishers, Inc, 1979: 98-99.
② Knut Boeser, Renata Vatkavá. Erwin Piscator Eine Arbeitsbiographie in 2 Bänden [M]. Berlin: Edition Hentrich, 1986: 256.

托在政治戏剧创作理念方面的转变，从 1920 年代对于时代整体性的把握转变为 1950 年代信仰戏剧对于社会中个体生命及其精神道德的关注，从此前为获得演出政治的宣传鼓动效果而删改剧本转变为对于文本文学性的重视。处于灯光舞台上的演员，不仅其表演细节和面部表情被凸显，其台词也在灯光的聚焦效果下被强调出来，戏剧学家英尼斯认为，此阶段皮斯卡托在剧场中的任务在于"使作品的文本获得生命，将书面的文字转化为现实生活……文字可以控制、引导和调整舞台灯光，舞台灯光也将演员的台词作为舞台焦点呈现出来"①。除以上提及的《调查》等作品外，皮斯卡托在 1957 年于曼海姆国家剧院重新排演的《强盗》中，也运用灯光舞台将创作焦点集中于演员的独白及台词上，在一篇关于新版本《强盗》的创作声明中，他指出："我希望强调出剧本中的独白，我对于'灯光舞台'的发明不仅仅出于演出效果的追求，更在于它具有戏剧化的必要性。"② 在 1926 年执导的《强盗》中，皮斯卡托为增强作品的政治意义及现实性，大量删减了原剧本中的人物独白及富有诗意性的篇幅较长的台词，而在 1957 年执导的《强盗》中，他恢复了这些内容，并借助于灯光舞台将这些内容强调出来。

第三节　总体剧院

1927 年，在女演员杜瑞丝的未婚夫、啤酒酿造商人卡岑纳尔伯根约 40 万马克的资金赞助下，皮斯卡托开始着手创建自己的剧院。他需要一个全新的、按照他的构想而设计建造的剧院建筑，以实践政治戏剧革新性的舞台创作原则。皮斯卡托最初计划是在柏林哈勒施门（Hallesches Tor）地区修建一所全新的剧院，这一剧院是一个被他称为"剧院机器"（a theater machine）的机构。在新剧院中，舞台机械的运转如一台打字机般完善和精良，剧院的建筑结构能够在垂直及水平的维度与最先进的灯光系统、投影设备以及可旋转的、可切换场景的舞台装置相匹配，此外，在剧院的任何位置都可以安装投影仪器和扩音器等设备。

于皮斯卡托而言，剧院的建筑结构与历史上所有的戏剧形式都有着紧密联系，二

---

① C.D. Innes. Erwin Piscator's Political Theatre, The Development of Modern German Drama [M]. London: Cambridge University Press, 1972: 164.

② 同上：169。

者相互影响并相互作用，且二者的发展均源于各时代社会结构的发展与变化。在 1920 年代，占统治地位的是宫廷剧院（court theatre）的建筑形式，这一形式源于封建社会的专制主义，其功用早已落后于时代的要求。在宫廷剧院中，乐池、歌队、观众席包厢、售票窗口的划分反映出封建社会的社会阶层划分，这一剧院建筑结构不可避免地与 1920 年代的戏剧创作理念及不断变革的社会现状发生冲突。因此，皮斯卡托理想中的新型剧院不仅解决了机械设备的拓展和完善这一技术性方面的问题，更是对于一种崭新的社会及戏剧发展状况的直接体现。

皮斯卡托聘请了著名的包豪斯（Bauhaus）学校创建者及时任校长、设计师瓦尔特·格罗皮乌斯（Walter Gropius，1883—1970）[1]为他进行新型剧院的设计。皮斯卡托希望整个皮斯卡托剧院就是"一个大胆的向未知领域探索的实验"[2]，这一实验包括观众、戏剧本身、导演创作以及舞台机械装置，同时也是对于剧院在商业运作可能性上的一次探索，他将这一实验性的新型剧院称为"总体剧院"（The Total Theater）。根据皮斯卡托的要求，格罗皮乌斯设计了一个实用性的多功能剧院结构，设计的首要宗旨在于观演关系的革新。20 世纪初，尽管革新性的舞台机械及灯光设备在剧院中得以运用，但当时统领大多数剧院的仍然是镜框式舞台相对隔绝的观演关系，皮斯卡托希望新的剧院在更广泛和更深入的程度上促进观众成为演出的有机组成部分积极参与到舞台演出之中，实现政治戏剧的宣传鼓动目的。

为将剧院从传统的镜框式舞台结构中解放出来，达到皮斯卡托对于剧院多用途的实用性要求，格罗皮乌斯借鉴了戏剧发展历史上不同类型的剧场结构以及由此引申出的不同形式的观演关系。总体剧院可容纳 2000 名观众，剧院内部构造为三种基本舞台结构的结合，这三种基本舞台结构分别为：表演区域位于四面环绕的观众席中心位置，观众能够从所有的方向观看演出的中心式舞台（the round arena or circus）；演出区域为一个半圆，观众可围绕半圆弧线观看表演的半圆形舞台 [the amphitheater，或称为伸出式舞台（the thrust stage）]，这一结构类似于古希腊古罗马的露天圆形剧场，相当于一半的中心式舞台，演员可在舞台前区的台唇区域进行表演；利用乐池和幕布将舞台与观众席分隔开的镜框式舞台 [picture-frame stage，也称为透视舞台（perspective stage）]。剧场中心圆形的观众席区域为一个大的转台，可根据演出需要转动不同角度以改变剧场结构。位于圆形观众席前区与镜框式舞台相交的较小的圆形观众区域可以

① 瓦尔特·格罗皮乌斯关于"总体剧院"的论述文章详见附录。

② Erwin Piscator. The Political Theatre [M]. Translated by Hugh Rorrison. New York: Avon Books, 1978: 184.

通过机械装置拆解观众座椅并下沉入地下室，从而与镜框式舞台相连变成一个半圆形舞台。当圆形观众席旋转 180 度时，这一较小圆形区域被转至观众席中心位置，变为一个中心式舞台。通过这一方式，创作者既能够在中心式舞台，也能在半圆形舞台或镜框式舞台上进行作品演出，或在同一部作品中利用剧场机械装置的运转变换舞台结构形式，同时运用这三种舞台形式进行创作。此外，包围观众席的椭圆形通道也可作为演员表演区域，将整个观众席包围在舞台演出之中。通道上安装有供拖车运动的双向轨道用于场景的道具和景片的切换。演员可经由通道或剧场地下室阶梯或天花板上降落的框架和梯子进入舞台进行表演。这一多样性的、可变化的剧院结构能够确保不同的导演按照自己的构思进行不同样式的戏剧创作，格罗皮乌斯指出："导演们的艺术创作冲动能够通过总体剧院这一伟大的空间机制在他们各自的戏剧作品中得以发挥作用。"①

格罗皮乌斯在剧院的整体设计时考虑到了皮斯卡托在剧院中许多位置安装投影仪及屏幕的要求。在总体剧院中，格罗皮乌斯不仅在镜框式舞台后区的环形大幕位置设计了一系列可移动的投影仪组合，他还将投影仪及屏幕覆盖了整个观众席区域。在天花板和剧院的墙面上都安装有投影仪，观众席后区椭圆形通道上的 12 根细柱之间安装有屏幕，12 部投影仪可以同时从背面向这些屏幕上投放电影或图片，因此坐在观众席中的观众们可以被四周及头顶的投影影像所包围。同时，一个从天花板处降落至观众席上方的投影塔（projection tower）可从正面投射电影。在剧院的中心区域，还设计有一个专门用于投射云层、星空或其他与天空相关的抽象图片的被称为"云朵机"（clouds machine）的投影仪。投影的设计在空间上实现了全方位和立体化，"幕布上的二维化投影被空间中的多维立体投影所替代，整个剧场空间被投影仪所投射的影像填满，而剧场自身也成为了舞台场景的一部分"②。格罗皮乌斯将总体剧院设想为一个"灯光与空间的完美键盘（a great keyboard）……整个剧院建筑与视觉上多变的或制造幻觉的空间相融合，这一建筑自身成为舞台场景及舞台行动的一部分"③。

---

① Erwin Piscator. The Political Theatre [M]. Translated by Hugh Rorrison. New York: Avon Books, 1978: 183.

② 同上：183。

③ C.D. Innes. Erwin Piscator's Political Theatre, The Development of Modern German Drama [M]. London: Cambridge University Press, 1972: 162.

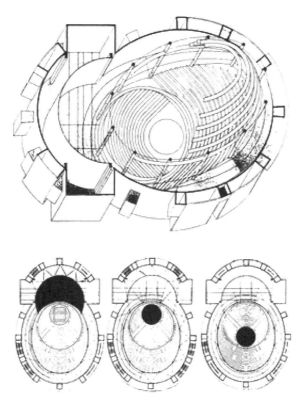

图 3-8　总体剧院设计方案

　　根据格罗皮乌斯的设计方案，总体剧院的建造成本约为 180 万马克，当皮斯卡托剧院的经理卡兹将这一计划及预算报告给剧院赞助者卡岑纳尔伯根时，后者以资金投入过于庞大为由否定了这一计划，皮斯卡托的构想最终未能实现。但总体剧院为戏剧创作者们提供了一种理想型剧院的范本，在这一理想型剧院中，不同的导演可以按照自己的想法利用不同的舞台结构进行创作，观众得以在最大程度上参与舞台演出，舞台机械装置及投影设备如同一部设计精良的仪器一般高速有效地运转，演出的整体性、叙事性、文献纪实性及宣传鼓动性得以充分发挥。

第四节　舞台投影的运用

　　皮斯卡托将投影称为"舞台的第四维度"，将投影幕布称为舞台上"一面不断变化的活动墙面，一道活动的布景"。[1] 他对于投影影像在舞台上的革新性运用，在戏剧发展史上具有重要意义，被认为是"德国戏剧舞台上系统化使用投影并使之与舞台演出相结合的第一人"[2]。

19世纪中叶，幻灯设备投入工业化生产，随后其光源、散热功能等进一步得到改进并在社会生活中被广泛运用。伴随19世纪末期电影艺术的诞生，在20世纪初期，一些具有革新意识的导演开始在戏剧演出中尝试性地使用投影技术。1904年，大卫·格里菲斯（David Wark Griffithe，1875—1948）在其作品《温彻斯特》（*Winchester*）、乔治·梅里爱（Georges Méliés，1861—1938）在《巴黎—蒙地卡罗两小时的汽车旅行》（*Le Raid Paris-Monte Carlo en 2 heures*）中穿插了电影的投影播放。在德国，来自汉堡的艺术家团体沃尔夫兄弟公司（Gebrüder Wolf，也称为Wolf-Trio）于1911年在其政治讽刺剧等舞台作品中穿插投影，随后在一些达达主义的舞台演出中也出现投影的播放。在20世纪初期的苏维埃戏剧舞台上，弗拉基米尔·加丁（Vladimir Gardin，1877—1965）、艾森斯坦、梅耶荷德等导演均在自己的戏剧作品中开始运用投影设备，用于舞台上诸如文字、人物肖像和战争电影等文献资料的播放。

皮斯卡托的实践始于1920年代，在1919年创办论坛剧院时期，他便计划在舞台演出中使用投影用于表现战壕之中的战争场面，由于技术问题未能实现。在1920年写给格罗西的信中，他提出"在舞台演出中使用投影进行场景转换"[3] 的计划。1924年执导的《旗帜》一剧是这一计划的首次实现，演出中使用新闻简报、照片等静态影像的投影作为文本的文献补充。1925年创作的《尽管如此》中，皮斯卡托第一次在投影中使用了电影片段。在此后的多部作品中，皮斯卡托逐渐探索和发展出一系列系统化的舞台投影使用手段与美学语汇并赋予了舞台投影除文献纪实之外的革新性功能。

皮斯卡托在舞台上使用投影设备不仅出于政治戏剧对于舞台时空整体性的构建以及舞台蒙太奇手段的技术性要求，更是源于政治戏剧对于作品文献纪实性的追求以及对于戏剧的政治宣传鼓动和社会教育功能的强调。将舞台行动与投影影像相结合的"新混合媒介"扩展了剧场的边界，将戏剧作为信息传递的工具以及宣传鼓动的武器，将演出转变成一场公众的政治集会与政治讲坛。皮斯卡托在1963年总结《旗帜》首

---

① John Willett. The Theatre of Erwin Piscator, Half a Century of Politics in The Theatre [M]. New York: Holmes & Meier Publishers, Inc, 1979: 60.

② Michael Schwaiger(Hg.). Bertolt Brecht und Erwin Piscator : Experimentelles Theater im Berlin der Zwanzigerjahr[M]. Wien: Verlag Cchristian Brandstätt, 2004: 16.

③ 同上：17。

次运用投影的经验时提出："此剧的创作目标在于：舞台行动的扩大与延伸，行动发生的社会背景的说明与澄清。也就是说，该剧超越剧场框架的延续性的开掘。一部由'观看的戏剧'发展而成的'教育的戏剧'"①，而舞台投影即是实现这一创作目标最为有效的手段之一。

一、舞台投影的使用手段

皮斯卡托作品革新性的舞台结构及机械设备的综合运用为舞台投影的使用提供了技术支撑。构成主义框架结构的实用性舞台为投影幕布的安装提供了更大的空间，多演区的设置为投影的使用提供了更为丰富的可能性。转台、传送带及吊桥等装置的运转保证了舞台现场演出与投影影像同时并置或快速切换的流畅性及有效性。

《旗帜》既是皮斯卡托发展叙事戏剧的开始，也是他第一次在演出中使用幻灯投影设备。皮斯卡托在舞台后方的天幕处安装了一块投影屏幕用于播放新闻简报、电报、照片等历史文献资料以增强舞台事件的真实性，这块投影屏幕被他称为"黑板"。在其后的《红色政治讽刺剧》《尽管如此》中，安装在天幕处的投影幕布均被用作"黑板"呈现投影影像。在人民剧院执导的《海啸》一剧中，一块透明的投影幕布被安装在一个带有台阶的黑色框架上，投影幕布将转台一分为二，幕布后安装四台投影仪，为保证投影在演出中扮演更为重要的角色，舞台几乎为空台，仅摆放一些台阶和木块，演出大部分场景的构建均通过投影幕布上投射的图片或电影来完成。在《喝醉的船只》中，为呈现出格罗西为演出创作的讽刺漫画的喜剧效果，皮斯卡托希望在演出中使用一个由帆布制成的可旋转的大型棱柱结构，这一棱柱结构至少具有三个平面，作为一组混合投影幕从各个方向进行投影。由于舞台机械问题，这一计划未能实现。棱柱结构被一个"三联画"（triptych）结构所替代，三块可折叠的投影幕在打开时用作格罗西漫画的投影，当左右两块屏幕向中间折叠一定角度时，三块幕布作为三面墙构成舞台上的监狱场景。此外，皮斯卡托还专门安装一块纱幕用于海浪、船只停泊站点等揭示环境的影像的投影。

皮斯卡托剧院时期，投影与舞台结构及机械装置的结合更为紧密。在《哎呀，我们活着！》脚手架结构中央区域的前方安装有一块 25 米长、35 米高的幕布，可从舞

---

① Erwin Piscator. The Political Theatre [M]. Translated by Hugh Rorrison. New York: Avon Books, 1978: 70.

台顶部降下用于电影的播放，此外，脚手架上各独立演区的外部覆盖有以机械链条控制的半透明幕布，这些幕布向上卷起时呈现出各演区，遮盖住演区时用作投影屏幕，当这些处于脚手架不同位置的投影幕布同时播放不同的投影内容时，脚手架结构上呈现出一场"投影的蒙太奇"（Projectionsbild-Montage）[①]。此外，当所有独立演区的投影幕布降下时，观众可以视整个脚手架结构为一个巨大的投影屏幕，在这个大投影幕布上，播放具有介绍性和引导性的电影片段。在第一次从引导性电影切换到舞台现场演出的时刻，脚手架上一个代表监狱牢房的方形空间被打开，电影中的监狱镜头切换成现实的监狱场景，这样的转化手法将电影与舞台场景有机地衔接和融合在一起，从而体现出舞台的设计宗旨："从投影屏幕中的行动直接生发出舞台行动。"[②]

图 3-9 《哎呀，我们活着！》投影蒙太奇设计效果图

《拉斯普廷》的舞台结构与《哎呀，我们活着！》相似，半球形多层装置被切割成不同的相对独立的方形表演空间，这些空间由布帘遮盖，当布帘通过机械链条操控向上卷起时，作为演员的表演区域。当布帘遮盖住这些表演空间时，整个半球装置表面为一个巨大的半球形投影幕。半球的皇冠形屋顶上安装有两部前置投影仪，在皇冠形装置升起时，一个投影屏幕可下降至原皇冠屋顶的位置用于另外一部背投投影仪的播放，在"福克—黑格"场景中，这三部投影仪可同时使用。在第 11 场及 12 场中，

① Ullrich Amlung. Leben-ist immmer ein Anfang, Erwin Piscator: 1893-1966[M]. Marburg: Jonas Verlag, 1993: 41.
② Erwin Piscator. The Political Theatre[M]. Translated by Hugh Rorrison. New York: Avon Books, 1978: 221.

转台带动整个半球装置顺时针旋转的同时，顶部投影幕播放电影及相关文字内容，保证了舞台场景的流畅转换。此外，舞台前区还安装有纱幕，舞台两侧安装有两个宽度为 9 米、高度同舞台台口的投影幕作为"事件日历"，同时也用于统计数据等文献资料以及标题、评论文字、剧本内容的播放。

《繁荣》的舞台装置没有之前作品对于舞台机械过于繁复的要求，整个舞台由数个小型脚手架装置及天幕处一幅贯穿整个舞台后区的投影屏幕构成。这一结构被皮斯卡托认为是整个演出季最为完美的作品，"它达到了导演创作的简洁性与形式的流畅性"[①]。《繁荣》被称为"新闻喜剧"，剧作内容是由报纸新闻内容发展而来，因此，整个舞台的意象为一张新闻报纸。舞台后方与舞台高度和宽度相当的投影幕布即为这张新闻报纸，"报纸"被划分为各个专栏，各场景中舞台事件的相关信息以新闻的形式被投影到幕布上所对应的专栏中，例如当舞台上呈现意大利与法国的石油公司争夺油井时，意大利和法国之间的媒体大战被投影在新闻幕布上。皮斯卡托认为这样的舞台呈现方式实现了舞台行动的简洁化与清晰化，"能够以教科书般的清晰性概括和说明舞台事件"[②]。在皮斯卡托于美国工作室剧院及回归德意志联邦共和国后所创作的多部作品中，舞台投影作为其标志性创作手段之一贯穿了其整个导演生涯。在西柏林自由人民剧院创作的三部文献戏剧作品中，舞台天幕处安装的投影幕布作为演出的主要叙事手段之一，承担了作品文献纪实资料的展示功能。

二、舞台投影的功能

皮斯卡托在《拉斯普廷》的创作中，总结了舞台电影投影的三种功能：具有教育功能的文献纪实电影（didactic film）、具有戏剧功能的电影（dramatic film）以及用于评论的电影（film commentary）。这三种投影电影的功能扩展至舞台投影（包括图片、文字、统计数据、图表、漫画等内容的静态影像以及卡通动画等动态影像）的范畴，同样适用。皮斯卡托在舞台上对投影的探索和使用经历了从最初作为作品文献纪实性内容的补充，社会及历史背景的构建，到舞台投影作为舞台叙事语汇对场上事件进行评述和发表议论，再到舞台投影承担起作品的戏剧性功能，构建事件的规定情境并延展舞台戏剧行动的发展历程。

---

①   Erwin Piscator. The Political Theatre [M]. Translated by Hugh Rorrison. New York: Avon Books, 1978: 278.
②   同上：277。

（一）教育功能（didactic film）

具有教育功能的投影主要用于呈现客观事实、提供与主题相关的信息、对剧作内容进行文献资料补充、对场上事件历史及社会背景进行介绍等，从而承担起对于观众的宣传教育功用。

皮斯卡托早期的舞台投影主要用于图片、文字等静态影像的播放。在《旗帜》一剧中，为了"让事实自己说话，在演出中呈现无产阶级为了争取自由所进行的长期斗争的史实"[①]，同时向观众清晰地呈现这一史实发生的社会与经济背景，从而揭示事件产生的根源，皮斯卡托运用了新闻简报、电报、照片等大量历史文献资料以增强舞台事件的真实性。例如在演出开场由民谣叙事歌手向观众介绍登场人物及事件背景时，歌手身后的大屏幕投影出工人罢工运动领袖、特拉斯富豪、警察局职员等人物头像。拉尼亚在关于演出的评论文章中指出："图片和电影所具有的戏剧性叙事功能得以在舞台上发挥，同时，这些投影的使用具有教育学原理，投影不仅仅作为一个具有教育功能的装置，而是将整个作品以这样的信息呈现方式提升到了一个新的高度。"[②]

《尽管如此》被皮斯卡托定义为"第一部文本和演出均完全基于政治文献的戏剧"[③]，为突出演出的文献纪实性特征，皮斯卡托第一次在舞台投影中使用电影作为演出的文献资料补充，拍摄于第一次世界大战的纪实电影片段穿插在整个舞台演出过程中。皮斯卡托认为，运用战争纪实电影的原因和目的在于，战争电影在当时并不流行，当无产阶级观众得以亲眼观看到这些记录战争的真实镜头时，"他们所受到的冲击和影响比阅读一百篇相关文章更为直接和强烈"[④]。这些纪实电影的内容包括：军队整装被送往前线、投掷炸弹的袭击、成堆的尸体、燃烧的城市等表现战争血腥场面的电影片段以及战后遣散的影片、记录欧洲皇室阅兵群众场面的影片、无产阶级革命暴动的影片等。当战争纪实电影作为与舞台事件相关的背景呈现时，投影内容与舞台现场演出之间形成互为补充或对比的关系。例如第4场中，当舞台现场表演德国社会民主党针对战争贷款进行投票表决时，屏幕上紧接着出现战场上第一个牺牲的人；第9场中，当舞台上呈现李卜克内西在军事法庭上接受审判的场景时，拍摄于战场的纪实电影暗示出大屠杀正在继续；第10场中，当法国与德国士兵坐在舞台上的炮弹坑中时，

---

① Erwin Piscator. The Political Theatre [M]. Translated by Hugh Rorrison. New York: Avon Books, 1978: 72.

② 同上：74。

③ 同上：91。

④ 同上：94。

电影的内容呈现十月革命的爆发以及列宁发表讲话，表明无产阶级拒绝继续被践踏。投影在此处将剧本中无法在舞台上展现的内容呈现在观众眼前，导致战争爆发的社会及政治因素、战争对于人类的摧残以及无产阶级的抗争通过投影与舞台演出的对比被清晰揭示出来，投影在演出中作为"有效的刺激物，从内心深处煽动起观众们的情绪，它作为文本内容最有效的补充发挥了功用"①。

在人民剧院创作的几部航海主题作品中，投影内容除使用大海的电影片段以配合船形舞台结构的运转，表现船只在海浪中前行的场景之外，在《喝醉的船只》中，皮斯卡托第一次在演出中使用格罗西绘制的卡通讽刺漫画作为投影内容，投影以绘画的形式将主要的社会及政治事件呈现出来并构建起场上事件发生的地点、时代及社会大背景，从而完成了皮斯卡托所要求的在不关闭大幕的情况下，场景的时间与地点的流畅转换。演出开场处，当舞台大幕拉开时，剧名被投影到舞台前区纱幕上，随后纱幕升起，露出三联画结构的投影幕，播放背投投影出的卡通漫画。在一场表现巴黎公社暴动的戏中，屏幕上呈现出用红色卡通字体写出的"1871"这一表示年代的数字；另一场景中，三块屏幕上的漫画分别表明左边区域为一间咖啡馆，中间区域为布鲁塞尔的大皇宫，右边区域为一艘轮船及一张去往阿尔及利亚的二等舱船票，投影中三个不同地点的漫画为演出构建起了多场景并置的共时性舞台。在《哥特兰风暴》中，为展现事件发生的中世纪时代背景，皮斯卡托运用了大量老照片作为演出的文献纪实资料。开场时剧作者威尔克写作的序言中用于解释中世纪社会结构的文字被投影到舞台中间的屏幕上，同时中世纪的人物和地点的老照片被投影在舞台高处的屏幕上。此外，皮斯卡托通过图片、文字及纪实电影的播放将中世纪至十月革命这一段历史时期的众多革命者形象呈现在作品中，其中包括 1927 年 3 月上海工人罢工游行的最即时的新闻简报以及演出中数次出现的列宁照片等，将剧作的革命主题从中世纪扩展至当代。

图 3-10　格罗西为《喝醉的船只》设计的讽刺漫画投影

①　Ullrich Amlung. Leben-ist immmer ein Anfang, Erwin Piscator: 1893-1966 [M]. Marburg: Jonas Verlag, 1993: 18.

图 3-11 《喝醉的船只》演出剧照，演员在三联画结构的投影幕布前进行表演，1926 年 5 月 21 日，柏林人民剧院

　　《哎呀，我们活着！》的戏剧性支点和中心思想在于：当今世界如何对一个在牢狱中度过八年隔绝生活的人产生影响。对于皮斯卡托而言，将个体的命运从广阔的历史要素中汲取出来，在主人公托马斯的个体生命与战争及革命之间建立戏剧性的联系是尤为重要的，同时，演出需要让观众见证八年历史发展前后的巨大鸿沟，从而凸显出时代及革命对于主人公的影响。皮斯卡托认为电影是能够在七分钟之内让八年的冗长时光得以呈现的最适当媒介。由皮斯卡托剧院的电影工作小组与柏林大型电影公司进行沟通和合作，从这些公司的档案资料中挑选出近十年的文献纪实电影资料作为舞台投影素材，经过剪辑的纪实电影将托马斯在狱中八年的社会历史事件浓缩至七分钟在舞台上重演：欧洲通货膨胀、鲁尔区的崛起、苏维埃共和国的重大事件、墨索里尼在意大利的活动、美国萨科—万泽提案件、魏玛共和国的成立、保罗·冯·兴登堡当选德国总统等重大历史事件，在这段七分钟的"历史蒙太奇"中，"时间与空间如望远镜中可自由伸缩的景观一般从我们眼前掠过"[1]。《哎呀，我们活着！》中运用电影等文献资料呈现历史史实及社会背景的手法受到《德意志日报》称赞，将其评价为"一部关于时事问题的戏剧，以无产阶级对于当前社会事件的回顾方式进行展现，舞台风格机智敏捷且产生了新闻报道般的效果"[2]。

　　投影的文献纪实功能在《拉斯普廷》的创作中作为舞台演出重要组成要素以"投影日历"（Calander）的形式得以进一步发挥。皮斯卡托剧院希望在这部历史文献剧中不仅仅将历史作为事件发生的背景，而是作为一个政治事实从根源到细枝末节进行叙事性阐释，以全面的视角揭示俄国革命的开端，而这一叙事性的阐释需要文献纪实资料作为证据进行支撑。皮斯卡托指出："投影以外部事件的形式通过幻灯片及电影

① 　Erwin Piscator. The Political Theatre [M]. Translated by Hugh Rorrison. New York: Avon Books, 1978: 219.
② 　同上：220。

146

剪辑片段持续打断舞台事件，是一种通达这些文献证据的深度和广度的方式；它们（文献投影）被穿插入舞台行动之中或在舞台重要转折点之后，正如历史的探照灯一般穿透了时代最幽深的黑暗而照亮了这些历史的黑暗区域。"①

　　为保证众多历史事件和与之相关的舞台行动在演出中同步共时呈现，皮斯卡托剧院的编剧团队将整理出的文献资料按照编年史的顺序草拟出一份"历史大事记"，以"投影日历"的形式投射在舞台台口右方的投影幕布上，幕布为由帆布覆盖的框架结构，宽为 9 米，高度与镜框舞台台口相同，可自由地向前或向后移动。此投影日历被皮斯卡托作为一本"笔记本"，在演出中呈现出与舞台行动相关联的历史事件并对场上事件作出即时的文字评论或直接向观众阐述创作者观点。除作为"投影日历"播放历史文献资料外，剧作的文本内容也可从屏幕底部向上滚动播放，因此，皮斯卡托也将这一装置称为"流动的剧本"（moving script）②。

图 3-12 《拉斯普廷》演出剧照，舞台右侧为"投影日历"，1927 年 11 月 10 日，皮斯卡托剧院

　　投影的文献纪实功能除了为演出提供文献补充和证据支撑外，也为观众简要介绍和概括接下来即将发生的舞台事件，为其在事先了解事件背景的前提之下观看演出奠定基础，从而实现戏剧的教育功用。皮斯卡托将这一类为观众提供事件相关信息的投影电影称为"教育性的电影"（didactic film），其主要以"电影序幕"（film prologue）的形式出现在舞台事件开展之前。

　　在《哥特兰风暴》中，为使 1920 年代的观众对于场上即将发生在中世纪的事件

① Erwin Piscator. The Political Theatre [M]. Translated by Hugh Rorrison. New York: Avon Books, 1978: 230.
② 同上：236。

背景有所了解，开场的投影播放关于中世纪社会结构介绍的文字以及中世纪人物和地点的老照片；在《拉斯普廷》中，为了让德国观众在演出开始前对于尼古拉二世的家谱、沙皇的历史以及俄国东正教的历史意义有所了解，从而加深对于《拉斯普廷》这部戏内容的理解，皮斯卡托以文献纪实电影作为开场序幕，为观众开设了一堂"原始的历史课"[①]，用于介绍最后一位沙皇的生平以及一个族谱式的罗曼诺夫王朝历史并以投影日历上的即时评述作为补充，如"突然逝世""在疯狂中死去""被自己所杀"等人物生平关键信息点。在开场场景的结尾处，聚光灯从投影图片中"挑选"出罗曼诺夫王朝最后一位沙皇，随后投影电影暗去，尼古拉二世出现在舞台上，在他的后方，拉斯普廷巨大的剪影笼罩在舞台上，在开场电影序幕已营造出的王朝的悲剧氛围中，演出开始。演出中第二处"电影序幕"为观众介绍了1917年革命的相关历史，皮斯卡托希望观众对于这一次革命事件发生的必然性及其结果的不可避免性有所认识：这一革命的结果是由民众长期以来的贫穷、饥饿、沮丧情绪及阶级压迫所导致的。因此，与之对应的反抗运动被作为一个不断重复并加强的主题多次出现，直至1917年革命的胜利。为将观众置身于这一宏大的历史情境之中并对之后舞台行动的开展背景有所了解，投影播放了俄国军团在喀尔巴阡山脉（Carpathians）大规模战败的纪实电影，随后，舞台大幕打开，时代的氛围在演员说出第一句台词之前已被营造出来。在皮斯卡托于1950年代回到德国后创作的三部文献戏剧中同样运用了投影作为作品的文献补充，三部作品的主题均是揭露第二次世界大战对人类及社会造成的灾难，皮斯卡托在演出中使用了统计数据、表格、审讯文字记录、新闻报道、战争纪实电影、纳粹集中营照片和纪实电影、大屠杀受害者照片、纳粹军官照片等大量文献资料。

（二）戏剧功能（dramatic film）

具有戏剧功能的投影主要作为戏剧性元素参与舞台叙事；作为戏剧行动的扩展，将舞台行动直接从投影中生发出来或延续舞台上已经结束的舞台行动；以视觉化的形象展现人物的心理空间，将人物的情感和情绪外化；作为舞台现场场景的替代构建事件的规定情境，以一组简洁的镜头组接代替舞台现场需要通过对话与行动来解释说明的规定情境。

《海啸》是皮斯卡托作为人民剧院专职导演的第一部作品，也是他第一次专门为

---

① Erwin Piscator. The Political Theatre [M]. Translated by Hugh Rorrison. New York: Avon Books, 1978: 238.

演出拍摄电影用于舞台投影。投影在《海啸》中除承担文献纪实资料的信息提供功能之外，被皮斯卡托赋予了新的功能：投影第一次作为舞台的戏剧性元素，"在剧作结构，即编剧学方面发挥作用，并克服了此前仅在文献纪实方面的功用"①。为使投影在演出中发挥更大功用，皮斯卡托选择了由台阶和少量木块构成的简洁舞台布景，在天幕处竖立起一块贯穿舞台后区的投影屏幕，安装近十台投影设备，尝试以舞台投影来构建戏剧情节与舞台行动之间的相互关系。

图 3-13 《海啸》演出剧照，投影播放文献纪实照片，1926 年 2 月 20 日，柏林人民剧院

　　除在剧中承担文献纪实功能，如葛兰卡向群众发出"为了每一个人"的广播宣言时，纪实电影播放上海的群众集会场面、里约暴动及纽约码头工人罢工的镜头；为展现葛兰卡因爱情纠葛在工作上失职的后果，纪实电影播放出工厂的烟囱、罢工、街头斗殴照片以及统计数据和表格，投影的戏剧性功能首先体现在投影作为舞台布景的一部分，创造了舞台行动开展的规定情境。例如开场电影播放波涛汹涌的海洋镜头，引导出在圣彼得堡海滨对话的场景并作为事件发生的背景取代舞台天幕；演出结尾处播放人头攒动的群众聚会镜头以扩展舞台上群众场面的规模。其次，投影还对于场上人物的行动和规定情境进行解释说明，例如在葛兰卡出现在舞台上之前，投影播放其在无线电塔台上分派任务的镜头；第 3 场中，当一名遭到炸弹袭击的德国水手在舞台上被营救之前，投影播放爆炸破坏者的镜头；当英国一战时期首相大卫·劳埃德·乔治（David

① Ullrich Amlung. Leben-ist immmer ein Anfang, Erwin Piscator: 1893-1966 [M]. Marburg: Jonas Verlag, 1993: 38.

Lloyd George，1863—1945）的声音从广播中传出时，电影播放乔治进行演讲的镜头。此外，投影作为舞台叙事手段承担的编剧学功能还体现在投影对于角色下场之后行动的追踪，从而使角色的舞台行动得以延续和扩展。例如在第 7 场中，葛兰卡与恋人鲁勒（Rune）发生争吵之后，专门拍摄的电影呈现出葛兰卡穿过树林并消失在雾色之中的镜头；当葛兰卡决定重返城市领导群众革命暴动，于森林中与同伴告别并独自离开舞台之后，电影镜头展现出树林中一条看不见尽头的道路和葛兰卡孤独前行的形象，直至人物最终消失在镜头的远景之中；当剧中另一人物甘德决定放弃他在俄国公司的股权时，电影紧接着播放纽约股票交易所大震荡的场景，暗示出这一行动对于世界经济局势所造成的影响。皮斯卡托在《海啸》中所使用的投影图片和电影开始在其导演创作中承担起戏剧性的叙事功能，投影作为"一道活的布景"引导着剧情发展并成为舞台演出的一个驱动性力量。耶林将《海啸》中的舞台投影称为"新的媒介"和"重大革新"[①]，他高度赞赏皮斯卡托运用投影对戏剧行动所进行的解释说明和延伸拓展，并将其称为在舞台新媒介的运用与实践方面的先驱者。

《哥特兰风暴》是皮斯卡托在人民剧院期间对于投影戏剧性叙事功能的进一步探索与革新，正是由于该部作品中投影所具有的激进的宣传鼓动性与明确的政治倾向性，引起了一场被皮斯卡托称为"人民剧院风暴"的广泛论争并最终发展成为持续性的社会政治事件。皮斯卡托在演出中运用大量投影内容将原剧作中世纪的故事与当代社会革命建立起直接联系，为作品构建起现实性的社会政治背景，这一历史性的联接手段创造了结尾处具有争议性的高潮场面：由摄影师库尔特·沃伊托（Curt Oertle，1890—1960）拍摄的一组电影镜头经过蒙太奇剪辑，呈现五名主要角色坚定地走向摄影机即观众方向的过程。在此过程中，他们穿戴的服饰开始出现不同变化，这些服装样式按照历史上革命运动的时间顺序进行转换，反映出 1789 年、1848 年、1917 年、1918 年的农民暴动以及在近代社会革命历史上所取得的胜利，最终扮演阿斯姆斯的演员以列宁的形象出现在镜头中，配合终场时舞台上一颗象征苏维埃的冉冉上升的红星，表达出创作者效忠于无产阶级革命的决心。剧评家阿尔弗雷德·克尔（Alfred Kerr，1867—1948）认为，这是"皮斯卡托所完成的最有深度的电影摄影之一。最令人难忘的一个镜头是列宁的形象被一次又一次地呈现在屏幕上。每一次剧中人物变换装束都给观众一次新的震撼……这位逝去的人一次又一次地复生，以上百次的形象复生——

---

① Erwin Piscator. The Political Theatre [M]. Translated by Hugh Rorrison. New York: Avon Books, 1978: 105.

直至正义和真理统治了这个混乱的世界……然后我在屏幕上看到了黑白色彩的上海，紧接着风暴在剧场中爆发，从乐池到包厢，剧场中的每一个人感觉到自己正在经历一些全新的事物，个人的政治观点已经不再重要，汹涌的情感在说话，说话，直到哭出了声"①。而人民剧院经理认为结尾处的电影是对于剧场中那些保守的在政治上中立的观众们的公然挑衅，在开演前的两小时，剧院经理删减了四分之一的电影镜头。这一行为激化了人民剧院中坚持剧院在创作上保持政治中立态度的保守派和坚持创作政治戏剧，以戏剧介入社会政治运动的左翼之间的矛盾冲动，并引起了艺术界针对艺术的社会功用这一问题的广泛讨论。

《哎呀，我们活着！》中，投影作为舞台叙事手段之一，被赋予了心理学方面的意义。皮斯卡托希望投影在演出中呈现出"音乐的流动性"②用以取代音乐声响。开场的"电影序幕"为观众构建了主人公托马斯的心理空间，在揭示出战争血腥残酷的现实的同时，营造出一位革命失败者在牢狱中度过八年时光的苦闷与凄凉的心境。演出从一件挂满勋章的上将制服电影特写镜头开始，切换至幻灯片的播放，呈现步兵进攻、前进的坦克、布满炮火的战场、机械枪炮、受伤的人、墓地中一排排十字架、军队撤退、被丢弃的武器等画面，当投影内容再次切换回电影镜头时，一只大手将上将制服上的勋章从胸口扯落，主角托马斯的影像在一群士兵的电影镜头中逐渐呈现。通过镜头的蒙太奇组接，电影序幕将主人公入狱后关于战争的痛苦回忆、革命失败后绝望压抑的心理状态以及悲观情绪呈现在观众面前。当前区投影幕升起，纱幕落下，舞台呈现监狱场景。托马斯及其他被捕的革命者在舞台中央区域开始表演，背投投影仪在后区投影幕上投射出监狱的墙面，前区的投影仪在纱幕上投射监狱铁窗的影像，随后被一个来回踱步的哨兵的电影特写镜头逐渐覆盖。在这里，投影影像不仅直接引导出舞台行动，也为舞台营造出整体氛围，更为此后舞台行动的开展构建起了具体的环境。除运用纪实图片及纪实电影构筑舞台规定情境之外，皮斯卡托试图采用专门制作的抽象电影（nonfigurative film），将人物的心理状态以视觉化的形象揭示出来。由恩斯特·科赫（Ernst Koch，生卒年月不详）创作的抽象电影在托马斯谈及八年精神病院的生活时，在投影幕上呈现出一整块黑色平面，随即以极快的速度分解为线条，随后分解成小碎块，用以象征时间被拆解为天、小时和分钟等琐碎的片段。但由于时间限制，电影最终未能完成。

---

① Erwin Piscator. The Political Theatre [M]. Translated by Hugh Rorrison. New York: Avon Books, 1978: 146.
② 同上：212。

运用抽象电影赋予舞台行动音乐性的构想最终在《好兵帅克》中得以实现，由格罗西绘制的卡通漫画作为投影主要内容贯穿演出。皮斯卡托希望舞台整体视觉形象呈现出"万花筒"般的效果并且使所有视觉元素具有可变化的属性，从而体现出小说所具有的叙事流动性。在名为"大酒壶"的场景中，当舞台上的帅克与警察局间谍对话时，投影漫画出现一个由线条快速画出的长相愚蠢的人的头部，随后头的顶部打开，一系列法律符号和法律文书标记从中不断蠕动着涌出；在下一个舞台场景中，当帅克决定加入军队时，这些法律符号组合成一棵抽象的大树，树上悬吊着垂死挣扎的人，不断变化的抽象漫画与舞台场景形成鲜明对比，形象生动地讽刺了德国的法律及军事体系。在演出下半场，当舞台上表现帅克行军途经奥地利军队管辖区域时，投影漫画出现一群军官抓捕、虐待并杀害囚犯的场景，这些军官在投影中逐渐演变成一群穿戴军装的面目狰狞的狼狗，这一组讽刺漫画既揭示了剧中对于帅克的行动起决定性作用的外部环境，同时也暗示出战争的血腥和残酷。

图 3-14　格罗西为《好兵帅克》创作的讽刺漫画投影，表现军官抓捕、虐杀囚犯的场景

皮斯卡托离开美国之前，于1951年在纽约工作室剧院执导的最后一部作品《麦克白》中，舞台投影同样被赋予了心理学方面的意义并为演出营造出整体性的舞台氛围。皮斯卡托以台口处安装的纱幕取代了舞台大幕，开场的电影序幕首先呈现莎士比亚时代所有英格兰和苏格兰国王的头像，直至纱幕上出现麦克白的名字"MACBETH"几个大写字母时，另一台投影仪将国王的剪影投射在大写字母之上并逐渐将其覆盖，随后女巫的巨大剪影出现在纱幕上，随着字母一同消失。紧接着音乐响起，烟雾开始弥漫舞台，舞台后区的环形大幕上投影出火和浓烟的影像，纱幕上再次出现女巫在烟雾中游走的白色剪影。开场的"电影序幕"在音乐及烟雾装置的配合下营造出事件发生的外部环境及舞台氛围，同时也将场上人物的心理及精神世界以视觉化的方式呈现在观众眼前。在此后的多处场景中，台口处纱幕上的投影与纱幕后的舞台场景同时呈现，二者的结合以舞台蒙太奇的效果将舞台固定的建筑台口纳入演出之中，作为一个活动性的叙事及表达要素参与到演出中来。皮斯卡托对投影纱幕的运用予了肯定："纱幕作为作品复杂主题的重要呈现手段，成为舞台重要的组成要素。它使得文献史实穿越历史，穿越个体生命及角色而被照亮。"[1]

《拉斯普廷》中投影的戏剧性功能之一在于为场上舞台行动的开展构建背景，这些替代舞台场景的电影镜头被穿插在舞台场景之间或者利用台口处的纱幕投影与舞台场景同时呈现。例如在舞台"军队叛乱"的场景中，投影呈现出散乱丢弃的武器；在"革命的爆发"场景中，投影呈现出一面红旗在一辆疾驶的汽车上迎风招展的镜头。投影的另一个戏剧性功能在于为舞台行动从历史真实的角度建构规定情境，将众多舞台场景精简压缩为最主要的本质内容投影到屏幕上，缩短舞台行动所需的时间。例如当沙皇皇后在舞台上向拉斯普廷的鬼魂寻求建议时，投影中叛变的军团已经冲进了皇村。在传统剧院中，这一场景可能会由一个骑马的信使冲上舞台报告。而在皮斯卡托的创作中，电影投影与舞台场景的同时并置赋予了这一时刻一种历史的维度，将历史的真相呈现在观众眼前。舞台上沙皇皇后在这一时刻仍然表现得猖狂和目中无人，"然而电影了解得更为清楚：这一刻时间仅仅属于沙皇皇后，观众凌驾于时间之上。舞台上的人物只能感受到他们在那一时刻所处的自身的规定情境或者他们身边最近的规定情境。而投影在纱幕上的电影知晓此刻整体的规定情境，即整个剧场中所有人所共处的

---

① C.D. Innes. Erwin Piscator's Political Theatre, The Development of Modern German Drama [M]. London: Cambridge University Press,1972: 162.

规定情境。这就是命运，智慧之声，它知晓一切"[1]。此外，皮斯卡托还将人物未来的命运投射到屏幕上，使舞台行动在时空上得以扩展。例如"阴谋"这一场景以屏幕上投影出沙皇家族面对行刑队即将被执行死刑的文献照片作为结束，暗示出皇族阴谋最终的结果。皮斯卡托在演出后指出，电影在《拉斯普廷》中以清晰和明确的功能开启了新的历史维度，在这一功能上，较之《哎呀，我们活着！》更为显著并且具有了崭新的意义。

在第二所皮斯卡托剧院的开幕演出《柏林商人》中，舞台投影不仅承担了开场处以电影文献资料对观众进行宣传教育的功能，更以一组电影蒙太奇镜头的组接追踪角色的行动轨迹，从投影影像中直接引导出此后的舞台场景。由于涉及社会经济主题，皮斯卡托同样采用了"电影序幕"的方式为观众进行与经济主题相关的背景资料介绍，在开场投影中播放经济统计数据、经济学及社会学领域的人物肖像、新闻简报、电报、通告、演讲摘要及政治家和经济学家的声明等文献资料。随后，投影屏幕呈现一组经过剪辑的电影片段：柏林及周边地区的风景摄影，一辆行驶的火车，火车三等车厢中满载的来自社会底层的昏昏欲睡的乘客们。镜头紧接着推进到车厢中一位身着长袍（德语名为 Kaftan，也为剧中主角的名字）、长着漆黑胡须、面露喜悦神色的男子身上，即剧中主角卡夫坦。火车到站，镜头拉远，投影屏幕上呈现人头攒动的柏林火车站出口的场景。随后镜头再一次聚焦到人群中的卡夫坦，跟随他脚后跟的特写，观众逐渐看到柏林无穷无尽的街道、地名、门牌号等，投影幕中的卡夫坦迷失在这一座大城市之中，到处游走。最后投影中呈现卡夫坦的影子从屏幕中爬出来的动作，舞台灯光亮起，舞台上饰演卡夫坦的演员从舞台后区一个空间中以相同的动作爬出来。通过投影屏幕和舞台行动的衔接，皮斯卡托将角色的行动线清晰呈现出来并缩短了演员舞台行动所需的时间。

（三）评论功能（film commentary）

具有评论功能的投影与舞台行动同时进行，直接向观众发表意见，以引导性的标题和文字对场上事件进行评述议论或将观众的注意力集中在舞台行动的重要内容上。其中一些评述性的投影文字对于场上事件发出指责和控诉，与舞台事件或投影影像在内容上形成对比关系。《皮斯卡托戏剧》的作者迪波尔德认为，皮斯卡托作品中这

---

①   Erwin Piscator. The Political Theatre [M]. Translated by Hugh Rorrison. New York: Avon Books, 1978: 239.

一类具有评论功能的投影与古希腊戏剧中"歌队"（chorus）的功能近似，将其称为"filmicus"[film（电影）+chorus（歌队）]。

《旗帜》舞台上下场位置各安装有一块与二楼包厢齐平的投影幕布，用于投射评论文字以及对于舞台行动作出进一步详述。在每一个场景转换处，投影以类似电影默片的方式投射出每一场的标题。例如第12场"法庭"的标题为"被宣判死刑"；当受到诬陷者被判处罪行时，幻灯片立刻打出"实际是警察自己投掷的炸弹"的文字，向观众揭示出舞台事件背后的事实真相。在《好兵帅克》中，投影的卡通漫画代替文字承担了演出的评述功能。在原小说每一章的开端，作者哈谢克都会对这一章的主题和内容进行评述，皮斯卡托在演出中使用格罗西绘制的漫画作为小说评论文字的替代，从而形象化且简练地交代出那些阻碍帅克行动的力量。例如当舞台上表现帅克在传送带上行军场景的同时，投影中的漫画地图上出现不规则移动的虚线，虚线的运动路径表明帅克在经历长途跋涉后，因选择了与目的地相反的方向而回到了起点，同时，投影文字打出"帅克不是向南朝布杰约维采走去，而是一直在向西走"的即时评论，人物舞台行动与投影的对比在此处制造出作品的喜剧效果。卡通漫画不仅对场上人物的行动作出了解释说明，更作为对舞台行动讽刺性的评论贯穿整场演出，配合传送带装置以及景片与道具的移动，伴随着帅克永无休止的行军行动，构成了作品在视觉上和内容上双重的喜剧效果，使得原小说中的喜剧性与讽刺性得以保留并进一步以更为形象生动的方式呈现在舞台上。

《拉斯普廷》中投影承担了重要的评论叙述功能并且将观众的注意力集中到舞台行动开展过程中的重要内容上。例如在开场序幕中，投影打出"请原谅我们不断地追溯事件的开端"的语句；在前线的场景中投影打出"沙皇到达前线战场，将自己放置在军队领袖的位置上"的标题性文字，将观众的注意力引导向需要呈现的主题之上。评述性投影除对场上事件进行即时评论、指责、控诉和提供重要事实之外，在一些场景中还承担起直接的宣传鼓动的职能，投影的这一功能被运用于"投影日历"上，将文字直接诉诸观众的视觉，当这些文字再与另一块投影幕布上的图片同时呈现时，二者之间建立起了一种内容上的对比，呈现出同情或讽刺的效果。例如在"福克—黑格"场景中，当大规模的军队冲向索姆河战场的图片被投影在屏幕上时，投影文字作出即时评述："损失——50万人牺牲；军事获益——120平方英里土地"；当俄国士兵堆积如山的尸体出现在投影屏幕上时，摘自沙皇写给皇后信件的原始文字内容出现在图片上方："我在前线战场的生活健康而充满了活力。"此外，投影的评述功能在演出中也通过投影中的图片与场上人物的语言行动形成鲜明对比。例如，在"三位工厂主"的场景中，当舞台上扮演克虏伯（Krupp）公司代表的演员说出"这是对于德国精神的拯救的问题"，克鲁索（Creusot）公司代表说出"我们必须捍卫民主与文明"，阿姆斯特朗（Armstrong）公司代表声明"我们为了全世界的解放而战斗"时，观众们看到这三位工厂主身后的大屏幕投影出冒着滚滚浓烟的军工厂厂房、熔炉与烟囱的图片，这一讽刺性的对比揭示出帝国主义战争的实质及其最终结果。

迪波尔德对于皮斯卡托在舞台演出中的投影运用评价如下："这是古希腊戏剧中现实原则与理想原则的交替，这也是古希腊戏剧中的角色个体与歌队的交替。在皮斯卡托的戏剧中，电影就是'现代的歌队'……当古希腊戏剧中的歌队以一名理想化的观众、一种智慧的声音、命运的媒介、评判的标准、一个上帝与人们的声音的集合出现时，它便为奥瑞斯忒斯（Orestes）和克吕泰墨斯特拉（Clytemnestra）的个体的戏剧性提前营造出了一个广泛的戏剧氛围。同样的，皮斯卡托戏剧中的电影也承担起这一具有显著效果的心理学功能。在皮斯卡托的作品中，歌队同样是以一个集体或命运的形象进行演说，上帝与时间的力量同样也是在个体角色说话之前，首先向观众讲话，发表自己的观点和议论。由此，表演得以在一种能够将我们所有人包围的总体背景之下进行。"①

小结

综上所述，皮斯卡托对于政治戏剧叙事性、文献纪实性、宣传鼓动性、时空整体性以及舞台蒙太奇效果的要求促使他为自己所倡导的新型戏剧寻找和创造出一系列与之相对应的革新性舞台创作手段。

从早期表现主义破除舞台生活幻觉的尝试，到人民剧院时期在设备完善的专业剧院中对先进舞台机械设备的探索性实验，再到皮斯卡托剧院时期多层复合舞台结构对于社会及历史大背景的构建，皮斯卡托在创作实践中逐渐发展出一系列符合其政治戏剧美学特征的创作手段，其中包括：构成主义的实用性舞台结构、导演创作后期突破镜框式舞台观演关系的竹桥结构以及由转台、传送带、吊桥、灯光舞台、舞台投影等

---

① Erwin Piscator. The Political Theatre [M]. Translated by Hugh Rorrison. New York: Avon Books, 1978: 240.

机械设备所组成的舞台混合媒介。构成主义的功能性舞台以及舞台混合媒介的运用破除了传统剧院镜框式舞台对于生活幻觉的营造以及相对隔绝的观演关系，既确保了叙事戏剧众多独立事件的组接和场景的快速切换，在舞台灯光的作用下，框架结构上多演区并置或与投影的相互转换也为共时性舞台的构建以及舞台蒙太奇手段的运用提供了空间和技术性支撑。

舞台投影作为皮斯卡托导演创作标志性手段之一，贯穿其整个导演生涯。投影在演出中承担了为作品提供文献纪实资料和历史背景介绍的宣传教育功能，引导、延续和扩展舞台行动的戏剧性功能以及类似于古希腊歌队对场上事件进行评述、代表创作者发表观点的评论功能。舞台投影与舞台现场演出的有机结合扩展了戏剧舞台的表现边界，将舞台单一事件及个体人物的命运拓展至历史及社会的广阔时空之中，迫使观众以客观性、整体性的眼光审视舞台事件并将其与自己所处的现实社会建立联系，从而以积极行动介入舞台演出及社会改革运动。皮斯卡托对于舞台投影的革新性和综合性运用对德国及欧洲舞台投影的发展具有重要意义，他被称为德国戏剧舞台上系统化使用投影并使之与舞台演出相结合的第一人。

格罗皮乌斯设计的"总体剧院"这一新型剧院建筑作为皮斯卡托政治戏剧美学特征最为集中的体现以及革新性舞台创作手段最为理想的使用空间，在观演关系、舞台机械及投影安装方面实现了皮斯卡托对于剧院建筑多功能和整体性的要求。舞台结构在机械设备的辅助下可变换为镜框式舞台、半圆形舞台及中心式舞台，在演出中或可将三者结合使用；剧场内包括观众席四周和上方多部投影设备的安装将二维平面的传统舞台转变为三维立体的剧场空间。在总体剧院中，观众成为一个积极主动的演出组成要素，在最广泛和最深入的程度上介入舞台演出。尽管总体剧院的修建计划因资金投入过于庞大而未能实现，但它作为一个革新性的剧院建筑概念，对后世的戏剧创作及剧院设计具有启迪性意义。

第四章　皮斯卡托对于同时代及后世戏剧创作的影响

皮斯卡托的政治戏剧创作对其同时代及后世的德国戏剧及欧美戏剧产生了重要影响，其中包括在德国工人运动开展过程中，与皮斯卡托的专业戏剧创作同时进行的德国工人演剧活动以及在社会现状的影响及观众观赏趣味的转变下发展起来的以社会时事为主题的"时代戏剧"创作热潮。皮斯卡托将戏剧的社会教育功用扩展至戏剧教育领域，先后于 1920 年代及 1940 年代在柏林及纽约创办戏剧工作室，以教学与实践相结合的方式培养了大批青年戏剧从业人员，为德国及美国的戏剧发展做出了一定贡献。在其回归德国以后，以三部文献戏剧创作实践了"信仰戏剧"的主张并掀起了德国1960 年代文献戏剧创作热潮。在皮斯卡托的导演生涯中，他与布莱希特的交往及合作促进了二人各自的戏剧创作，皮斯卡托于1924年首次将自己的作品定义为"叙事戏剧"，布莱希特批判性地继承和发展了叙事戏剧并对其进行了系统化的理论阐释，将叙事戏剧推广至世界范围，对于叙事戏剧的理念认知及创作方式的差异促使二人走上了两条不同的创作道路。

第一节　戏剧教育

皮斯卡托非常重视戏剧在启迪民智、向大众宣传革命理念、进行思想教育方面的社会功用。其早期建立的无产阶级剧院创作准则之一便是"使剧院的作品对于工人阶级观众产生明确影响，成为无产阶级文化结晶的创造者，工人阶级对于真理寻求的引路人"[1]。其后的政治戏剧创作以作品简洁流畅的叙事性和丰富明快的舞台蒙太奇手段吸引了广大无产阶级观众走进剧院，以创作素材科学客观的文献纪实性向观众展现革命发展历史及社会现状，以演出的宣传鼓动性促进无产阶级主动投身社会革命，推动社会进步。

皮斯卡托对于戏剧社会教育功用的强调不仅体现在创作实践中，他于 1920 年代和 1940 年代分别于德国皮斯卡托剧院和美国纽约新校开办的戏剧工作室更以学校教

---

① Erwin Piscator. The Political Theatre [M]. Translated by Hugh Rorrison. New York: Avon Books, 1978: 47.

学的模式培养了大批青年戏剧工作者。在教学工作的开展过程中，皮斯卡托除开设与戏剧专业相关的多门类课程之外，更将课堂教学与创作演出相结合，为青年学生提供实践其课堂所学及创作构思的机会，将戏剧工作室视为一个检验学生们各种创作灵感与创作理念的实验室。在皮斯卡托以戏剧反映社会现实、以戏剧作为斗争武器介入社会政治生活、促进社会改革的创作宗旨倡导下，工作室剧院的学生们组建了自己的戏剧创作团队并创作大量优秀戏剧作品，以创作实践践行着皮斯卡托的戏剧创作理念。

一、皮斯卡托剧院工作室

在皮斯卡托 1920 年代政治戏剧创作的拥护者中，最具有革命意识的便是在 1927 年"人民剧院论战"中由剧院内部的青年员工以及在政治上较为激进的青年所组成的"特殊团队"，他们坚定地站在皮斯卡托阵营，呼吁人民剧院能够振作勇气并勇敢地走向政治戏剧的创作方向，他们要求创建政治剧院（ political theater ），创作与时事相关的戏剧（ topical plays ），创作那些大胆地进行宣传鼓动教育的、能够反映社会现状的、体现青年一代政治理念的作品。在皮斯卡托剧院期间，特殊团队参与了皮斯卡托剧院的创建并在此后作为固定观众群体向剧院预订每一个演出季的剧目。皮斯卡托将这些年轻的观众视为其政治戏剧实践过程中最为有力的支持者、革新性戏剧实验的驱动力以及作品社会效用的检验者。

特殊团队让皮斯卡托意识到年轻的无产阶级作为革命的中坚力量对于政治戏剧的发展与促进所具有的重要作用，皮斯卡托剧院需要培养一批能够理解、认同和接受剧院的政治信仰、创作理念及革新性创作形式的创作者与观众。因此，皮斯卡托在创作演出之外将戏剧教育作为剧院的一项常规工作项目，以"工作室"（ The Studio ）的形式在剧院全体工作人员以及那些与剧院拥有共同政治信仰的年轻观众之间开展系统化的戏剧知识普及、戏剧技能培训及革新性的创作实验。工作室成立于皮斯卡托剧院创办期间，作为与剧院"戏剧策划办公室及戏剧策划团队"平级的部门，以一个学习小组的形式建立，承担剧院在演出之外的戏剧教育工作，其宗旨在于"创建一所完善的剧院，一所能够传播我们世界观的具有社会责任的机构。因为我们的世界观是行动主义的，我们的演员（及其他工作人员）必须经过教育培训并建立起这一行动主义世界观"[1]。

---

[1]　Erwin Piscator. The Political Theatre [M]. Translated by Hugh Rorrison. New York: Avon Books, 1978: 198.

皮斯卡托认为，如果一所新的剧院想要发展自己的风格，剧院中的编剧、演员、技术顾问、音乐指导等必须平等地参与到剧院的建设当中。"剧院内部的发展以及剧院这一有机整体内部各组成要素的共生可以提前在理论上做准备，但其真正的实现必须是在实践的过程中完成的。一所剧院的常规工作以及它要承担的职责，一旦被赋予并引发了社会效应，就没有太多时间用于剧院内部人员的自我认知、自我检查及实验。"① 在此种情况下，工作室承担起了"实验室"的功能。在这里，所有剧院的成员以及那些以任何方式参与到剧院建设中的人，都能够全方位地了解并学习戏剧创作的各个环节，将自己的创作理念付诸实践，并在实践中进行检验；在创作过程中相互帮助，对于他人的工作进行补充，从而建立起一个以相互协作为工作方式的创作集体。

在创建之初，皮斯卡托便将工作室定义为"一个游乐场，一块用于准备工作的试验田"②。他明确提出工作室的目标不在于创作完整的戏剧作品，而在于创作集体对于作品共同探讨与排练的过程；工作室的工作并不是训练戏剧创作的模仿者，而是将那些有价值的灵感与构想付诸实践。在这一过程中，将那些在剧院保留剧目的排演中偶然或直觉情况下生发出来的新构想视为教学材料，进行进一步的探索与完善，并最终发展成完整的作品。工作室所选取的剧目均包含创作者们的创作冲动与创作意图，但其戏剧性内容仍然需要经过检验，其形式和语言方面可能存在问题，其作品的成熟度或完整性上仍然有探索和改进的价值。因此，工作室的创作最为重要的不是作品最后的公演，而是对于一个创作构想的试验的过程。在工作室中，成员们的创作不在剧院经理的直接控制之下，也不受首演日的时间限制，"在创作一开始便进入到一个对作品不断修改、重建和探索的无限期过程"③。

在工作室中，剧院的各部门都享有较公演剧目更大的创作自由。工作室的演员从与剧院或导演之间传统的聘用或从属关系中解放出来并成为创作集体的一部分，拥有与编剧、音乐指导、导演同样的权利和义务。演员通过排演与作品建立更为紧密的关系，在创作中反复试验并训练自己的表演技能；工作室的导演能够通过与各部门的协作，不断地检验他的导演意图在舞台上得以实现的最大可能性；同时，编剧也能够有机会全面地检查自己的作品并进行相应的改写，通过集体创作的方式帮助编剧理清其创作思路并通过排演的方法为他呈现出那些文本中可能存在误解的地方以及在实际工作中

---

① Erwin Piscator. The Political Theatre [M]. Translated by Hugh Rorrison. New York: Avon Books, 1978: 198.
② 同上：199。
③ 同上：198。

可能遗漏的部分。

根据 1927 年 10 月 16 日工作室成立会议的记录摘要，皮斯卡托宣布了工作室的主要工作任务：

1. 对于全体员工的全面培训；

2. 对于每一个员工个体的全面培训；

3. 表演技能方面的实验；

4. 文学创作方面的实验；

5. 政治方面的实验；

6. 政治宣传鼓动。①

在团队架构上，工作室主要由三个小组组成：第一小组为一个实验性作品创作小组，主要负责厄普顿·辛克莱（Upton Sinclair，1878—1968）《歌唱的囚徒》（*Singing Jailbirds*）和弗朗兹·杨（Franz Jung，1888—1963）《乡愁》（*Heimweh*）的排演；第二小组主要任务为改编一部童话故事；第三小组被称为"政治示威活动小组"，与皮斯卡托合作，创作一部大赦剧（a amnesty demonstration）以及关于马克思·霍尔兹（Max Hölz，1889—1933）的游行示威活动。皮斯卡托强调，三个小组不是按照个体成员的专业水平来划分，而是以促进团队的分工协作为目的，根据工作内容而组建。小组的重组可以在任何时候进行，对于小组工作的评定权力掌握在每一位小组成员手中。各小组将选举三名管理者，针对每一部作品成立一个单独的委员会，这一委员会由一名导演、一名演员和一名戏剧策划组成。

工作室的戏剧教育工作不但体现在其作为年轻创作者的实验基地，进行各种未成型作品或创作灵感及理念的探索实践，更体现在工作室以课堂教学的形式所开设的一系列课程上。工作室的第三小组是一个学习工作室，主要为训练年轻演员而建立，并被分为"学习小组"和"创作小组"，剧院为第三小组提供教授课程的教师，这些教师来自剧院中一些资深的成员。此外，那些支持并赞同剧院的政治信仰及艺术创作理念的青年学生和戏剧爱好者也可以参加第三小组的培训课程。

由于工作室排演作品的每一个环节直至每一个技术细节都由接受培训的成员自己完成，因此所有课程的开设均以创作实践为宗旨，围绕着小组即将排演的作品设置相应的科目，其中不仅包括文本的创作课程如剧本编写、作品风格研究，与表演相关的

---

① Erwin Piscator. The Political Theatre [M]. Translated by Hugh Rorrison. New York: Avon Books, 1978: 199.

技能课程如身体训练、声音训练，舞台设计课程如舞台设计、戏剧服装研究等技术性课程，更从宏观的教育学角度为学员开设政治、文学、艺术、外语、戏剧史、电影等理论课程。此外，工作室定期举办关于当下核心政治问题及文学问题的讲座，以便剧院年轻成员和观众对于剧院的政治理念以及创作中所使用的所有文学素材从理论上加深了解。在所有课程中，每日必修课程为身体训练和声音训练。皮斯卡托尤其重视演员的身体训练，他认为有控制的身体表现力是一名现代演员所必需的技能。为辅助教育工作的开展，剧院计划同数家与剧院有联系的出版社共同建立一座图书馆，主要用于收藏与剧院保留剧目相关的文字资料。

尽管皮斯卡托始终强调工作室的工作以成员们的实验性创作过程以及戏剧理论和技能的系统化、专业化学习为主要目标，但在一年的时间中，工作室年轻成员们以旺盛的创作热情完成了《歌唱的囚徒》《乡愁》和《犹大》（Judas）、《神圣的战争》（Der Heilige Krieg）等多部作品的公演。皮斯卡托认为，工作室的教学实践为一所系统化的、有组织的学校的建立创造了前提条件，也为其日后在纽约戏剧教育工作的开展积累了宝贵的实践经验。

二、纽约新校戏剧工作室

1940 年初，皮斯卡托在美国作家辛克莱·李维斯（Sinclair Lewis，1885—1951）、艾森斯坦及莱因哈特等人的引荐下，结识纽约新校校长阿尔文·约翰逊。新校作为一所从事成人教育的学院，相较于其他英国和美国学校而言，肩负更多的社会职责，其主要吸收和接纳来自欧洲的知名流亡学者与艺术家，创建了美国"第一所流亡大学"。约翰逊与皮斯卡托商讨后，决定在新校中增设一所戏剧学校，由皮斯卡托负责主持日常教学工作，即 1940 年 1 月创办的戏剧工作室。戏剧工作室的创建宗旨在于培养戏剧相关专业的学生，将课堂教学与创作实践紧密结合，并配合教学建立图书馆和心理学实验室（psychology laboratory）。在戏剧工作室的开幕演讲中，皮斯卡托重申了自己对于戏剧反映当下社会现实的社会功用的主张："不是艺术，而是生活。从戏剧工作室成立之时，让它成为我们生活的一部分。艺术是人们企图超越现实的创作，而在这里，我们所需要的是现实。"[1]

---

[1] Judith Malina. The Piscator Notebook [M]. New York: Routledge, 2012: 12.

在教学工作开展方面，皮斯卡托强调学生们跨学科知识技能学习的重要性，要求戏剧工作室的学生能够超越自己的专业领域，参与到戏剧创作演出的各个环节中。皮斯卡托认为，一名编剧学生应当参加设计及表演课程；一名设计学生应当学习导演及表演；而即将成为未来导演的学生更应当掌握戏剧其他专业方面的知识，因此他对于自己所教授的导演专业学生们的要求非常严格。戏剧工作室的教学工作主要由皮斯卡托流亡美国的欧洲好友及曾经的合作伙伴负责，如：由维也纳德意志人民剧院（Deutsches Volkstheater）及苏黎世剧院（Schauspielhaus in Zurich）著名女演员玛格丽特·怀勒（Margrit Wyler，1914—1991）教授剧本分析及角色创造；曾与斯坦尼斯拉夫斯基、梅耶荷德及瓦赫坦格夫合作过的艾肯·本－阿里（Raiken Ben-Ari，1897—1968）教授即兴表演、斯坦尼表演训练及瓦赫坦格夫风格化创作；曾工作于皮斯卡托团队的里奥·克尔兹（Leo Kerz，1912—1976）教授舞台设计、化妆及服装设计；来自柏林的艺术评论家及社会学家保罗·朱克（Paul Zucker，1888—1971）教授西方艺术史、戏剧史及戏剧社会学；来自欧洲工作于百老汇的演出制作人亚历山大·因斯（Alexander Ince，生卒年月不详）教授百老汇演出现状分析；巴伐利亚国家剧院（Bavarian State Theater）舞台灯光设计师汉斯·桑德海姆（Hans Sondheimer，生卒年月不详）教授舞台工程技术，并同时担任戏剧工作室技术总监，指导学生的演出实践；来自皮斯卡托剧院的亨利·文德瑞纳（Henry Wendriner，1895—1962）教授剧院管理课程，同时也担任皮斯卡托在戏剧工作室的助理。

戏剧工作室在成立之初将教学重心主要放在编剧课程上，第一学期招收编剧专业学生 40 名、表演专业 20 名、导演专业 25 名。编剧课程主要由戏剧协会（Theatre Guild）的顾问约翰·加斯纳（John Gassner，1903—1967）主持，早期表演课程由美国斯坦尼斯拉夫斯基创作方法主要推广者之一的斯特拉·阿德勒（Stella Adler，1901—1992）主持。皮斯卡托的妻子玛丽亚·雷－皮斯卡托（Maria Ley-Piscator，1898—1999）主要负责舞蹈课程，舞台设计师莫迪凯·戈雷利克（Mordecai Gorelik，1899—1990）负责设计课程，导演课程则由皮斯卡托自己负责。至 1947 年，戏剧工作室从最初 20 人的夜间课程发展至包括 1/3 全日制学生在内的 1000 人，达到招生人数顶峰。

三、工作室剧院

皮斯卡托将课堂教学与演出实践相结合的戏剧教育理念源于柏林时期的皮斯卡托

剧院工作室,这一具有特色的戏剧教学模式在新校戏剧工作室获得进一步深化与发展。他将戏剧工作室定义为"一所学校,它也是一所剧院;一所剧院,它同时也是一所学校"[1]。为将演出与教学、社会批评与政治性宗旨相互结合,组建一个工作剧团(a working ensemble)是与工作室的创办同时并行的计划。工作剧团的创建宗旨在于:"促进剧院作为非商业机构在艺术表达及传播方面发挥和交响乐团及艺术博物馆相同的社会功用。同时,作为一所实验性剧院,为新剧目及古典剧目提供一个革新性的排演舞台。"[2] 皮斯卡托将工作室剧院的性质定义为一所由专业戏剧工作者构成的剧院,为观众们提供在百老汇无法上演的戏剧演出,这些剧目由于缺乏商业性的噱头、过于深奥复杂的智力内涵或者过于庞大的演员团队而无法进行商业公演。

工作室剧院于1940年9月成立,与戏剧工作室同位于纽约第12街的新校教学大楼,演出剧目由年龄较长的具有丰富舞台经验的专业演员担任主要角色,戏剧工作室学生担任配角,学生演员在排练及演出过程中不但能够从实践中检验课堂所学知识,更能够通过与专业演员的合作学习并积累演出经验。剧院其他演出部门如灯光、舞台设计、舞台机械及道具设计等工作同样由戏剧工作室的教师带领学生全方位地参与到演出实践的每一个环节中来。与此同时,皮斯卡托将戏剧的社会教育功用也推广到了剧院的观众之中。他试图使观众们参与到戏剧工作室的工作中来:邀请观众参加演出剧目相关的课程及讲座,参与作品的第一次剧本朗读会并向创作团队提供意见,参观作品的排练等。

通过将教学、实践及观众的前期参与相互结合的方式,工作室剧院在戏剧教育方面的功用得以发挥并创作出多部完整的戏剧作品,如:由皮斯卡托导演的《李尔王》《战争与和平》;由詹姆斯·莱特(James Light,生卒年月不详)导演的《智者纳坦》和《灰阑记》(*Kreidekrei*);由桑福德·迈斯纳(Sanford Meisner,1905—1997)导演的《犯罪者》(*Verbrecher*)等。

1943年,由于戏剧工会(the Theatre Unions)向戏剧工作室索要工作室剧院作为一所专业剧院而非学生剧院所应当支付的员工工资,工作室剧院向新校提出2万美元的额外资金补助遭到新校董事会拒绝,加之工作室剧院的防火消防系统存在隐患,戏剧工作室及工作室剧院被迫迁出新校,于1945年10月迁入纽约西区48街(247 West

---

[1] John Willett. The Theatre of Erwin Piscator, Half a Century of Politics in The Theatre [M]. New York: Holmes & Meier Publishers, Inc, 1979: 155.

[2] 同上:155。

48th Street）的小型总统剧院（the little President Theatre）。迁址后的戏剧工作室不仅开设戏剧课程，也作为一所纯粹的学生剧院排演了一系列名为"演进戏剧"（March of Drama）的作品。"演进戏剧"以加斯纳开设的戏剧史课程及舞台场景分析课程为创作基础，其中融入皮斯卡托的创作理念与创作手法，以课堂教学展示的形式进行公开演出。演出被称为"公开排练"（open rehearsals），观众以"旁听生"的身份观看演出。这一教学与演出同一的形式不仅解决了戏剧工会对于工作室剧院专业员工薪资问题的质疑，更被认为是皮斯卡托在戏剧教育方面的进一步探索。同时，演出剧目附带有相应的公开课程及公开讨论会面向社会公众开放，扩展了戏剧教育在观众之中的普及。

在小型总统剧院以教学演出为目标的学生剧院之外，皮斯卡托为吸引更多观众，租下纽约东休斯顿街（Ⅲ East Houston Street）的屋顶剧院（Rooftop Theatre），该剧院拥有 800 个座位，较小型总统剧院规模更大。剧院推出了一项"4 美金看六部作品"的政策，票房收入主要依靠纽约各大高中的团体订票，鉴于屋顶剧院在中学戏剧教育领域所进行的广泛推广，剧评界将其称为"一座充满希望的学校剧院"。①

1944 年 7 月，为缓解戏剧工作室运营资金紧张的问题，同时增加学生们的演出实践经验，皮斯卡托组织学生们开展了名为"暑期剧院"（Sommer theater）的实践项目。这一活动于每年暑期在美国各度假景区的剧院如长岛的塞维尔剧院（Sayville Playhouse）、格雷特内克的小教堂剧院（Chapel Theatre）、马萨诸塞州的坦格尔伍德剧院（Tanglewood Thatre）中开展，由学生组成的"暑期剧团"（Summer truppe）不仅在演出方面积累了常规剧院每周轮换演出剧目的实践经验，也有效地建立和培养起团队成员们"凭借自己的能力获得相应工作报酬，并以此为戏剧工作室贡献一己之力的团队意识"。②

1945 年 3 月欧洲战事结束时，戏剧工作室的学生人数迅速增长。但同时运营两所剧院的巨大开销抵消掉了两所剧院在二战之后的盈利，戏剧工作室的财政赤字引起了新校董事会的高度警惕。1948 年 3 月，新校放弃了戏剧工作室的经营及管理权，皮斯卡托组建了一个新的董事会独立经营戏剧工作室并更名为"戏剧工作室及技术研究所"（Dramatic Workshop and Technical Institute），由他自己担任主席。董事会成员包括：加斯纳、阿尔文·约翰逊、佩恩·瓦伦等。尽管有意识地缩小了运营规模，但独

① John Willett. The Theatre of Erwin Piscator, Half a Century of Politics in The Theatre [M]. New York: Holmes & Meier Publishers, Inc, 1979: 159.

② Ullrich Amlung. Leben-ist immmer ein Anfang, Erwin Piscator : 1893-1966[M]. Marburg : Jonas Verlag, 1993: 75.

立后的戏剧工作室仍然处于负债状况。在 1947—1948 年间，戏剧工作室创作演出了多部戏剧作品，其中包括《小狐狸》（*The Little Foxes*）、《苍蝇》及德国作家沃尔夫冈·博尔彻特（Wolfgang Borchert，1921—1947）创作的《在大门外》（*Draußen vor der Tür*），后者作为纽约上演的第一部德国战后作品受到广泛关注。

图 4-1　1948 年更名后的"戏剧工作室及技术研究所"

　　皮斯卡托领导下的戏剧工作室及工作室剧院在十年的教学活动期间，共培养了近7000 名戏剧专业的学生，创作了近 100 部戏剧作品，近 3 万名观众观看过戏剧工作室作品的演出。戏剧工作室及工作室剧院以戏剧反映社会现实、促进政治改革及社会进步的创办宗旨以及将课堂教学与演出实践相结合、鼓励学生进行实验性探索与创作的戏剧教育方式获得美国社会认可，被誉为"美国历史上最为杰出与独一无二的戏剧学校之一"。[1]

第二节　皮斯卡托对德国戏剧创作的影响

　　皮斯卡托的政治戏剧创作按照时间发展顺序，对德国工人演剧运动、时代戏剧创

---

① 　Gerhard F. Probst. Erwin Piscator and the American Theatre [M]. New York: Peter Lang Publishing, 1991: 59.

作及文献戏剧，从创作理念到创作手法上产生了重要影响。

皮斯卡托早期无产阶级剧院时期及政治讽刺剧的创作手法被德国工人演剧运动吸收和借鉴，促进了德国工人宣传鼓动剧的发展与广泛传播，同时皮斯卡托也受到德国工人演剧的独创性、新颖性和纯粹性的启发，二者在相互学习和借鉴中共同发展。人民剧院及皮斯卡托剧院时期，其作品对于社会问题的关注以及对于现实生活的及时反映受到了年轻戏剧工作者及观众们的认可和支持，这一现象促使包括人民剧院和其他资产阶级商业剧院在内的众多剧院开始以社会时事问题作为主题进行创作，这一时期涌现大批时代戏剧作品及演出团体，在皮斯卡托等人的影响下，"'时代戏剧'成为魏玛共和国时期戏剧创作领域的专有名词"[①]。皮斯卡托于1950年代回归德国后创作的三部文献戏剧作品掀起了德国1960年代文献戏剧创作热潮，其影响扩展至世界范围。

一、对德国工人演剧运动的影响

皮斯卡托政治戏剧创作对于德国工人演剧运动的发展产生了重要影响。1920年代，随着德国共产党的成立、俄国十月革命的胜利以及德国十一月革命的爆发，德国工人运动如火如荼地展开，其目标在于消除阶级不公正待遇，传播马克思主义，号召无产阶级积极投身社会改造运动，最终建立自由民主的社会主义国家。在这一场运动中，无产阶级以戏剧作为有效的宣传鼓动和革命斗争武器之一参与社会革命。皮斯卡托在回顾1920年代初期的创作时指出，政治戏剧的创作和探索为德国戏剧开辟了一个新的领域，在这一领域中，"无产阶级开始了他们的实验——从无产阶级自身产生出的戏剧创作"[②]。这一戏剧创作主要是指业余和半业余性质的德国工人演剧运动以及皮斯卡托专业性质的政治戏剧创作，二者在发展过程中相互影响和促进。

政治戏剧作为德国工人运动的有机组成部分，皮斯卡托早期无产阶级剧院的实践以及三部政治讽刺剧创作从戏剧理念到舞台呈现手段上给予了德国无产阶级工人演剧运动以启发。皮斯卡托在无产阶级剧院时期所运用的创作手段，如一系列小短剧的集合，简洁的、方便拆卸和安装的布景，类型化角色，对话中穿插的革命理念宣讲以及演出过程中对于观众的直接回应，以小规模演出团队在工人聚集地的大厅或会议室做巡回

---

① John Willett. The Theatre of Erwin Piscator, Half a Century of Politics in The Theatre [M]. New York: Holmes & Meier Publishers, Inc, 1979: 110.

② Erwin Piscator. The Political Theatre [M]. Translated by Hugh Rorrison. New York: Avon Books, 1978: 100.

演出等演出形式，直至 1920 年代末期仍被德国宣传鼓动团队广泛运用，"'红色政治讽刺剧'（Red Revue）成为一个永久性的概念，在德国各大工厂的宣传鼓动戏剧运动中被保留下来并沿用至今（指皮斯卡托写作《政治戏剧》一书时的 1928 年）"①。

在 1920—1930 年间，德国涌现出上百个无产阶级演剧团体，他们主要以时事讽刺剧的形式进行宣传鼓动演出，其中最为著名的为来自柏林的红色扩音器（Rotes Sprachrohr）、红杉社（Rote Blusen）、红色火箭（Rote Rakten）、囚徒（Galgenvögel）以及由汉堡布隆沃斯（Blohm & Voss）造船厂工人组建的铆钉社（Die Nieter）等。无产阶级工人剧团的演出形式与皮斯卡托早期的政治戏剧创作具有许多相似之处：通常采用政治卡巴莱结合歌曲、舞蹈、表演及演讲的舞台蒙太奇手段；将短小精悍的小品或小剧松散衔接或将多场景并置；力求在最大程度上的观众参与，最终将演出变成一场群众性的示威游行。例如在红色火箭的一次演出中，将第一节德国工人生活现状与第二节苏联工农的自由生活在舞台上同时并置，形成对比关系，并在其中穿插讽刺性短诗、演讲、短歌剧等。在一场名为"淘汰"的场景中，与皮斯卡托在《红色政治讽刺剧》中象征资产阶级政党政治博弈的拳击比赛相类似，由披挂着党派旗帜的演员表演一场拳击比赛，用以讽刺党派之间的虚假斗争。至 1920 年代末期，"几乎没有任何共产主义者的事件或会议不使用宣传鼓动剧团的演出……这些剧团已经引起了参加会议人数的快速增长并导致党员人数相当大的增加……短小的卡巴莱场景、小品、单人表演等……比最有效的演说更能使观众坚信共产主义原则的正确性，没有什么会像这些宣传鼓动剧团那样具有煽动性和鼓舞人心的效果"②。

皮斯卡托曾于 1963 年《政治戏剧》一书的修订版中专门增加了名为《无产阶级业余戏剧》的章节，在文章中，皮斯卡托论述了他所从事的"专业革命戏剧"与"业余革命戏剧"之间的关系。皮斯卡托首先指出，二者创作宗旨是相同的，都在于创立属于无产阶级文化的戏剧，并且在社会主义经济与政治基础建立起时，最终被纳入社会主义共同体的文化生活之中。但二者的发展途径和所面临的问题不尽相同。无产阶级业余戏剧是完全起源于无产阶级自身的，与皮斯卡托专业的无产阶级剧院的规模及相对固定的观众群体相比，遍布于德国各个地区的上百个无产阶级演剧团体在整个德国范围内向工人阶级进行政治的宣传鼓动，在受众的广度和演出的灵活性上优于专业

---

① Erwin Piscator. The Political Theatre [M]. Translated by Hugh Rorrison. New York: Avon Books, 1978: 101.

② 李时学. 颠覆的力量：20 世纪西方左翼戏剧研究 [M]. 厦门：厦门大学出版社，2012：44. 转引自 Graham Holderness. *Schaustuck and Lehrstuck : Erwin Piscator and the Politics of Theatre*.

剧院。且这些团体的戏剧创作具有自身的艺术特点:"作品具有独立性、内在的新颖性及直觉性,因缺乏专业性的艺术加工而获得了未曾受到损害的原创性,并且面对那些未被开发的创作资源时充满了巨大的能量。(这些优点)是我在从事专业革命戏剧创作时希望能够达到的。"① 因此,在影响和促进无产阶级工人演剧运动的同时,皮斯卡托也从工人演剧的原创性和新颖性中受到启发。正如厦门集美大学西方左翼戏剧研究者李时学博士在研究中所指出的:皮斯卡托的政治戏剧被认为是德国工人戏剧的一部分,与工人演剧之间的关系是相互交叉、融合和互为影响的。

二、对德国时代戏剧创作的影响

皮斯卡托将自己的作品称为"时代戏剧"(das Zeitstück),将自己的剧院称为"时代剧院"(das Zeittheater)。这一称谓主要指将当下最新的现实生活及社会政治现状作为创作主题的作品及剧院,以作品的现实性、即时性及社会介入性使创作与时代的发展保持同步性。在魏玛共和国时期,这一类"时代作品"在皮斯卡托等人创作的影响下普遍盛行并且成为魏玛共和国戏剧创作的主要特色之一。

随着第一所皮斯卡托剧院的建立与发展,政治戏剧以其对于作品现实性的开掘、综合运用舞台创作手段反映社会政治生活的特征,成为"时代戏剧一个里程碑式的标杆"②。在第一所皮斯卡托剧院的影响下,反映当代问题的戏剧(contemporary problem play)开始流行,政治戏剧开始广泛传播和普及。皮斯卡托在回忆 1920 年代后期德国戏剧整体发展状况时提出,自 1926 年起新的社会秩序开始建立,戏剧自身已经开始发生变化,柏林戏剧界出现一个明显的转变趋势即左倾倾向,戏剧创作开始被要求对社会—政治问题作出回应与解答。"'艺术为个人'的时代已经过去,时代自身,成为一个普遍流行的创作主题。"③

在皮斯卡托剧院第一个演出季之后,首先是曾经在与皮斯卡托的论战中捍卫"艺术创作政治中立性"的人民剧院站在了皮斯卡托的战线。在特殊团队的施压之下,人民剧院开始创作与当时社会时事问题相关的作品,1928 年,剧院上演剧作家金特·维

---

① 李时学. 颠覆的力量:20 世纪西方左翼戏剧研究 [M]. 厦门:厦门大学出版社,2012:101. 转引自 Graham Holderness. *Schaustuck and Lehrstuck: Erwin Piscator and the Politics of Theatre*. Graham Holderness, Eds. The Politics of Theatre and Drama[M]. St. Martin's Press, NY, 1992: 104.

② Erwin Piscator. The Political Theatre [M]. Translated by Hugh Rorrison. New York: Avon Books, 1978: 312.

③ 同上:110。

森伯恩（Günther Weisenborn，1902—1969）创作的《第 4 号潜艇》（*U-Boot S4*），作品是对 9 个月前因违反禁令执行任务的美国潜艇失事事件的戏剧化改编。1929 年，柏林第一所无产阶级剧院创建者卡尔海因茨·马丁（Karlheinz Martin，1886—1948）担任人民剧院新总监，以布莱希特描写搬运工人及士兵现实生活的《人就是人》（*Mann ist Mann*）作为演出季开幕作品，此后的整个演出季被认为是"人民剧院政治戏剧创作活跃的演出季"。[①]

即使是定位明确的商业剧院，也开始对时事相关的戏剧作品表现出了兴趣，"资产阶级戏剧开始以一种新的态度关注时代问题。艺术戏剧（art theater）相继消逝。对于纯粹艺术的追求日益衰弱，转而创作反映当下社会问题的戏剧"[②]。在此期间，受时代戏剧创作影响，出现的作品还包括：卡尔·克劳斯（Karl Kraus，1874—1936）创作的揭露维也纳新闻界腐败和调查案件的《不可战胜》（*Die Unüberwindlichen*）；雷菲施（H. J. Rehfisch，1891—1960）与威尔海姆·赫尔佐格（Wilhelm Herzog，1884—1960）创作于 1930 年的《德雷福斯的纠纷》（*Die Affäre Dreyfus*），作品反映了一系列反犹太主义、种族偏见、司法程序等时事问题；柏林巴洛斯基剧院（Barnowsky's Theater）上演了雷菲施的《妇科医生》（*Der Frauenarzt*）以及兰普（P.M.Lampel，1894—1965）的《感化院中的造反》（*Revolte im Erziehungshaus*）；柏林船坞剧院上演了兰普的《柏林上空的烟雾》（*Giftgas über Berlin*）以及玛丽路易斯·弗莱瑟（Marieluise Fleisser，1901—1974）的《英戈尔施塔特的创立者》（*Pioniere in Ingolstadt*）等一系列反映社会现实问题的时代戏剧。

创作受到皮斯卡托最直接影响的是皮斯卡托剧院工作室，作为剧院培养年轻戏剧创作者及作品实验创作的基地，工作室的年轻导演、演员及各创作部门排演了多部政治戏剧作品，其中包括弗朗兹·杨讲述无家可归者生活状态的《乡愁》，演出使用了投影图像交代事件场景，穿插舞蹈、日本剑舞、中国杂技、男声四重唱、街头演说等多种表演形式；辛克莱以反资本主义为主题，取材于 1923 年加利福尼亚矿工大罢工事件的《歌唱的囚徒》（*Singing Jailbirds*）中，舞台为多层复合结构，运用投影创造了群众场面并交代了事件发生的背景，将现实主义场景与主人公梦境交替，以美国工人革命歌曲贯穿全剧。终场时，全场起立共同唱诵赞美工人的赞美诗；埃里希·米萨姆（Erich

① John Willett. The Theatre of Erwin Piscator, Half a Century of Politics in The Theatre [M]. New York: Holmes & Meier Publishers, Inc, 1979: 77.

② Erwin Piscator. The Political Theatre [M]. Translated by Hugh Rorrison. New York: Avon Books, 1978: 323.

Mühsam，1878—1934）创作的以工人运动为主题的《犹大》（*Judas*），演出中穿插巴伐利亚苏维埃共和国（Munich Soviet）的真实历史人物形象，评论界称赞该部作品"以工人气息浓郁的整体风格以及专注投入的奉献精神有力地鼓舞了处于经济困难中的皮斯卡托剧院"[①]；奥拓·隆巴赫（Otto Rombach，1904—1984）创作了以和平主义为主题，讲述一名退伍中尉战争回忆的《神圣的战争》（*Der Heilige Krieg*）。

除工作室的创作之外，皮斯卡托剧院的青年演员们还独立组建了"青年演员小组"（Gruppe Junge Schauspieler），吸收皮斯卡托政治戏剧理念，借鉴其创作手法，创作了一系列反映社会现实问题的作品并在德国范围内进行巡回演出，其中包括在汉堡塔利亚剧院（Thalia Theater）大获成功的《感化院中的造反》以及弗里德里希·沃尔夫创作的《氰化物》（*Cyankali*）。另一支脱胎于剧院青年成员团队的"演员应急小组"（Notgemeinschaft der Schauspieler der Piscatorbühne）成立于第一所皮斯卡托剧院濒临倒闭时期，为确保剧院的存活，以低成本的制作经费上演了工作室作品《犹大》，并在皮斯卡托剧院倒闭期间接手了剧院的营业执照，皮斯卡托回忆："他们以个人的无私奉献精神和令人钦佩的工作准则，战斗到了最后，即使是那些与剧院在政治上有分歧的成员，仍然坚持到了剧院经济亏空那一刻。"[②] "皮斯卡托集体"（Piscator Collective）同样由第二所皮斯卡托剧院年轻成员组成，在演员卡尔瑟的领导下于第二所皮斯卡托剧院倒闭后继续进行政治戏剧创作，在德国近 30 个城市巡回演出《218 条款》等作品，并在艰难的条件下建立了第三所皮斯卡托剧院，成功上演了《凯撒的苦力》《泰阳觉醒》等作品。此外，1930 年人民剧院撤销了皮斯卡托坚定的支持者——特殊团队，来自这一团体中的部分成员借鉴皮斯卡托政治戏剧创作理念和手法，组建了"青年人民剧院"（Junge Volksbühne），创作并演出自己的作品。

三、对德国文献戏剧创作的影响

皮斯卡托对于 1960 年代德国文献戏剧创作的影响主要通过他担任西德人民剧院艺术总监之后，以国家级剧院为平台对于三部文献戏剧的大力倡导和推广以及在全国及世界范围内的巡演所获得的成功，培养了戏剧创作者及观众对于文献戏剧的创作及观看兴趣，这三部文献作品被认为是"开启了德国 60 年代文献戏剧创作热

---

① Erwin Piscator. The Political Theatre [M]. Translated by Hugh Rorrison. New York: Avon Books, 1978: 323.
② 同上：310。

潮"①。三部作品的编剧也在作品成功上演之后继续文献戏剧的创作并成为德国文献戏剧创作领域的领军人物。与此同时，他们将自己的创作经验总结梳理为理论成果，为后世的创作和研究提供了重要的理论参考，其中包括魏斯在1968发表的《文献戏剧笔记》，详细总结了文献戏剧的特点及创作方法；霍赫胡特在《代理人》的作品介绍中也详细阐述了自己对于文献戏剧的认识及创作动机、目标和方法。

文献戏剧作为最符合皮斯卡托创作生涯后期所倡导的"信仰戏剧"理念的戏剧类型之一，在皮斯卡托看来，其不仅延续了叙事性的、政治性的戏剧观，更是对于第二次世界大战之后德意志民族"散漫且舒适的自怨自艾和对于战争罪责的暂停追究及逃避"②这一社会现状的彻底改观。自1960年代起，法兰克福大审判引发了德国戏剧家们对于二战历史这一主题的客观理性的关注、反思和分析，并在其后将创作扩展至近年来社会生活各方面的主题之上。除皮斯卡托排演的三位作家作品之外，霍赫胡特于1967年创作了以"道德—非道德"为主题的《士兵》（Soldaten）一剧，揭露了英国前首相丘吉尔下令对德国城市德累斯顿（Dresden）进行地毯式轰炸的动机以及与此相关的波兰上将西科尔斯基（Władysław Eugeniusz Sikorski，1881—1943）空难事件背后的真相；基帕德于1965年创作了《一桩交易》（Die Geschichte eines Geschäfts），作品讲述了二战期间集中营的犹太人用货车作为交换，保存性命的历史史实；汉斯·马格努斯·恩岑斯贝尔格（Hans Magnus Enzensberger，1929—2022）创作的《哈瓦那审讯》（Das Verhör von Havana）揭露了古巴社会主义革命的史实；魏斯于1963年创作了《马拉／萨德》（Marat/Sade），采用戏中戏的结构探讨了以马拉为代表的投身于政治党派斗争的革命者与萨德侯爵所代表的个人主义享乐者之间的冲突，这部作品"使德国文献戏剧在世界范围内受到广泛赞誉"③。魏斯于1970年创作的《流亡中的托洛茨基》（Trotzki im Exile）追溯了俄国十月革命领导人托洛茨基于1927年11月被开除党籍，1929年1月被驱逐出苏联，1938年组建第四国际及1940年8月在墨西哥遭暗杀等相关历史。

皮斯卡托的文献戏剧创作不仅对德国产生了影响，作品在全世界范围内的演出也影响了欧美其他国家文献戏剧的发展。英国导演彼得·布鲁克（Peter Brook，1925—

---

① John Willett. The Theatre of Erwin Piscator, Half a Century of Politics in The Theatre [M]. New York: Holmes & Meier Publishers, Inc, 1979: 180.

② A.V. Subiotto. German Documentary Theatre [J]. Univercity of Birmingham: 1972(2).

③ 同上。

2022）创作的《美国》（*US*）以及美国作家丹尼尔·贝里根（Daniel Berrigan，1921—2016）创作的《卡顿斯维尔 9 号审判》（*The Trial of the Catonsville Nine*）等文献戏剧作品均在一定程度上受到德国文献戏剧创作影响，作品均基于历史文献，运用电影、图片、新闻报道、法庭文书、录音等材料，旨在以社会、政治及经济等要素来呈现并探讨社会事件。

德国文献戏剧继承并发展了皮斯卡托对于戏剧现实性和真实性的追求，以真实的文献史料揭露和探寻历史，使观众直面历史事件及社会现实，并以理性、客观的眼光对第二次世界大战及当代社会问题进行分析和思考，其影响不仅扩展至同时代的欧洲其他国家及英美等国，德国文献戏剧创作传统延续至今仍然作为德国当代戏剧的主要创作模式之一，以更为革新性的创作及表达形式继承了文献戏剧反映现实生活、探究事件根源及历史真实性的社会教育及社会批判功能。

第三节　皮斯卡托对美国戏剧创作的影响

尽管皮斯卡托将自己在美国的 12 年看作是他个人戏剧创作生涯的低谷时期，但他通过戏剧工作室的戏剧教育工作及工作室剧院将教学与演出相结合的实践活动，培养了一大批优秀的戏剧及影视人才，其中包括马龙·白兰度（Marlon Brando，1924—2004）、托尼·柯蒂斯（Tony Curtis，1925—2010）、伊莱恩·斯特里奇（Elaine Stritch，1925—2014）、瓦尔特·马托（Walter Matthau，1920—2000）、西尔维斯·麦尔斯（Sylvis Miles，1924—2019）、比阿·亚瑟（Bea Arthur，1922—2009）等活跃在美国戏剧舞台及影视作品之中的优秀演员；以田纳西·威廉斯为代表的编剧专业的学生们继承了皮斯卡托倡导的戏剧的社会批判功用以及叙事戏剧的创作手法，创作了多部优秀戏剧作品；由朱迪思·玛琳娜建立的生活剧团（the Living Theatre）以及乔治·巴特尼夫（George Bartenieff，1933—2022）创立的新城剧院（Theatre for the New City，简称 TNC）等戏剧团体成为美国著名的先锋实验剧团，这些来自戏剧工作室的剧团创立者秉承皮斯卡托以戏剧进行艺术表达，反映社会现实、促进社会改革的创作宗旨，以"文学品质、社会批评和勇敢的实验性"[①]为特色的创作观念以及大胆革新的创作手

---

① Ullrich Amlung. Leben-ist immmer ein Anfang, Erwin Piscator : 1893-1966 [M]. Marburg : Jonas Verlag, 1993: 83.

段，独立于百老汇以盈利为目的的商业运作模式之外，促进了美国"外百老汇"（Off-Broadway）以及"外外百老汇"（Off-Off-Broadway）戏剧运动的兴起与发展。

皮斯卡托的戏剧教育理念不仅体现在戏剧工作室课程设置的专业性、综合性、广泛性以及将课堂教学与演出实践相结合的科学性之上，更体现在其对于学生在创作观念及思想意识方面的引导和培养。尽管皮斯卡托出于安全及政治因素考虑，对所有学生隐瞒了自己共产主义者身份和政治信仰，但他"从未背离过自己早期共产主义的创作理念，即对于社会责任感的倡导"①。他在工作室成立的开幕演讲中便对学生们提出戏剧创作的现实性主张。在学生们对他的回忆中，提及最多的便是其对于戏剧介入现实生活、促进社会改革、打破舞台与观众席界限、将观众卷入演出事件成为演出积极参与者的创作宗旨。他激励学生们以勇敢无畏的创作信念改变现实生活，改善世界；对于观众的在场以及他们的需求有意识；以一切戏剧手段改善观众们的世界观；对于那些深刻的社会问题，只能以不妥协的态度去直面解决；对于当下不公平不合理的社会现状，他向学生们呼吁："默默忍受还是挺身改变世界的秩序？——改变世界的秩序！"②

1950 年 2 月，当皮斯卡托准备离开美国返回德国之前，他召集了所有戏剧工作室的校友在小型总统剧院召开会议，这一次会议被认为是皮斯卡托的告别演讲，他再一次重申自己对于戏剧社会功用的强调以及将戏剧工作室打造成为"政治戏剧先锋部队"的愿望："我希望把每一位演员培养成一名思想者，把每一位剧作者培养成一名战士……个体行为已经无法适应当下时代，只有团结一致以集体性的创作对社会做出贡献。"③

一、戏剧工作室杰出校友

工作室剧院创建最初，将编剧课程作为教学重点，以加斯纳为核心的教师团队培养了一大批优秀剧作家，其中包括致力于社会及历史主题创作的巴里·斯塔维斯（Barry Stavis，1906—2007），其作品被翻译成 28 种语言在世界各地演出，其代表作《午夜之光》（*Lamp at Midnight*）被改编为电视作品，美国国家戏剧大会（The National

---

① Judith Malina. The Piscator Notebook [M]. New York: Routledge, 2012: 12.
② 同上：28。
③ 同上：69。

Theater Conference）以其名字命名"巴里斯塔维斯编剧奖"（Barrie and Bernice Stavis Playwriting Award），作为每年对于美国优秀移民剧作家的表彰；著名电影编剧奥斯卡·索尔（Oscar Saul，1912—1994），其最为著名的作品为改编自田纳西·威廉斯《欲望号列车》（*A Streetcar Named Desire*）的电影剧本。田纳西·威廉斯被认为是戏剧工作室最为杰出的编剧专业学生，他于1940—1941学年就读于戏剧工作室编剧专业并获得皮斯卡托授予的奖学金。在戏剧工作室学习期间，田纳西参与了工作室剧院多部剧目的创作，其中包括1942年上演的《战争与和平》。皮斯卡托的妻子玛丽亚认为《战争与和平》中的叙事性手段诸如叙述者的穿插议论、多场景松散连缀、投影运用等对于田纳西日后创作的《玻璃动物园》（*Glass Menagerie*）产生影响，在作品中田纳西以剧中主角汤姆（Tom）作为家庭悲剧的叙述者，在演出开场以"我"的第一人称视角向观众介绍剧中其他角色及故事发生背景，并在演出过程中穿插自己对于场上人物及事件的评论。此外，田纳西在原剧本的舞台提示中提出了投影的运用，他在写作序言中提出："演出的部分舞台提示为典型的叙事戏剧特征……投影屏幕承担了图像及文字标题的播放功能，作为舞台布景墙体的一部分。"[1]《天使之战》（*Battle of Angels*）为田纳西早期的作品，在1942年写给皮斯卡托的信中，他提到自己受皮斯卡托影响，决定在作品的第二和第三幕之间重新加入一个被他称为"插曲"的场景，以阐释剧中人物从第二幕到第三幕心理状态的转变。加斯纳在编剧课程中曾组织该剧的剧本朗读，戏剧工作室与田纳西签订合同，将《天使之战》列入工作室剧院的排演计划。在另一部作品《夏与烟》（*Summer and Smoke*）中，田纳西对于舞台结构的构想类似于皮斯卡托的多层复合结构，受到皮斯卡托作品中场景流畅切换的影响，他希望将整个舞台外部结构放置在一个较高的平台之上，在其上方放置两个小型的内部结构，以确保这三个结构如一幅完整的图片，统一为一个和谐的整体。"各场景切换所对应的每一个舞台元素都能够具有不间断的流动性，不需要大幕的开合。其他场景的切换也可通过灯光来完成。"[2]在离开戏剧工作室之后，田纳西曾与皮斯卡托有短暂的书信来往，他在信中与皮斯卡托探讨戏剧创作问题。在皮斯卡托脱离新校之后独立创建的"戏剧工作室及技术研究所"中，田纳西受邀担任新戏剧工作室的董事会成员。

皮斯卡托在戏剧工作室的表演教学中主张演员的客观化表演原则，这与斯特拉·阿德勒及李·斯特拉斯堡所教授的斯坦尼斯拉夫斯基表演技法课程在表演理念上有所冲

---

[1]　Judith Malina. The Piscator Notebook [M]. New York: Routledge, 2012: 80.

[2]　Gerhard F.Probst. Erwin Piscator and the American Theatre [M]. New York: Peter Lang Publishing,1991: 81.

突，但阿德勒及斯特拉斯堡领导下的表演工作室培养了美国众多戏剧及影视演员并成为美国方法派表演（method acting）的主要探索阵地之一。作为戏剧工作室培养的杰出演员之一的马龙·白兰度给皮斯卡托留下了深刻的印象。白兰度因将现实主义带入电影表演之中而备受赞誉，被称为"有史以来最伟大的和最有影响力的演员之一"[①]。他于1942年就读于戏剧工作室表演专业，在工作室"演进戏剧"的演出中初露锋芒，在其后工作室剧院排演的霍普特曼作品《翰奈尔升天》（Hannele's Way to Heaven）中饰演"教师"及"耶稣"的双重角色被认为是其在戏剧工作室"最令人惊叹的表演"[②]。在一封写给白兰度的信件草稿中，皮斯卡托将他称为自己见过的众多学生中"少有的如此具有天赋的（演员）……你能够饰演任何经典英雄的角色以及反面人物，从罗密欧到哈姆雷特，从理查三世到梅菲斯特"[③]。尽管白兰度由于纪律问题最终被戏剧工作室开除，但戏剧工作室对于戏剧的社会职责的倡导对其日后的表演创作产生了影响，白兰度的创作始终致力于对社会伦理、道德及社会问题的探讨，并且作为一名社会活动家积极参与了美国黑人民权运动和许多美国原住民运动。1954年，白兰度在低成本影片《码头风云》（On The Waterfront）中扮演了一位码头搬运工，这一角色成为美国中下层工人代表，在《欲望号街车》《教父》《巴黎最后的探戈》及《现代启示录》中均从不同角度塑造了社会生活中的典型人物并获得多项世界级表演奖项及提名。

图4-2　皮斯卡托（左一）与戏剧工作室的学生们，照片中央着白衣裤者为马龙·白兰度

①　维基中文版词条"马龙·白兰度"（https://zh.wikipedia.org/wiki/ 马龙·白兰度）。

②　Judith Malina. The Piscator Notebook [M]. New York: Routledge, 2012: 22.

③　同上：24。

工作室剧院不仅鼓励学生们以集体协作的方式大胆地进行各种创作实验，也为学生们树立了"在高水准艺术性的前提下所开展的实验戏剧的创作标准，并始终为学生们提供着如何摆脱高昂成本去进行戏剧创作的模板"①，在皮斯卡托影响下，工作室学生自发组建了实验性剧团：如安娜·伯杰（Anna Berger，1922—2004）等戏剧工作室学生在校期间建立的"交互表演"（The Interplayers）以及"在舞台上"（On-Stage）实验剧团，排演了加西亚·洛尔迦（Garcia Lorca，1898—1936）、萨特的作品以及威斯坦·休·奥登（Wystan Hugh Auden，1907—1973）与克里斯托夫·伊舍伍德（Christopher Isherwood，1904—1984）创作的《皮下之狗》（The Dog Beneath the Skin）等。

戏剧工作室的杰出校友之一乔治·巴特尼夫在1971年创建的"新城剧院"（TNC）作为纽约"外百老汇运动的中流砥柱"②以及外外百老汇的领军者践行了皮斯卡托对于戏剧非商业性社会功用的倡导理念。在戏剧工作室就读期间，巴特尼夫便以精湛的表演技术在戏剧工作室多部作品中担任主要角色，在观看皮斯卡托执导的《国王的子民》之后，他认为"在皮斯卡托身上看到了自己长期以来追寻的艺术表现的高水平……舞台结构如演员的身体一样有机，它从视觉上、建筑形式上以及戏剧层面上体现出作品的涵义"③。巴特尼夫毕业后加入了玛琳娜的生活剧团并参加了诸如《禁闭室》（The Brig）等多部剧团重要作品的创作和演出。1971年，巴特尼夫与妻子及其他同伴创建了"新城剧院"，剧院以跨学科的诗意语言表达为特色，以社区共同体的理念和激进的社会政治介入性为宗旨进行创作，其理想是"使剧院成为社区的一部分，也使社区成为剧院的一部分"④。新城剧院创办至今已荣获43个奥比奖和普利策戏剧奖，并开创了格林威治村万圣节游行（Greenwich Villiage Halloween Parade）这一延续至今的每年一度的街头大型节庆演出的传统。

在担任新城剧院的导演、演员及制作人的24年间，巴特尼夫为剧院创作了多达900部戏剧作品。其后与妻子成立了新的戏剧创作团队，继续在外外百老汇创作演出。代表作品独角戏《我来作证》（I Will Bear Witness）取材于犹太籍拉丁语教授维克多·克伦佩勒（Victor Klemperer，1881—1960）于纳粹占领德国时期所记录的日记，重现了纳粹惨绝人寰的暴行以及将日耳曼语言曲解作为其宣传鼓动手段的罪行。巴特尼夫凭借在该剧中的精彩演出，荣获2001年奥比奖。

① Judith Malina. The Piscator Notebook [M]. New York: Routledge, 2012: 12.

② 同上：18。

③ 同上：18。

④ 维基英文版词条"George Bartenief"（https://en.wikipedia.org/wiki/George_Bartenieff）。

178

二、朱迪思·玛琳娜及生活剧团

在戏剧工作室众多学生中，朱迪思·玛琳娜是皮斯卡托最为忠实的追随者之一，她所创办的生活剧团的创作实践被认为是"皮斯卡托教学成果的进一步证明"①。玛丽娜于 1945 年进入戏剧工作室学习导演及表演课程，她坚持记录自己每日学习和参与工作室剧院演出实践的心得感悟，结合对戏剧工作室毕业学生的采访以及对于皮斯卡托的回忆和评述文字集结整理为《皮斯卡托笔记》（*The Piscator Notebook*）于 2012 年出版发行。至 1990 年代玛琳娜仍坚持协助皮斯卡托的妻子玛丽亚教授戏剧课程，传播皮斯卡托的政治戏剧创作理念和创作方法。玛琳娜将皮斯卡托视为自己在戏剧创作道路上的导师，她于 1947 年告诉皮斯卡托："我的学习收获是，去信仰您所信仰的，为您所奋斗的目标而奋斗。您是我最信任的老师，我从您处学习到了很多并且将永远向您学习。"②

玛琳娜对皮斯卡托精神的传承和发展最重要的体现在于她与丈夫朱利安·贝克（Julian Beck，1925—1985）于 1951 年创立的"生活剧团"（The Living Theatre）。美国著名导演、纽约大学理查德·谢克纳（Richard Schechner，1934—　）教授在为《皮斯卡托笔记》一书所作序言中提到，戏剧工作室的学习经历以及皮斯卡托在日常教学中对于戏剧的政治性和现实意义的强调引导着玛琳娜将生活剧团创办成一个在美国甚至世界范围内独树一帜的剧团。谢克纳进一步指出："玛琳娜和贝克重塑了皮斯卡托的共产主义热情并将其转化为他们自己的左倾无政府主义，玛琳娜信仰并且以实际工作践行着'革命'……生活剧团将皮斯卡托所倡导的政治信仰内在化，并将高度的诗意与先锋绘画美学相融合。"③

生活剧团继承了皮斯卡托政治戏剧以戏剧的形式介入现实生活，促进社会政治改革的社会功用以及叙事戏剧的创作方法，在集体创作原则的发挥和观演关系的突破方面较之皮斯卡托则更为激进和革新。剧团在 1968 年发表宣言："生活、革命以及戏剧，这三个词指向同一个目标——对当下社会决不妥协地说'不'。"④在长达三十年的

---

① John Willett. The Theatre of Erwin Piscator, Half a Century of Politics in The Theatre [M]. New York: Holmes & Meier Publishers, Inc, 1979: 166.

② 同上：166。

③ Judith Malina. The Piscator Notebook [M]. New York: Routledge, 2012: foreword.

④ Theodore Shank. American Alternative Theater [M]. New York: Grove Press, INC., 1982: 9.

创作中，生活剧团始终坚持以勇敢无畏的先锋精神进行戏剧及社会改革实验，不断探索新的舞台表现手段，将社会现实问题直接呈现在舞台上，以革命的意识唤起观众的主动参与，打破传统的观演关系，"消除了生活与艺术之间的界限、社会行动与戏剧行动之间的界限、日常行为与表演之间的界限、观众与演员之间的界限以及革命与戏剧之间的界限"[①]。剧团成员因作品激进的政治性主题和演出形式以及静坐抗议和游行示威活动被当局者数次驱逐或关押于监狱。

1951年，玛琳娜和贝克在其公寓中上演了剧团第一部作品，作品由四个小短剧组合而成，其中包括布莱希特的教育剧《他说是／他说不》（*He Who Says Yes/He Who Says No*）以及其他政治短剧和诗歌小品，贝克在公寓狭小的空间中设计了一个被玛琳娜称为"小型皮斯卡托式"的舞台装置，将演员的行动与装置的运动相联系。同年，剧团租下纽约樱桃巷剧院（Cherry Lane Theatre），首演剧目《浮士德博士点灯》（*Doctor Faustus Lights the Lights*）以灯光将舞台切割为多个演区，其主题被玛琳娜称为"对于皮斯卡托以公众为新的英雄以及戏剧的教育功用和政治目标的回应"[②]。随后剧团排演了画家毕加索（Pablo Picasso，1881—1973）的戏剧作品《被燕尾服束缚的欲望》（*Desire Trapped by the Tail*），玛琳娜认为"毕加索在这部作品中的政治观点反映了皮斯卡托'艺术为人民'的主张"[③]，并且在演出中实践了皮斯卡托于1920年代早期与赫特菲尔德合作的达达主义拼贴艺术手法。在美国无政府主义作家、社会批评家保罗·古德曼（Paul Goodman，1911—1972）的作品《福斯蒂娜》（*Faustina*）中，古罗马女皇一角由工作室剧院的学生沃尔特·穆伦（Walter Mullen，生卒年月不详）扮演，以客观化表演的手法直接对观众讲话，谴责观众们对于场上所进行的人祭行为的默许并且要求观众采取积极行动包围舞台，阻止场上事件的发展。在其后创作的《安提戈涅》（*Antigone*）、《谜》（*Mysteries*）、《七个对于政治施虐—受虐狂的沉思》（*Seven Meditations on Political Sado-Masochism*）等作品中，剧团进一步突破了传统剧场中的观演关系模式，鼓励并促使观众们自发地参与到舞台演出场景之中，甚至在《七个对于政治施虐—受虐狂的沉思》中以主动行动制止舞台上所进行的虐待行为。

在1955年创作的《今夜，我们即兴表演》（*Tonight We Improvise*）、1958年创作的《许多的爱》（*Many Loves*）和《毒品贩子》（*The Connection*）中，剧团实践了

---

① Theodore Shank. American Alternative Theater [M]. New York: Grove Press, INC., 1982: 9.
② Judith Malina. The Piscator Notebook [M]. New York: Routledge, 2012: 172.
③ 同上：172。

皮斯卡托在《国王的子民》中所使用的"戏中戏"结构，采用了叙述者贯穿演出并发表评论。玛琳娜指出，生活剧团对于叙述者功能的认识和运用源于皮斯卡托，并且是"对于皮斯卡托遗迹的直接追随……皮斯卡托所提倡的叙述者是现代戏剧的必要要素，这是建立在他对于观众'只想到自己'（个体意识）的消解之上的，这需要叙述者作为老师般的引导者来辅助观众们的理解"[1]。《毒品贩子》作为生活剧团的里程碑式作品，以海洛因和爵士乐为主题，邀请真实的海洛因吸食者参加表演，"这部作品并不是按照传统的结构来讲述故事、设置悬念和戏剧节奏……演出中戏中戏结构的设置使观众将其当作是真实的生活事件"[2]。在 1963 年创作的《禁闭室》（The Brig）是对于作者肯尼斯·布朗（Kenneth Brown，1954—2022）牢狱生活的文献纪录式细节呈现，为将作品的真实性呈现在舞台上，舞台场景还原了关押布朗的监狱牢房，创作宗旨在于"揭露美国社会权利主义的本质，其将人民划分为行刑者与受害者……而戏剧必须尝试去消灭整个（社会）体系"[3]。当美国国家税务局（I.R.S.）勒令剧院搬离位于纽约 14 街的演出驻地时，生活剧团以"非暴力反抗"（civil disobedience）的静坐抗议行动表示拒绝，在两天后上演的《禁闭室》演出中，40 名观众以积极行动加入了抗议活动。当再次拒绝当局的撤离命令时，剧团中 25 名成员被逮捕。

图 4-3 《禁闭室》演出剧照，该作品于 1963 年 5 月 15 日首演于纽约 14 街生活剧场

① Judith Malina. The Piscator Notebook [M]. New York: Routledge, 2012: 173-174.
② Theodore Shank. American Alternative Theater [M]. New York: Grove Press, INC., 1982: 10.
③ 同上：13。

自1964年9月起，生活剧团离开纽约，开始了他们在欧洲各地的自愿流亡（voluntary exile）之路。在流亡期间的创作中，剧团第一部作品《谜和碎片》（*Mysteries and Small Pieces*）为将创作聚焦在真实时间、地点与社会事件上，去掉了虚构情节，这一创作手法代表了这一时期剧团的革新性创作特色，此外还包括打破舞台与观众席界限的直面观众表演、观众主动参与、集体创作、舞台即兴创作、无文本及舞台布景的表演、裸体表演等。"生活剧团的创作使观众第一次从身体上（physically）参与到演出之中"[1]，从而体现出剧团将演员和观众集合为当下在场（here and now）的一个共同体，最终促进社会改革的创作目的。至2015年去世，玛琳娜始终以生活剧团为阵地，继承并革新性地发展着皮斯卡托政治戏剧介入并改造社会的理念。在皮斯卡托的学生们所创建的各先锋剧团的探索实践下，皮斯卡托及其戏剧工作室被美国戏剧界评价为"连接美国业已衰落的左翼戏剧与外百老汇运动之间的桥梁，为其发展铺陈了道路"[2]，"直接或间接地促进了美国外百老汇及外外百老汇运动的兴起与发展"[3]。

第四节　皮斯卡托与布莱希特

皮斯卡托与布莱希特均属于德国20世纪上半叶最为重要的戏剧导演，二人相识于1920年代，由于共同的共产主义信仰以及对于戏剧在社会革命开展过程中的介入性及教育功能的倡导而成为朋友，在皮斯卡托剧院时期二人开展合作。皮斯卡托的政治戏剧创作对布莱希特产生一定影响，尤其是在叙事戏剧突破传统戏剧的时间线性发展模式、运用革新性舞台机械及投影设备破除舞台生活幻觉等导演创作手段方面，二人存在许多相似之处。但其后二人在戏剧观念及创作手法方面逐渐产生差异并各自沿不同的创作道路发展出各具特色的戏剧理念。1924年，皮斯卡托首次在自己的作品中提出"叙事戏剧"的概念，布莱希特批判性地继承和发展了这一概念，并以系统化的理论阐述结合剧本创作、导演排演的实践将其发展成一门独立的戏剧样式，并在世界范围内产生重要影响。

① Theodore Shank. American Alternative Theater [M]. New York: Grove Press, INC., 1982: 13.

② John Willett. The Theatre of Erwin Piscator, Half a Century of Politics in The Theatre [M]. New York: Holmes & Meier Publishers, Inc, 1979: 166.

③ Ullrich Amlung. Leben-ist immmer ein Anfang, Erwin Piscator : 1893-1966 [M]. Marburg : Jonas Verlag, 1993: 83.

一、皮斯卡托与布莱希特的友谊

皮斯卡托与布莱希特相识于 1920 年代的柏林，皮斯卡托在柏林的戏剧创作早于布莱希特。当布莱希特于 1924 年到达柏林时，皮斯卡托已完成了无产阶级剧院的初步实验，创作了《红色政治讽刺剧》以及被最早定义为"叙事戏剧"的《旗帜》。自 1924 年担任柏林德意志剧院（Deutsches Theater Berlin）戏剧策划之后，布莱希特正式开始了自己在柏林的戏剧创作并系统化地研究马克思主义。在此期间，布莱希特大量观摩柏林的戏剧演出，他将皮斯卡托及其合作者赫特菲尔德、格罗西等人称为他所认可的少数的青年艺术家，在 1927 年皮斯卡托与人民剧院的论战中，布莱希特坚定地站在皮斯卡托的立场参加了 1927 年 3 月 30 日对人民剧院的抗议会议，"他高度赞扬皮斯卡托的戏剧实践使戏剧转向了政治……使戏剧符合时代的技术水准，这样就保证了旧的和新的局面都能以一种现代的方式搬上舞台"①。

1927 年，皮斯卡托创建皮斯卡托剧院，布莱希特作为剧院"戏剧策划办公室及戏剧策划团队"的成员，参与了《拉斯普廷》《好兵帅克》《繁荣》的剧本创作。尤其是在《繁荣》首演前因主题问题遭到苏联代表及德国共产党的反对并勒令剧院立即修改时，布莱希特承担了剧本的改写任务。他以巧妙的处理手段，仅仅将女主角改写成了共产国际代表的冒充者，而使其原台词得以保留，保证了作品的顺利上演。据皮斯卡托回忆，在布莱希特于皮斯卡托剧院担任戏剧策划期间，他不仅亲自参与作品的文本创作，还作为排练场中一位固定的拜访者，对于每一部作品的排演工作表示出了极大的兴趣。通过实践与观摩，布莱希特"利用这一机会研究技术革新，如使用电影、幻灯（即投影）、新的舞台布景及活动皮带（即传送带）"②。与此同时，布莱希特开始"系统化地从理论上拟定关于'叙事性和文献纪实性戏剧'的理论"③。当 1920 年代末期第三所皮斯卡托剧院倒闭，皮斯卡托在柏林的创作演出趋于衰落时，布莱希特因《三毛钱歌剧》（Die Dreigroschenoper）、《人就是人》等作品的成功上演受到柏林戏剧界及观众的广泛赞誉与肯定。

---

① 〔西德〕克劳斯·福尔克西. 布莱希特传 [M]. 北京：中国戏剧出版社, 1986: 159.

② 同上：159。

③ Michael Schwaiger(Hg.). Bertolt Brecht und Erwin Piscator : Experimentelles Theater im Berlin der Zwanzigerjahr [M]. Wien: Verlag Cchristian Brandstätt, 2004: 12.

二人的友谊一直延续至流亡时期。在皮斯卡托流亡于苏维埃期间，二人始终保持书信联系。1932 年，布莱希特第一次访问莫斯科，二人即达成协议："始终让对方知晓彼此的创作计划，并且不得在未告知对方的前提下上演各自的作品。"①1934 年，皮斯卡托担任国际革命戏剧协会主席后，邀请布莱希特前往莫斯科参加同年 4 月举办的"戏剧导演大会"。在大会上，皮斯卡托、布莱希特、戈登·克雷（Gordon Craig，1872—1966）、梅耶荷德及艾森斯坦等导演代表召开了研讨会并共同观摩了梅兰芳的京剧表演，布莱希特从此次观摩中受到启发，进一步发展了其"陌生化效果"（Verfremdung，也称作"间离效果"）理论。1935 年底，皮斯卡托计划在伏尔加德意志人苏维埃社会主义自治共和国的恩格斯城建立一所德语剧院，邀请布莱希特及其夫人魏格尔作为剧院合作者，并将布莱希特的《圆头党和尖头党》（Die Rundköpfe und die Spitzköpfe）列入演出计划，但最终由于苏联大清洗运动而未能实现。1936 年，在巴黎停留的皮斯卡托去信布莱希特，声明"他将布莱希特永远考虑进他未来的计划之中"②并与他讨论《好兵帅克》电影剧本的创作计划，布莱希特对二人的合作表示期待，但这一电影创作计划最终也未能实现。

1940 年，皮斯卡托在纽约新校创立的戏剧工作室曾邀请布莱希特担任专业教师且皮斯卡托设法为布莱希特寻找基金赞助者，但由于签证问题，布莱希特未能前往纽约而驻留在加利福尼亚。1943 年，皮斯卡托希望能够在工作室剧院执导布莱希特的《第三帝国的恐惧和灾难》（Furcht and Elend des Dritten Reiches），遭到布莱希特拒绝。布莱希特在同年与《三毛钱歌剧》的作曲家库尔特·威尔（Kurt Weill，1900—1950）计划共同创作《好兵帅克》的音乐剧而未告知皮斯卡托，皮斯卡托此时正与戏剧协会就创作新的舞台剧版本的《好兵帅克》进行商谈。布莱希特的做法激怒了皮斯卡托，他指责布莱希特为"一名糟糕的同志，几乎是一名希特勒"③此时二人关系开始出现裂痕。尽管皮斯卡托此后为布莱希特的杂集《奥格斯堡灰阑记》（Der Augsburg Kreide-Kreis）在戏剧工作室举办了朗读会及研讨会，二人关系有所修复，但二人至此之后再无合作。

布莱希特于 1947 离开美国回到德意志民主共和国（DDR），他去信皮斯卡托，告知他将为皮斯卡托寻找机会帮助他回到德国："如果没有你（与我并肩作战），对

---

① John Willett. The Theatre of Erwin Piscator, Half a Century of Politics in The Theatre [M]. New York: Holmes & Meier Publishers, Inc, 1979: 134.

② 同上：148。

③ 同上：158。

抗地区保护主义和空洞的情感主义将是一件非常困难的事，（相比之下）我更赞同伟大的、成熟的政治戏剧……在过去 20 年当中，在所有从事戏剧工作的人当中，没有人像你这般与我亲近。"① 皮斯卡托在回信中告知布莱希特，在他所遇见过的编剧中，也没有人像布莱希特这般与他的关系如此紧密，他认为他们两人应当共同创建一所剧院，相互合作。而布莱希特却认为二人应当在柏林创办各自的剧院，正如皮斯卡托在一封信中向他的同事提及布莱希特时说道："我们关于'叙事戏剧'的观点如此不同。"② 布莱希特同样意识到二者在创作理念上的差异，已决定开展自己的叙事戏剧实践并将其梳理总结为系统化的理论。当布莱希特于 1949 年创作《大胆妈妈和她的孩子们》（ Mutter Courage und ihre Kinder ）获得成功并创建"柏林人剧团"（ Berliner Ensemble ）时，他向正陷入戏剧工作室运营困境的皮斯卡托发出邀请，为他提供在柏林人剧团及苏黎世剧院（ Zurich Schauspielhaus ）导演作品的机会。皮斯卡托最终于 1951 年回到德国，但他选择了德意志联邦共和国（ BRD ），直至布莱希特 1956 年去世前，皮斯卡托都未能执导其作品，仅在 1960 年于卡塞尔（ Kassel ）执导了《大胆妈妈和她的孩子们》，1962 年于慕尼黑执导了《难民的谈话》（ Flüchtlingsgespräche ）。

在皮斯卡托与布莱希特交往近 30 年中，尽管二人在创作观念上存在差异，在合作计划上出现过误解，但布莱希特对于皮斯卡托的基本态度是尊敬的。他将皮斯卡托称为自己的"老师"（ Lehrer ）③。在其戏剧理论著作《买黄铜》（ The Mssingkauf Dialogues ）中将皮斯卡托称为"有史以来最为伟大的戏剧家，一位真正的戏剧家。在舞台场景与投影运用方面激励着其他的戏剧创作者，为他们提供了文献纪实、场景表演和舞台蒙太奇方面的经验……如果没有皮斯卡托在政治戏剧方面的成就和贡献，我的戏剧创作将无法想象"④。在《戏剧小工具篇》（ Kleines Organon für das Theater ）名为《论实验戏剧》一文中，布莱希特肯定了皮斯卡托在戏剧教育功用发挥方面所做出的革新性探索与贡献，但同时也指出了皮斯卡托在政治戏剧创作方面存在的问题。而皮斯卡托对于布莱希特的态度较为复杂，他认为自己始终将布莱希特视为战斗伙伴，但布莱希特在流亡时期因二人创作观念的差异拒绝皮斯卡托的合作邀请并在返回德国

① John Willett. The Theatre of Erwin Piscator, Half a Century of Politics in The Theatre [M]. New York: Holmes & Meier Publishers, Inc, 1979: 162-164.

② 同上：162。

③ Michael Schwaiger(Hg.). Bertolt Brecht und Erwin Piscator : Experimentelles Theater im Berlin der Zwanzigerjahr[M]. Wien: Verlag Cchristian Brandstätt, 2004: 12.

④ John Willett. The Theatre of Erwin Piscator, Half a Century of Politics in The Theatre [M]. New York: Holmes & Meier Publishers, Inc, 1979: 186.

后独自组建剧团的决定令皮斯卡托感到失望，加之重返德国后二人境遇的巨大悬殊，叙事戏剧通过布莱希特及柏林人剧团获得国际认可，皮斯卡托曾指责布莱希特"偷窃了自己的思想和原创性，却并未注明原始出处"①。直至 1956 年布莱希特逝世时，皮斯卡托在为布莱希特纪念会所作的诗歌中，二人的恩怨才得以和解。皮斯卡托在诗中将布莱希特称为"我精神上的兄弟；当我失败时，他总是予以我帮助，当我成功时，他总是远离我。当他在我的戏剧创作中观察到了'叙事戏剧'的基本运用之后，他发明了'叙事戏剧'。他通过理论创作和写作剧本正式地发展'叙事戏剧'，他是所有人中最为优秀的"②。

二、叙事戏剧起源之争

皮斯卡托和布莱希特最常被提及的是关于"叙事戏剧"的起源问题。首先应提出的是，如前文所述，戏剧的叙事性并非皮斯卡托或布莱希特首创，纵观德国戏剧及欧洲戏剧创作传统，各时代的戏剧创作中均存在叙事戏剧的模式。但在德国以"叙事戏剧"的称谓对其进行明确定义并以此称谓进行系统化的戏剧创作，被认为是在皮斯卡托与布莱希特的时代。

皮斯卡托于 1924 年 5 月创作《旗帜》一剧的副标题为"一部叙事戏剧"（an epic drama），这是德国戏剧历史上第一部被明确冠以"叙事戏剧"称谓的戏剧，也被皮斯卡托认为是他发展叙事戏剧的开始。他在 1963 年回忆这部作品时提到："我开始发展出一种戏剧形式，这一戏剧形式在若干年后被其他人称作'叙事戏剧'（epic theatre）。"③ 对于评论界将布莱希特称为"叙事戏剧的唯一原创者"④，皮斯卡托感到不满，他甚至认为布莱希特盗用了许多他的观点和手法："任何时候我读到布莱希特对于其作品的评注，我都会发现他所选取的例子来自我所导演的作品多于他自己的作品。"⑤ 而布莱希特早在 1926 年便将皮斯卡托视为"伟大的叙事戏剧及文献戏剧的

---

① Michael Schwaiger(Hg.). Bertolt Brecht und Erwin Piscator : Experimentelles Theater im Berlin der Zwanzigerjahr[M]. Wien: Verlag Cchristian Brandstätt, 2004:12.

② John Willett. The Theatre of Erwin Piscator, Half a Century of Politics in The Theatre [M]. New York: Holmes & Meier Publishers, Inc, 1979: 189.

③ Erwin Piscator. The Political Theatre [M]. Translated by Hugh Rorrison. New York: Avon Books, 1978: 75.

④ John Willett. The Theatre of Erwin Piscator, Half a Century of Politics in The Theatre [M]. New York: Holmes & Meier Publishers, Inc, 1979: 186.

⑤ 同上：187。

贡献者，叙事戏剧的创建大师"①，但同时布莱希特也明确地阐明了"非亚里士多德戏剧实际的理论建树是归功于他自己的"②。1930年，布莱希特在《关于歌剧〈马哈哥尼城的兴衰〉的说明》（*Aufstieg und Fall der Stadt Mahagonny*）中，"第一次从理论上阐述了史诗剧（即叙事戏剧），提出了现代戏剧应该是史诗剧（叙事戏剧）的主张，并列表对比了戏剧性戏剧和史诗性（叙事性）戏剧的不同侧重点"③。在1948年写作的《戏剧小工具篇》中，布莱希特进一步论述了叙事戏剧的创作观点，被认为是他对叙事戏剧"进行理论思考的集大成"④。

纵观二者的戏剧创作生涯，皮斯卡托作为一名注重革新性创作的实践性导演，其叙事戏剧的观念主要是通过作品的创作排演得以体现，而未将其进行系统化的梳理和总结，仅在其对于具体作品的分析或文章中涉及关于叙事戏剧的论述。但布莱希特作为一名编剧、导演和戏剧理论家，他不仅通过文本的创作探索叙事戏剧的叙事性构架，也在排演中试验叙事戏剧的舞台呈现手段，更从创作初期便对其理论进行书面的记录与归纳。在流亡时期，他在剧本创作的同时，将自己的叙事戏剧理论进行梳理和总结。在回归德国建立剧院以后，在创作实践的基础上提出了系统化的叙事戏剧理论并著书立论进行全面的阐释。因此，布莱希特在皮斯卡托始创的基础上，以文本创作、舞台排演及理论总结三方面相结合的方式批判性地继承和发展了叙事戏剧并将其作为系统化的理论体系推广至全世界。

三、叙事戏剧创作观念的异同

布莱希特的叙事戏剧观念与皮斯卡托有许多近似之处，作为和皮斯卡托具有共同信仰的马克思主义者，他同样强调戏剧在社会学方面的意义，强调作品对于社会现实的客观反映，以戏剧作为阶级斗争手段介入社会改造运动，强调观众对于舞台事件的理性思考以及破除传统资产阶级戏剧对于生活幻觉的营造。

在皮斯卡托剧院时期，布莱希特从演出的独立场景连缀、演出过程中穿插叙述者评论、舞台蒙太奇手段运用、投影和舞台机械技术使用等方面向皮斯卡托学习和借鉴，

---

① John Willett. The Theatre of Erwin Piscator, Half a Century of Politics in The Theatre [M]. New York: Holmes & Meier Publishers, Inc, 1979: 186.
② 同上：186。
③ 张黎（编选）. 布莱希特研究 [M]. 北京：中国社会科学出版社，1984：2。
④ 同上：3。

但对于"叙事戏剧"的观念认知已经与皮斯卡托有所区别。二人于1928年就布莱希特创作的《夜半鼓声》（ *Trommeln in der Nacht* ）进行过争论，"这次谈话的记录表明他俩戏剧观的巨大差别"[1]。皮斯卡托希望通过在作品中穿插如柏林骚乱、诺斯克部队进入柏林、罗莎·卢森堡和李卜克内西遇害等政治事件从外部来烘托情节，制造作品的革命气氛并在作品中加入自己的观点。但"布莱希特拒绝一切修改该剧的意见"[2]，他认为皮斯卡托的建议过于直接，皮斯卡托不是以一种辩证的态度处理剧本，而是想把历史与每日的社会斗争戏剧化。而布莱希特希望在历史与现实之间进行转化，"他不是把戏剧看作是道德教育的场所，而是使观众得到新认识的娱乐场所"[3]。

尽管皮斯卡托最终承认了布莱希特在叙事戏剧理论发展方面的成就，但他同布莱希特一样，明确认为二人在对于"叙事戏剧"这一概念的认识和实践上存在着诸多差异，在1955年的一篇笔记中，皮斯卡托明确地记录下这些差异："布莱希特的出发点：叙事性的事件连接顺序，我的出发点：政治命运；布莱希特以微小事件作为创作内容，我注重大的规模，我希望从整体上来把握人类命运，呈现它是如何被个人影响又超越个体的（经由舞台机械、投影、电影等手段）；布莱希特的'陌生化效果'实际是他对于自己无法直接处理现实政治问题的借口，他想要的是寓言，我想要的是真实的事件。"[4]1956年，皮斯卡托在一次采访中补充道："布莱希特揭示人类生活中有意义的小细节，而我尝试以整体性呈现一系列政治事件；在某种程度上可以说他的大胆妈妈是一个永恒的人物形象，而我更倾向于通过呈现三十年的战争将她塑造得更具历史性。"[5]

从布莱希特与皮斯卡托对于彼此在叙事戏剧观点上差异的叙述可知，二者对于戏剧的现实性与时空观的看法迥异。尽管以戏剧反映和介入现实生活的创作宗旨相同，但皮斯卡托所追求的现实性是直接的，按照皮斯卡托自己的说法，作品的现实性是如每日的新闻报道般炽热和即时的，他认为"戏剧是转瞬即逝的艺术，能够对观众产生'此时此刻'的即时影响"[6]。因此，他将戏剧创作与当下的现实问题建立联系，即使是发生在过去的虚构故事，皮斯卡托也通过剧本改编、投影等手段穿插真实的、与当下

---

[1]　〔西德〕克劳斯·福尔克西. 布莱希特传[M]. 北京：中国戏剧出版社，1986：160.

[2]　同上：160。

[3]　同上：161。

[4]　同上：187。

[5]　同上：188。

[6]　Ullrich Amlung. Leben-ist immmer ein Anfang, Erwin Piscator : 1893-1966[M]. Marburg: Jonas Verlag, 1993: 52.

社会及政治事件相关联的文献纪实资料，以增强作品的真实性和即时性，确保观众在最短的时间内把握当下社会及政治形势并对此发表意见、表明自己的政治立场，从而煽动起他们投身社会改革的热情；而布莱希特不直接表现当下社会现实，他认为"让观众在转瞬即逝间获取印象是困难的"[①]。因此他通过"陌生化效果"使舞台事件与当下保持距离，在大多数作品中以虚构的寓言故事对想要表达的主题进行阐释，将舞台虚构事件与当下现实进行对比或类比，通过将现实生活事件"陌生化"的方法使观众对于习以为常的事物产生惊讶和好奇心，在心理上与舞台事件产生距离感和陌生感，引导观众通过理性的思考产生对于当下现实生活的联想，从而把握事件的内在本质。在对时代及社会政治现状进行哲理反思与理性批判之后，以积极主动的行动参与社会改造，最终完成他所提倡的"认识——不认识——达到更高层次的认识"[②]这一认识论过程。

在时空观上，皮斯卡托强调时空的整体性和历史的具体性，他希望超越对于个体生活的具体描摹，从整体上把握历史及时代发展的概貌，以广阔的历史及社会背景呈现其对于大众整体命运的影响，从个体生活的偶然性上升到历史的必然性。因此他作品的主角多是历史、社会和群众。在对待历史题材问题上，皮斯卡托注重揭示具体的、特定的历史时段中社会的政治、经济等要素，赋予作品在具体时代之中明确的政治性，正如他与布莱希特关于《夜半鼓声》的论争中所述，他要求加入具体的政治性社会事件以增强作品的政治氛围；而布莱希特主要以相对微小的生活事件聚焦于事件发展过程中的细节问题，从细节中生发对于社会现状的哲理思考。其剧作的主角多是具有矛盾性的个体人物，正如《大胆妈妈和她的孩子们》中的大胆妈妈、《四川好人》中的沈黛以及《伽利略传》中的伽利略等，这些人物的矛盾性是由时代、社会、政治、经济等因素所造成，人物是社会现实的承载体和具体反映，因此，布莱希特通过对于特定历史条件下的个体人物及其行为细节的具体描写来展现整个时代及社会对其造成的影响。在作品的主题上，尽管布莱希特同皮斯卡托一样，强调作品的政治性内涵以及作品的社会介入性，但他更注重作品能够跨越时代和具体历史条件的永恒哲理性，注重对于观众哲理思辨能力的培养，因此，在皮斯卡托看来，布莱希特笔下的人物更具有永恒性。

创作观念的差异源于二人对于戏剧功能认知的差异：皮斯卡托强调戏剧的教育

① Ullrich Amlung. Leben-ist immmer ein Anfang, Erwin Piscator : 1893-1966[M]. Marburg: Jonas Verlag, 1993: 52.
② 贝托尔特·布莱希特. 戏剧小工具篇 [M]. 张黎、丁扬忠，译. 北京：北京师范大学出版社，2015：12.

功用，其早期的无产阶级戏剧创作主张以戏剧的手段介入现实政治生活，作为阶级斗争的武器消除社会不平等现象，最终促进社会革命的开展。他将剧院视为一个政治论坛、一场群众集会、一个向观众尤其是无产阶级观众宣传革命理念和政治思想的讲坛。皮斯卡托早期创建无产阶级剧院的宗旨是"发展并提高阶级意识以及培养无产阶级为进行斗争所需要的团结性"，其首要任务是"广泛传播并加深观众对共产主义信念的理解"。因此，明确的政治目标赋予了皮斯卡托戏剧创作的教育性功用，他以戏剧演出的形式对观众进行政治的宣传鼓动，培养其政治意识最终煽动起他们的政治热情，投身社会改造运动之中。1950年代回归德国之后，面对战后德国社会对于战争历史的消极回避，皮斯卡托所提出的信仰戏剧同样强调戏剧的社会教育功用，希望使剧院肩负起席勒所倡导的道德学校的社会职责，唤醒民众对于战争在精神道德层面的反思。

布莱希特在注重戏剧的教育功用的同时，更强调戏剧的娱乐功用。他认为皮斯卡托"过分地将戏剧政治化以及强调其政治教育作用，使戏剧走上狭隘的道路……忽视了戏剧的娱乐性"[1]。而布莱希特将剧场视为一个对观众进行智力教育，为他们提供知识的娱乐场所，他提倡戏剧的教育功用和娱乐功用的同时发挥。在《戏剧小工具篇》的开篇，布莱希特便提出戏剧的目的是娱乐，"使人获得娱乐，从来就是戏剧的使命……把道德的东西变成娱乐，把思维变成娱乐"[2]。在进一步论述中，布莱希特提出"我们自己的时代应有的娱乐"应当是"戏剧借助人类共同生活的反映提供给我们的广泛而深入的娱乐"[3]，这一广泛而深入的娱乐即是观众通过理性观看戏剧作品之后所进行的哲理思考，从而在精神和智力层面所获得的愉悦之感。因此，布莱希特更提倡寓教于乐，在戏剧娱乐功用发挥的前提下，对观众进行社会教育和思想启迪。

四、叙事戏剧创作方法的差异

二者在叙事戏剧的观念及功用方面认知的差异决定了其创作手法的差异：皮斯卡托的创作手法主要围绕着政治戏剧的文献纪实性、宣传鼓动性及社会介入性，而布莱希特的创作手法主要围绕着"陌生化效果"来展开。皮斯卡托强调观众对舞台事件的

---

① 夏波.布莱希特"叙述体戏剧"研究 [M].北京：文化艺术出版社，2016：38.

② 贝托尔特·布莱希特.戏剧小工具篇 [M].张黎、丁扬忠，译.北京：北京师范大学出版社，2015：8.

③ 同上：16。

积极介入，在演出中穿插与社会时事相关的最新的文献纪实资料，并利用歌曲舞蹈、演员直接面对观众发表政治性宣讲、口号标语及仪式性场面等手段培养观众的革命意识，煽动他们的革命热情，最终将演出变成一场大规模的群众政治集会；而布莱希特的陌生化效果要求观众明确自己与舞台之间的界限，利用破除舞台幻觉的灯光及音乐音响效果、标题字幕、演员采用第三人称过去式陈述及中断舞台行动等陌生化表演手段在观众与舞台之间建立距离感，使之对舞台事件及场景感到陌生，从而以冷静、理智的态度以及批判、怀疑的眼光对舞台事件进行客观思考。

在舞台投影使用方面，皮斯卡托将投影幕布作为舞台的第四维度，将投影作为舞台重要的表现语汇，承担作品的文献纪实、评述议论及戏剧性的功用；布莱希特尽管也使用投影，但他不同于皮斯卡托使用贯穿舞台的大幅投影幕布或在舞台框架结构的众多演区大面积安装投影幕布，布莱希特选择性地使用"半截幕布"，将幕布后面正在换景的舞台工作人员及候场演员的腿部和脚部呈现在观众面前，以达到破除舞台幻觉的效果。此外，在投影内容选择上，皮斯卡托主要以图片、电影、数字图表等文献资料达到其所追求的作品的现实性，其中电影在皮斯卡托的投影使用中占据重要比例，而布莱希特主要以简单的标题、文字等对场景进行说明，他认为"电影具有制造舞台幻觉的特性，这与他所倡导的陌生化效果相抵触，因此他在创作中尽量不将其暴露在舞台上"①。

在舞台美术上，皮斯卡托为追求整体性时空观，多采用规模较大的多层复合结构，配合转台、传送带、升降机等先进的舞台机械呈现广阔的社会生活全景图甚至全球化图景，尤其是前两所皮斯卡托剧院时期的作品，对于舞台结构的复杂性追求往往耗费大量的人力和财力；而布莱希特追求舞台的单纯化、简朴化，其舞台美术的功用不在于塑造具体环境而只需对场景进行暗示，因此演出幕布多为中性的灰色幕布，"利用它的抽象性质限定舞台空间，间离观众和其他布景因素"②，场景的切换也通过简单的道具或景片的暗示来完成，例如在《母亲》（Die Mutter）中，一块挂在铁棍上的帷幔即表示两个房间之间的隔墙，在《圆头党和尖头党》中，一系列商店的招牌即暗示出商业场所中小生意者之间的竞争。对于皮斯卡托利用舞台机械、舞台投影和舞台复合结构所组成的"混合媒介"，布莱希特也提出了不同的意见，他认为皮斯卡托的舞

① Michael Schwaiger(Hg.). Bertolt Brecht und Erwin Piscator : Experimentelles Theater im Berlin der Zwanzigerjahr[M]. Wien:Verlag Cchristian Brandstätt, 2004: 14.
② 胡妙胜 . 当代西方舞台设计的革新 [M]. 杭州：中国美术学院出版社，1997：53.

台机械过于沉重繁复,"他把舞台变成了一个机器车间,把观众厅变成了一个会议室……舞台艺术异常的复杂化了"①,且这样一种复杂的舞台机械与演员之间的关系在布莱希特看来是相互对立的。在灯光的运用方面,皮斯卡托将舞台灯光视为实现其舞台蒙太奇效果的重要手段,利用灯光从多层复合结构中"挑选"出需要呈现的空间或演区,通过灯光的转换将代表个体的不同空间同时呈现在舞台上,或将其与代表社会大结构的复合结构进行对比,此外,舞台灯光亦可在不关闭大幕不切换场景的情况下保证叙事戏剧场景的自由流畅转换;而布莱希特为破除舞台幻觉,其作品演出多采用明亮的可以覆盖整个舞台区域的灯光,且在演出过程中几乎不做变化,在一些演出中他甚至故意让观众看见舞台上的光源,以达到陌生化的效果。对于布莱希特而言,"舞台灯光的功能既不是创造情绪,也不是渲染气氛,而只是照明,使观众毫无干扰地注视故事的叙述"②。

在演员表演方面,布莱希特较皮斯卡托的建树更为丰厚。二者均反对演员与角色情感的完全融合,要求演员以明确的表演意识和批判意识传递角色的社会功能。皮斯卡托的客观化表演原则主要通过创作实践进行探索,他将演员表演视为增强作品有效性的手段,使演员从智力上与观众取得一致性,从而调动起观众积极参与场上事件的热情,但皮斯卡托对于演员表演的论述较少,未建立起系统化的理论论述;而布莱希特非常重视演员的表演艺术,将演员的表演视为"陌生化效果"的重要组成要素。在陌生化效果的原则下,对演员表演观念从理论上进行系统论化研究和论述,并在剧本的写作及排演创作中有意识地进行表演技巧的探索和实验,从而总结出一系列具体和明确的陌生化表演技法,例如演员采用第三人称、采用过去时、兼读表演指示说明、将表情与手势分开、佩戴面具使说话方式与自然状态有所区别、印证、交换角色等。③在《伽利略传》《大胆妈妈和她的孩子们》及《高加索灰阑记》等作品的创作中,布莱希特将排演工作的重点放在演员的表演上,从演员表演的微小细节入手,如科学实验一般与演员反复试验每一个动作的精准性,从而以最准确的表演形态达到表演的陌生化效果。

---

① 贝托尔特·布莱希特.戏剧小工具篇 [M].张黎、丁扬忠,译.北京:北京师范大学出版社,2015:91.
② 胡妙胜.当代西方舞台设计的革新 [M].杭州:中国美术学院出版社,1997:54.
③ 参考夏波.布莱希特"叙述体戏剧"研究 [M].北京:文化艺术出版社,2016:77.

小结

综上所述，皮斯卡托对于同时代及后世戏剧创作的影响主要体现在戏剧教育及创作实践两方面。对于戏剧社会教育功用的强调不仅是皮斯卡托导演创作的宗旨之一，他通过在德国和美国开办戏剧工作室及工作室剧院将戏剧教育作为自己导演工作之外最为重要的社会职责，以课堂教学和演出实践相结合的教育方式为德国及美国培养了大批优秀戏剧工作者，直接或间接地促进了德国政治戏剧的发展以及美国外百老汇和外外百老汇运动的兴起与发展。

皮斯卡托的政治戏剧创作是伴随着德国工人运动的开展而进行的。在这一过程中，德国工人演剧运动尤其是宣传鼓动戏剧演出借鉴了皮斯卡托专业戏剧的创作理念和创作手法，并同时以其自身的革新性和原创性促进了皮斯卡托的创作。皮斯卡托对于作品现实性的强调和对于社会生活在舞台上的及时反映促进了其同时代戏剧创作者和剧院对社会时事问题的关注，魏玛共和国时期，涌现出一大批以社会及政治问题为主题的"时代戏剧"作品和创作团体，时代戏剧成为魏玛共和国时期戏剧创作的特色之一。在皮斯卡托于1950年代回归德国后，他通过三部文献戏剧的创作实现了自己对于信仰戏剧的主张，三部作品对于第二次世界大战的揭露、对于人类在精神道德及智力方面的影响以及文献纪实性的舞台创作手法促进了德国社会对于战争及纳粹历史的集体反思，开创了德国1960年文献戏剧创作热潮。

在皮斯卡托与布莱希特近40年的交往中，二人的友谊由于彼此戏剧创作观念的差异以及各自不同的创作道路而发展得较为微妙。皮斯卡托的戏剧创作早于布莱希特，二人由于共同的共产主义信仰和对于戏剧社会功用的追求成为朋友，并在皮斯卡托剧院时期开展合作。布莱希特的早期戏剧创作受到皮斯卡托影响，尤其在叙事戏剧的创作观念及导演技法上，皮斯卡托的创作实践对于布莱希特的叙事戏剧探索具有启迪性意义。但在1930年代以后，布莱希特开始发展自己的叙事戏剧理论并于1950年代创建柏林人剧团进一步实践这一理论。二人在戏剧介入社会政治生活促进社会改革、突破传统戏剧线性叙事模式及打破镜框式舞台相对隔绝的观演关系等方面具有相似的创作宗旨，但在戏剧的社会功能、历史时空观、作品的现实性、剧作主题和题材、舞台表现形式及演员表演等方面存在巨大差异。针对戏剧界关于叙事戏剧起源问题的论争，笔者认为，皮斯卡托在1924年创作的《旗帜》一剧中首次提出"叙事戏剧"的概念，在其此后的创作中，皮斯卡托主要在政治戏剧这一统领性概念之下以导演创作实践践行这一理论；而布莱希特在皮斯卡托的基础上批判性地继承和发展了叙事戏剧理论，并以系统化的理论阐述、剧本写作及导演创作三方面相结合的方式将叙事戏剧作为一个相对完善的理论与实践体系推广至世界范围并产生重要影响。

结论

一、核心论点

本书以皮斯卡托政治戏剧导演艺术创作为研究对象，研究、分析和论述了皮斯卡托政治戏剧思想的形成及发展过程、导演艺术美学特征、革新性舞台创作手段以及对于同时代及后世戏剧创作的影响。皮斯卡托的政治戏剧创作始于第一次世界大战结束后的1910年代后期，终于第二次世界大战后的1960年代。这半个世纪正是欧洲及世界政治格局急剧变化，不同思想意识形态相互碰撞，社会矛盾较为尖锐和复杂的时期，皮斯卡托经历了第一次世界大战、德国"十一月革命"、魏玛共和国建立、欧洲经济危机、第二次世界大战、战后德国的分裂等重大历史及革命事件。因此，在以作品反映各历史阶段社会发展状况的同时，皮斯卡托的戏剧创作也受到特定的历史条件、社会语境、政治情况、经济因素、受众审美等社会因素的影响和制约，其戏剧创作在某些阶段呈现出一定的妥协性与变动性，作品的创作目标、创作观念及创作手段也随着社会及政治状况的变化而不断发展变化。但他以戏剧客观和及时地反映社会现实，以戏剧积极介入社会政治生活，促进社会改革和进步的创作宗旨始终引导着他在导演创作上不断前行，并发展出一系列独具特色的导演美学及革新性舞台创作手段。

皮斯卡托的导演美学特征包括作品的叙事性、文献纪实性、宣传鼓动性以及演员的客观化表演原则，皮斯卡托被认为是德国戏剧历史上首位将作品明确定义为"叙事戏剧"的导演，其文献戏剧创作开启了德国1960年代文献戏剧创作热潮并影响欧美文献戏剧创作。在舞台创作方面，为实现政治戏剧的美学要求以及对于传统镜框式舞台观演关系的突破，皮斯卡托进行了大胆的革新性创作实验。他强调舞台结构的功能性和实用性，运用先进的舞台机械设备，配合舞台蒙太奇手段构建整体性戏剧时空，将投影作为舞台的第四维度及演出组成要素赋予其丰富的戏剧功能。除此之外，皮斯卡托通过在德国及美国开设戏剧工作室，以课堂教学与演出实践相结合的形式开展戏剧教育工作，为德国及美国培养了大批优秀的戏剧及影视创作人才。皮斯卡托对于其同时代及后世戏剧创作的影响不仅限于德国工人演剧运动、时代戏剧创作及文献戏剧创作，也直接并间接地促进了美国外百老汇、外外百老汇运动的兴起与发展。在同布莱希特相识及合作的过程中，皮斯卡托对于布莱希特叙事戏剧体系的创立也从观念及手法上产生了影响，在皮斯卡托首创的基础上，布莱希特批判性地继承和发展了叙事戏剧。但二者在戏剧的功能以及对于叙事戏剧的观念认知和创作手法等方面存在差异。

综上所述，皮斯卡托的政治戏剧导演创作作为世界公认的导演流派之一，具有重要的学术研究和探索价值。对于当代戏剧创作，尤其是以戏剧反映社会现实、促进社会进步为创作宗旨的作品，也具有可参考和借鉴的实践性意义。

二、关于论题的思考

尽管皮斯卡托的导演艺术美学以及与之相对应的革新性舞台创作手段具有可研究的重要学术价值，但其政治戏剧创作也存在着诸多缺陷以及值得引起思考的问题。如前所述，皮斯卡托的创作在一定程度上受到特定历史条件的制约和影响，其1920年代于柏林的戏剧创作作为德国无产阶级工人运动的组成部分，其主要目标之一是以戏剧的手段介入无产阶级革命，以戏剧作为武器投入阶级斗争，将剧场转变成一个政治集会及群众示威游行的阵地，以消除阶级不公，最终实现其所信仰的共产主义。因此，在其早期的戏剧创作中，艺术性的目标多让位于政治及革命目的，因追求明确的政治效果而使得作品的艺术价值有所折损。在创作中，为追求作品的叙事性构架对剧本所进行的删改忽视了文本原作者的创作意图以及原文本内容的完整性；为追求作品的文献纪实性、现实性和即时性，以大量文献纪实资料的穿插而忽略了作品的诗意表达；为追求宣传鼓动的政治效果而削弱了作品在艺术审美方面的价值；为从整体上把握历史及社会发展全貌而部分舍弃了对于人物精神世界及个体性格的细致描摹。尽管皮斯卡托在1950年代倡导的信仰戏剧理念对自己此前的政治戏剧观念进行了修正，开始重视文本的原创性、作品的精神内涵开掘以及角色个体的情感与性格塑造，但其早期作品中所存在的缺陷不容忽视。笔者认为，戏剧作为一门综合性艺术，在确保创作者的主导观念与创作思想得以发挥的同时，更应当注重对于戏剧艺术所具有的艺术特性及美学特征的开掘与体现，在二者的相互参照与相互作用之下，才能够创作出跨越特定历史局限与社会意识形态束缚的具有永恒性艺术价值及思想价值的戏剧作品，这是皮斯卡托的政治戏剧创作为笔者在今后的学术研究与实践创作方面所带来的启迪与思考。

三、对于未来研究的展望

笔者在文献资料搜集整理及研究过程中发现，论题以及与论题相关的部分内容具有继续深入研究与探索的学术价值。由于题目及篇幅的局限，笔者在本书中仅粗浅地对于论题进行了分析和论述，在某些方面未能深入探究和展开。例如：皮斯卡托的戏剧创作始于 1920 年代，这一时期的德国表现主义运动作为世界戏剧发展史上独具特色的创作思潮，目前其研究工作主要集中于剧作者及文本创作方面。笔者研究发现，表现主义时期德国曾涌现出一批各具创作风格的戏剧导演，他们革新性的导演观念和创作手法对皮斯卡托及其后的德国戏剧创作产生了重要影响，笔者希望在今后的学术研究工作中尝试就这一论题开展进一步研究；再者，德国文献戏剧作为德国现当代戏剧创作的重要组成部分，不仅对于德国当代戏剧研究具有重要意义，当代中国戏剧界对于文献戏剧的探索和实践日益丰富并且开始受到学界的广泛关注，因此，德国当代文献戏剧创作也是笔者希望在今后的研究工作中继续探索的主题。此外，由于篇幅有限，本书在皮斯卡托与布莱希特戏剧创作的异同比较方面未能进行详尽的分析、研究与论述，笔者认为，这一主题对于德国叙事戏剧研究具有重要的学术价值，或可在今后的研究中单独作为论题不断修正、补充与完善。

参考文献

一、外文著作

[1] C.D. Innes. Erwin Piscator's Political Theatre, The Development of Modern German Drama [M]. London: Cambridge University Press, 1972.

[2] Manfred Brauneck. Das deutsche Drama vom Expressionismus bis zur Gegenwart [M]. Bamberg: C. C. Buchners Verlag, 1972.

[3] Heinrich Goertz. Erwin Piscator [M]. Hamburg: Rowohlt Taschenbuch Verlag, 1974.

[4] John Lahr and Jonathan Pricw. The Great American Life Show 9 Plays from the Avant-Garde Theater [M]. New York: Bantan Books, 1974.

[5] Erwin Piscator. The Political Theatre [M]. Translated by Hugh Rorrison. New York: Avon Books, 1978.

[6] John Willett. The Theatre of Erwin Piscator, Half a Century of Politics in The Theatre [M]. New York: Holmes & Meier Publishers, Inc, 1979.

[7] Franz Norbert Mennemeier. Modernes Deutsches Drama [M]. Müchen: Wihelm Fink Verlag, 1979.

[8] Harro Müller-Michaels (Hrsg.). Deutsche Dramem: Interpretationen zu Werken von der Aufklärung bis zur Gegenwart [M]. Königstein: Athenäum-Taschenbücher, 1981.

[9] Joachim Werner Preuss and Lüder Wortmann. Theatre-going Organizations and Subscription Systems in the Federal Republic of Germany [M]. Berlin (West): Zentrum Bundesrepublik Deutschland des Internationalen Theaterinstituts e. V., 1981.

[10] Wolfram Buddecke. Das deutschsprachige Drama seit 1945 [M]. Müchen: Winkler Verlag, 1981.

[11] John Willett, Erwin Piscator. Die Eröffung des politischen Zeitalters auf dem Theater [M]. Frankfurt am Main: Suhrkamp Verlag, 1982.

[12] Juliane Eckhardt. Das epische Theater [M]. Darmstadt: Wissenschaftliche Buchgesellschaft, 1983.

[13] Renate Benson. German Expressionist Drama Ernst Toller and Georg Kaiser [M]. London:

Macmillan Press, 1984.

[14] Peter Iden. Theater als Widerspruch [M]. Müchen: Kindler Verlag, 1984.

[15] Wolfgang Ismayr. Das Politische Theater in Westdeutschland [M]. Königstein: Verlag Anton Hain, 1985.

[16] John Willett. Caspar Neher Brecht's designer [M]. London: Methuen London Ltd., 1986.

[17] Knut Boeser/Renata Vatkavá. Erwin Piscator Eine Arbeitsbiographie in 2 Bänden [M]. Berlin: Edition Hentrich, 1986.

[18] Erwin Piscator. Zeittheater- Das Politische Theater und weitere Schriften von 1915 bis 1966 [M]. Hamburg: Rowohlt Taschenbuch Verlag, 1986.

[19] J.L.Styan. Max Reinhardt[M]. Cambridge: Cambridge University Press, 1989.

[20] Nick Worrall. Modernism to Soviet stage: Tairov-Vakhtangov-Okhlopkov [M]. Cambridge: Cambridge University Press, 1989.

[21] John Rouse. Brecht and the West German Theatre [M]. Michigan: UMI Research Press, 1989.

[22] Gerhad F. Probst. Erwin Piscator and the American Theatre [M]. New York: Peter Lang Publishing, Inc., 1991.

[23] Peter Weiss. Werke in sechs Bänden [M]. Frankfurt am Main: Suhrkamp Verlag, 1991.

[24] Ullrich Amlung. Leben-ist immmer ein Anfang, Erwin Piscator:1893-1966 [M]. Marburg: Jonas Verlag, 1993.

[25] Alison Hodge. Twentieth Century Actor Training [M]. New York: Routledge, 2000.

[26] Michael Schwaiger(Hg.). Bertolt Brecht und Erwin Piscator: Experimentelles Theater im Berlin der Zwanzigerjahr [M]. Wien: Verlag Cchristian Brandstätt, 2004.

[27] Sandra Jenko. "Trotz alledem!" als Exempel für das Dokumentarische Theater Erwin Piscators, München: GRIN Verlag, 2004.

[28] Laura Bradley. Brecht and Political Theatre: The Mother on Stage [M]. Oxford: Oxford University Press, 2006.

[29] Tennessee Williams. The Glass Menagerie [M]. London: Penguin Classics, 2009.

[30] Judith Malina. The Piscator Notebook [M]. New York: Routledge, 2012.

二、中文译著

[1]〔德〕爱克曼辑.歌德谈话录[M].朱光潜,译.北京:人民文学出版社,1978.

[2]〔英〕马丁・艾思林.戏剧剖析[M].罗婉华,译.北京:中国戏剧出版社,1981.

[3]〔德〕斯太尔夫人.德国的文学与艺术[M].丁世中,译.北京:人民文学出版社,
1981.

[4]〔德〕格・毕希纳.丹东之死[M].傅惟慈,译,北京:人民文学出版社,1981.

[5]〔德〕格・毕希纳.毕希纳文集M].李士勋、傅惟慈,译.北京:人民文学出版社,
1981.

[6]〔捷克〕雅・哈谢克.好兵帅克历险记[M].星灿,译.北京外国文学出版社,1983.

[7]〔东德〕维兰・赫茨菲尔德等.布莱希特研究[M].张黎,编选.北京:中国社会科
学出版社,1984.

[8]〔西德〕克劳斯・福尔克西.布莱希特传[M].李健鸣,译.北京:中国戏剧出版社,
1986

[9]〔苏〕帕・马尔科夫等.论梅耶荷德戏剧艺术[M].孙维善等,译.北京:文化艺术
出版社,1987.

[10]〔英〕J. L. 斯泰恩.现代戏剧的理论与实践(三)[M].象禺、武文,译.北京:中
国戏剧出版社,1989.

[11]〔加拿大〕雷内特・本森.德国表现主义戏剧——托勒尔与凯泽[M].汪义群,译.北
京:中国戏剧出版社,1992.

[12]〔苏〕E. 瓦赫坦戈夫等.梅耶荷德论集[M].童道明,编选.上海:华东师范大学出
版社,1994.

[13]〔德〕莱辛.汉堡剧评[M].张黎,译.上海:上海译文出版社,2002.

[14]〔德〕普菲斯特.戏剧理论与戏剧分析[M].周靖波、李安定,译.北京:北京广播
学院出版社,2004.

[15]〔德〕斯丛狄.现代戏剧理论(1880—1950)[M].王建,译.北京:北京大学出版社,
2006.

[16]〔英〕J.M. 里奇.纳粹德国文学史[M].孟军,译.上海:文汇出版社,2006.

[17]〔英〕比格斯比.1945—2000 年的现代美国戏剧[M].英文原版.北京:外语教学与
研究出版社,2006.

[18]〔古希腊〕亚里士多德，〔古罗马〕贺拉斯.诗学·诗意 [M].郝久新，译.北京：中国社会科学出版社，2009.

[19]〔德〕汉斯·蒂斯·雷曼.后戏剧剧场 [M].李亦男，译.北京：北京大学出版社，2010.

[20]〔德〕莱辛.智者纳坦 [M].朱雁冰，译.北京：华夏出版社，2011.

[21]〔德〕艾利卡·费舍尔 – 李希特.行为表演美学——关于演出的理论 [M].余匡复，译.上海：华东师范大学出版社，2012.

[22]〔德〕贝托尔托·布莱希特.戏剧小工具篇 [M].张黎、丁扬忠，译.北京：北京师范大学出版社，2015.

[23]〔捷克〕戏剧空间的奥秘——斯沃博达回忆录 [M].刘杏林，译.北京：中国戏剧出版社，2016.

[24]〔德〕曼弗雷德·韦克维尔特.为布莱希特辩护 [M].焦仲平，译.北京：中国戏剧出版社，2017.

三、中文著作

[1] 黄佐临、童道明等.论布莱希特戏剧艺术 [M].北京：中国戏剧出版社，1984.

[2] 廖可兑等.美国戏剧论辑 [M].北京：中国戏剧出版社，1985.

[3] 张黎.德国文学随笔 [M].北京：外国文学出版社，1986.

[4] 陈世雄.苏联当代戏剧研究 [M].厦门：厦门大学出版社，1989.

[5] 李辉凡.二十世纪初俄苏文学思潮 [M].北京：社会科学文献出版社，1993.

[6] 高中甫、孙坤荣.德语文学简史（上、下）[M].海口：海南出版社，1993.

[7] 胡妙胜.当代西方舞台设计的革新 [M].杭州：中国美术学院出版社，1997.

[8] 孙文辉.戏剧哲学——人类的群体艺术 [M].长沙：湖南大学出版社，1998.

[9] 廖可兑.西欧戏剧史 [M].北京：中国戏剧出版社，2001.

[10] 吴光耀.西方演剧史论稿 [M].北京：中国戏剧出版社，2001.

[11] 孙白梅.西洋万花筒：美国戏剧概览 [M].上海：上海外语教育出版社，2002.

[12] 张仲年.戏剧导演 [M].北京：中国戏剧出版社，2003.

[13] 陈世雄.导演者：从梅宁根到巴尔巴 [M].厦门：厦门大学出版社，2006.

[14] 谢芳.20 世纪德语戏剧的美学特征：以代表性作家的代表作为例 [M].武汉：武汉大学出版社，2006.

[15] 范大灿主编、安书祉著 . 德国文学史 [M]. 南京：译林出版社，2006.

[16] 冯亚琳 . 德国文学与文化：阐释与思辨 [M]. 重庆：重庆出版社，2007.

[17] 郑传寅、黄蓓 . 欧洲戏剧史 [M]. 北京：北京大学出版社，2008.

[18] 李尚宏 . 田纳西·威廉斯新论 [M]. 上海：上海外语教育出版社，2010.

[19] 王杰主编 . 马克思主义文艺理论 [M]. 北京：高等教育出版社，2011.

[20] 李时学 . 颠覆的力量：20 世纪西方左翼戏剧研究 [M]. 厦门：厦门大学出版社，
2012.

[21] 余匡复 . 德国文学史（修订增补版）（上、下卷）[M]. 上海：上海外语教育出版社，
2012.

[22] 曹卫东等 .20 世纪德国马克思主义文艺理论研究 [M]. 北京：北京大学出版社，
2012.

[23] 韩曦 . 百老汇的行吟诗人——田纳西·威廉斯 [M]. 北京：群言出版社，2013.

[24] 高中甫、宁瑛 .20 世纪德国文学史 [M]. 青岛：青岛出版社，2014.

[25] 王育霞、梁静、陈霄燕 . 美国小说与戏剧的发展研究 [M]. 北京：中国书籍出版社，
2014.

[26] 倪胜 . 早期德语文献戏剧的阐释和研究 [M]. 上海：上海远东出版社，2015.

[27] 曹卫东主编 . 审美政治化：德国表现主义问题 [M]. 上海：上海人民出版社，2015.

[28] 王建 . 德国近代戏剧的兴起——从巴洛克到启蒙运动 [M]. 北京：北京大学出版社，
2015.

[29] 夏波 . 布莱希特"叙述体戏剧"研究 [M]. 北京：文化艺术出版社，2016.

[30] 郑国良 . 西方舞台设计史——从古希腊到十九世纪 [M]. 上海：上海人民美术出版社，
2016.

四、论文期刊类

[1] 〔法〕让·米特里 . 蒙太奇形式概论 [J]. 崔君衍，译 . 世界电影，1983(1).

[2] 〔美〕爱德华·布朗 . 皮斯卡托尔在柏林 [J]. 杜定宇，译 . 戏剧艺术，1987(3).

[3] 李如茹 . 战后德语戏剧简论 [J]. 戏剧艺术，1988(9).

[4] 塞河沿 . 仪式，游戏和戏剧——对戏剧精神的原出考察 [J]. 戏剧，1997 (1).

[5] 陈世雄 . 皮斯卡托与布莱希特 [J]. 外国戏剧研究，1999(3).

[6] 张黎 . 二十世纪德语国家戏剧 [J]. 戏剧文学，1999(2).

[7] 陈世雄 . 20 世纪西方戏剧的政治化趋势 [J]. 外国戏剧研究，2001(1).

[8] 李时学 . 政治目的与戏剧技巧——皮斯卡托的戏剧理论与实践 [J]. 四川戏剧，2006(1).

[9] 周亦珺 . 从《调查》看德国文献剧 [J]. 国外戏剧丛谭，2006(5).

[10] 赵志勇 . 皮斯卡托：当代戏剧舞台上的伟大革新者 [J]. 戏剧文学，2007(5).

[11] 许健 . 从档案到戏剧——对 4 部德国"文献剧"代表作的解析 [J]. 文化艺术研究，2012(1).

[12] 夏周奏 . 独唱·领唱·合唱——政治戏剧三途 [J]. 戏剧艺术，2013(4).

[13] 张林 . 影像走进戏剧——从皮斯卡托、布里安到斯沃博达 [J]. 戏剧，2013(2).

[14] 张仲年 . 影像作为舞台导演叙事性语汇的探索 [J]. 上海师范大学学报（哲学社会科学版），2016(1).

[15] 孙惠柱 . 戏剧构作还是戏剧策划？——关于 dramaturgy[J]. 戏剧艺术 , 2016 (4).

[16] 章文颖 . 试论谢林戏剧美学的独特内涵及其现代意义 [J]. 戏剧艺术 , 2017 (4).

[17]〔德〕琳达·哈德伯格 . 叙事体戏剧与包豪斯剧场 [J]. 石昊，译 . 戏剧艺术 , 2017 (4).

[18] A.V. Subiotto. German Documentary Theatre[J]. University of Birmingham ,1972 (2).

[19] Elisa Minossi. Erwin Piscator-sein Leben und Werk[J]. Freie Universität Berlin ,2006 (7).

五、网络电子文献

[1] 维基百科英文版，词条"Cabaret"[OL] https://en.wikipedia.org/wiki/Cabaret

[2] 维基百科英文版，词条"Reuve"[OL] http://en.wikipedia.org/wiki.Review

[3] 维基百科英文版，词条"montage"[OL] https://en.wikipedia.org/wiki/Montage;

[4] 维基百科英文版，词条"George Bartenief"[OL] https://en.wikipedia.org/wiki/George_Bartenieff

[5] 维基百科中文版，词条"马龙·白兰度"[OL] https://zh.wikipedia.org/wiki/ 马龙·白兰度

图片来源及索引

第一章

图 1-1: 网络 https://en.wikipedia.org/wiki/Erwin_Piscator

图 1-2: John Willett. The Theatre of Erwin Piscator, Half a Century of Politics in The Theatre [M]. New York: Holmes&Meier Publishers, Inc, 1979: 48.

图 1-3: Knut Boeser/Renata Vatkavá. Erwin Piscator Eine Arbeitsbiographie in 2 Bänden (1) [M]. Berlin: Edition Hentrich, 1986: 120.

图 1-4: Knut Boeser/Renata Vatkavá. Erwin Piscator Eine Arbeitsbiographie in 2 Bänden (1) [M]. Berlin: Edition Hentrich, 1986: 183.

图 1-5: John Willett. The Theatre of Erwin Piscator, Half a Century of Politics in The Theatre [M]. New York: Holmes&Meier Publishers, Inc, 1979: 129.

图 1-6: Knut Boeser/Renata Vatkavá. Erwin Piscator Eine Arbeitsbiographie in 2 Bänden (2) [M]. Berlin: Edition Hentrich, 1986: 255.

第二章

图 2-1: 网络 https://theredlist.com/wiki-2-20-881-1399-880-view-theatre-profile-1920s-1.html

图 2-2: 网络 http://www.thedramateacher.com/erwin-piscator-multimedia-pioneer-for-the-theatre/

图 2-3: Erwin Piscator 1893-1966, An Exhibition by the Archiv der Akademie der Künste Berlin in co-operation with the Goethe Institute: 135.

图 2-4: 网络 https://www.pinterest.com/pin/600034350322697688/

图 2-5: Knut Boeser/Renata Vatkavá. Erwin Piscator Eine Arbeitsbiographie in 2 Bänden (2) [M]. Berlin: Edition Hentrich, 1986: 267.

图 2-6: Knut Boeser/Renata Vatkavá. Erwin Piscator Eine Arbeitsbiographie in 2 Bänden

(1) [M]. Berlin: Edition Hentrich, 1986: 117.

第三章

图 3-1: Knut Boeser/Renata Vatkavá. Erwin Piscator Eine Arbeitsbiographie in 2 Bänden (1) [M]. Berlin: Edition Hentrich, 1986: 167.

图 3-2: John Willett. The Theatre of Erwin Piscator, Half a Century of Politics in The Theatre [M]. New York: Holmes & Meier Publishers, Inc, 1979: 171.

图 3-3: Ullrich Amlung. Leben-ist immmer ein Anfang, Erwin Piscator: 1893-1966[M]. Marburg: Jonas Verlag, 1993: 92.

图 3-4: Knut Boeser/Renata Vatkavá. Erwin Piscator Eine Arbeitsbiographie in 2 Bänden (2) [M]. Berlin: Edition Hentrich, 1986: 171.

图 3-5: https://www.brainscape.com/flashcards/condensed-deck-1708847/packs/2988068277

图 3-6: Erwin Piscator 1893-1966, An Exhibition by the Archiv der Akademie der Künste Berlin in co-operation with the Goethe Institute: 82.

图 3-7: Ullrich Amlung. Leben-ist immmer ein Anfang, Erwin Piscator: 1893-1966 [M]. Marburg: Jonas Verlag, 1993: 97.

图 3-8: 网络 https://www.brainscape.com/flashcards/condensed-deck-1708847/packs/2988068

图 3-9: Knut Boeser/Renata Vatkavá. Erwin Piscator Eine Arbeitsbiographie in 2 Bänden (1) [M]. Berlin: Edition Hentrich, 1986: 166.

图 3-10: John Willett. The Theatre of Erwin Piscator, Half a Century of Politics in The Theatre [M]. New York: Holmes & Meier Publishers, Inc, 1979: 61.

图 3-11: John Willett. The Theatre of Erwin Piscator, Half a Century of Politics in The Theatre[M]. New York: Holmes & Meier Publishers, Inc, 1979: 61.

图 3-12: John Willett. The Theatre of Erwin Piscator, Half a Century of Politics in The Theatre[M]. New York: Holmes & Meier Publishers, Inc, 1979: 114.

图 3-13: 网络 https://ru.wikipedia.org/wiki/ :Piskator_Znamyona.jpg

图 3−14: John Willett. The Theatre of Erwin Piscator, Half a Century of Politics in The Theatre[M]. New York: Holmes & Meier Publishers, Inc, 1979: 93.

第四章

图 4−1: Knut Boeser/Renata Vatkavá. Erwin Piscator Eine Arbeitsbiographie in 2 Bänden(2)[M]. Berlin: Edition Hentrich, 1986: 50.

图 4−2: Erwin Piscator 1893-1966, An Exhibition by the Archiv der Akademie der Künste Berlin in co-operation with the Goethe Institute: 52.

图 4−3: 网络 https://mediartinnovation.com/2014/05/23/jonas-mekasthe-living-theatre-the-brig-1964/

附　录

一所现代剧院的建造——柏林皮斯卡托剧院 [①]

德绍包豪斯学校校长　瓦尔特·格罗皮乌斯

建筑设计领域的新观念很少影响到剧院的空间发展。当下最有影响力的戏剧导演均运用革新性的机械和空间改革方案将观众带入舞台行动之中，这一观演关系的革新较之此前的剧场发展历史更为深入。然而，自从装饰性的意图超越空间创造的意图占据剧院建筑设计的主导思想以来，所有的剧院都未能将自身从透视舞台（perspective stage，也称作镜框式舞台）的古老结构中解放出来。建筑设计师亨利·范·德菲尔德（Henry van de Velde，1863—1957）在 1925 年为科隆的德国工厂联合会剧院（Werkbundtheater）设计了三面舞台（tripartite perspective stage）；其后，更为深入的实践为奥古斯特·佩雷（Auguste Perret，1874—1954）为巴黎 1925 年艺术与工艺博览会（arts and crafts exhibition）所作的剧院设计方案以及汉斯·波尔兹格（Hans poelzig，1869—1936）为柏林大剧院（Gross Schauspielhaus）的重建设计的伸出式舞台（thrust stage），这一设计扩展到了镜框式舞台的舞台边界。以上是据我所知在解放和积极革新僵化的剧院建筑结构方面仅有的几次尝试并且均得以实施。

在剧场的建筑结构历史上，主要有三种根据舞台场景所构建的基本空间形式：中心式舞台（the round arena or circus），表演区域位于四面环绕的观众席中心位置，观众能够从所有的面向观看演出；古希腊古罗马的露天圆形剧场（the amphitheater），相当于一半的中心式舞台，演出区域是一个半圆并且有一个台唇（forestage），演员可在舞台前区的台唇进行表演，舞台的背景多为静止不变的图像，以凸显台唇区域演员浮雕一般的表演风格，此外，演区与观众席之间没有幕布将二者分隔；透视舞台或称作镜框式舞台（perspective stage, picture-frame stage），利用乐池和幕布将舞台上的"幻觉世界"与观众席的真实世界分隔开来，舞台的布景类似于一个二维的幻灯片投影在

---

① 以上内容由本书作者译自《政治戏剧》（Erwin Piscator. The Political Theatre [M]. Translated by Hugh Rorrison. New York: Avon Books, 1978.）一书第 180—182 页格罗皮乌斯对于"总体剧院"的设计阐述。括号内文字均为译者注。

幕布所展开的平面之上。当下的剧院结构多局限于第三种镜框式舞台，此结构具有极大的缺陷，它杜绝观众参与到舞台事件之中。如果这一缺陷能够被克服，舞台的幻觉营造可被进一步增强并且能够使剧院重新恢复活力。当皮斯卡托将他的新剧院的设计任务委托于我时，他提出了许多乌托邦式的要求，正如他的性格一般大胆而充满激情。所有这些构想的宗旨在于，创造一所拥有精良舞台机械的、多用途的剧院机构，使之能够满足不同导演对于剧场空间的不同要求，并且能够在较高程度上提供观众积极参与舞台演出的可能性，从而为观众创造出更为生动的舞台场景。我和我在包豪斯的同事们对于剧院空间问题进行了长期的思考与探索。

皮斯卡托热情的嘱托以及他坚持不懈的要求促使我们最终获得问题的解决方案并且即将实施。我的"总体剧院"（total theater）构想为创作者们提供了以下三种可能性，他们既能在镜框式舞台，也能在伸出式舞台（thrust stage，根据格罗皮乌斯以下介绍，实际为前文所提到的古希腊古罗马的半圆形舞台）或者在中心式舞台上进行戏剧创作，或者在同一部作品中同时运用这三种舞台形式。

整个椭圆形的观众席被 12 根细柱环绕，在椭圆形观众席靠近舞台的一端，三根细柱（即镜框式舞台台唇前区三根细柱）后是一个由三块演区组成的主要演出区域，按照最靠近第一排观众席的台唇的弧度而建。演员既可以在最中间的区域表演，也可以在两边的区域表演或者在这三块演区组成的演出区域进行表演。在两条可正反方向运动的轨道上安装有可移动的拖车，以保证舞台场景能够迅速流畅地进行切换而避免了转台的缺陷。在 12 根细柱的后方，一条椭圆形通道将观众席包围，这一通道扩展了主要演区左右两边的演出区域，并且与阶梯形观众席连接。车台可以在这一圈通道中移动，因此，某些场景可以围绕整个观众席进行。观众席前区与镜框式舞台前区之间较小的圆形观众席可通过拆解座椅下沉至剧院地下室，此区域随即（扩展为一个古希腊式的半圆形舞台）用于表演。演员可从这个区域经由中央的观众席通道进入到观众席中心区域并原路返回。整个剧院结构能够通过大型转台旋转 180 度而改变（最小的圆形观众席所在的较大圆形区域相当于一个转盘，作 180 度转动后，此最小圆形区域可被转动至整个椭圆形观众席的中心），形成一个中心式舞台，观众席将整个中心舞台包围。这一结构的改变通过演出过程中机械的运转得以实现。演员在中心舞台的登场可通过地下室的阶梯进入舞台，也可从天花板上降落的框架或梯子上进入舞台，如此一来，保证了舞台行动在一个垂直于舞台平面的方向上的开展和进行。此外，演员也可以在转台转动到适当位置时，从这个中心式舞台经过通道进入最外圈的椭圆形通道进行表演，并经由此通道回到他们最初的镜框式舞台区域。

舞台场景的变化通过幻灯投影的运用得以补充，皮斯卡托善于运用幻灯片及电影来增强由舞台上演员所制造的舞台幻觉。我在剧院的整体设计时考虑到了皮斯卡托在剧院的许多位置安装投影仪及屏幕的要求。在我看来，投影仪是现代剧场中用于场景切换最为简便和有效的装置，即使在舞台暗场时的中性空间中，也可通过灯光、幻灯片及电影在舞台任何一个区域构建起抽象或象征化的影像来创造舞台幻觉，这使得平面布景与舞台道具显得多余。在总体剧院中，我不仅在三块演区组成的主要演区后方设计了一系列可移动的投影仪组合，用于环形大幕上的投影播放，也将投影仪及屏幕覆盖了整个观众席区域，在天花板和剧院的墙面上都安装有投影仪。为此，12 根细柱之间的空间安装有屏幕，12 部投影仪可以同时从背面向这些屏幕上投射电影或照片，因此坐在观众席中的观众们可以（从四周及头顶的全方位投影中）感受到自己仿佛置身于一个波涛汹涌的大海之上或是被包围在一个拥挤热闹的人群之中。同时，一个从天花板处降落至观众席上方的投影塔（projection tower），可从正面向同一块屏幕（指前文提到的 12 部投影仪从背面投射的屏幕）投射电影。在剧院的中心区域，还设计有一个专门用于投射云层、星空或其他与天空相关的抽象图片的"云朵机"（clouds machine）投影仪。幕布上的二维化投影被空间中的多维立体投影所取代。将（观众席头顶的）灯具移除是为了将观众席与整个空间相融合，整个剧场空间被投影仪所投射的影像填满，剧场自身也成为舞台场景的一部分。

剧院设计的目的不再是对于那些不切实际的机械设备的堆砌和炫耀，每一个细节都对应着创作的最终目的——将观众拉进舞台行动的中心，让他们成为舞台行动正在开展的舞台空间的一部分，他们无法在幕布的遮掩下从正在进行的舞台行动中逃避开去。此外，于我而言，一个剧院的建筑结构具有这样的职责，它应该使舞台空间在最大程度上体现出群体化的、易引起共鸣的且多用途的特征，以便不同的导演能够自由地发展并实践他们各自不同的艺术创作理念。导演们的艺术创作冲动能够通过总体剧院这一伟大的空间机制在他们各自的戏剧作品中得以发挥作用。

后　记

本书的缘起首先基于笔者在硕士研究生及博士研究生就读阶段对于德国戏剧的兴趣与关注，在博士学习期间曾以《德国文献戏剧的起源、发展与嬗变》为题所作专题论坛的内容中，部分涉及皮斯卡托创作生涯后期的文献戏剧创作，开始关注皮斯卡托导演创作并逐渐发现其可研究和探索的价值，其后将皮斯卡托导演艺术作为笔者的博士论文研究对象并以此为题完成了博士论文的写作与答辩。在为期四年的研究与论文写作中，笔者发现目前中国学术界对于皮斯卡托导演艺术这一课题的系统性研究和介绍相对较少。因此，在论文中尝试进行较为系统化和全面的研究及探索。现将论文进行了修缮与补充，作为专著出版，希望对这一课题在中国的传播与研究尽自己的一份绵薄之力。

本书得以顺利出版，我首先要感谢我的导师，上海戏剧学院导演系卢昂教授。卢老师，在跟随您从本科到硕士研究生，再至博士研究生学习的十一年中，您不仅在学业上对我严格要求，悉心指教，您对于专业的热爱和精益求精，对于作品真善美精神品格的追求时刻感染和激励着我，引领我奋勇向前。更令我感动的是，您在生活上、工作上像父亲一般对我关心和爱护，在论文及本书写作期间迷茫和无措的时刻，是您的谆谆教导和暖心宽慰支撑着我继续论题的研究与探索。

其次，我要感谢在我论文写作期间给予我无私帮助和指导的上海戏剧学院张仲年教授、孙惠柱教授、熊源伟教授、俞建村教授、倪胜副教授等。张仲年教授从论文题目的选定、写作至定稿等重要阶段给予了我细心的指导和莫大的鼓励及帮助，倪胜副教授在论题研究及文献资料搜集方面对我提供了无私的帮助，令我甚为感动。

再次，我要感谢我的母校及工作单位上海戏剧学院。本书的出版有幸获得学院学术著作出版资助项目的支持，感谢学院及科研处各位领导与同事对于我作为一名青年教师在教学与科研方面的帮助与扶持。感谢上海文化出版社黄慧鸣老师在本书校订、排版及印刷出版过程中耐心细致的工作以及无数次与我热心的沟通、对我悉心的帮助与指导。

最后，我要感谢我的父母。你们生养了我，为我付出了无尽的爱与支持，让我总是能够有足够的勇气和自由去选择自己想要的生活，走自己想走的路。你们是我最坚强的后盾和最温暖的避风港。

专著的写作苦中有乐，在学术研究各阶段所收获到的一点一滴的快乐支撑着我走过这些年漫长而艰辛的时光。如今，本书的写作暂告一个段落，这既是一个终点，更是一个起点。在写作过程中，我发现自己对于本论题的研究与探索仍存在许多不足之处，希望以此书开启我对于论题更为全面和深入的探究之路，也愿我更有勇气和毅力面对未来的人生，面对更大的挑战。

常佩婷

2023 年 7 月于成都